观音泥

GUAN YIN NI

马玫 / 著

重庆出版集团
重庆出版社

图书在版编目（CIP）数据

观音泥 / 马玫著. —重庆：重庆出版社，2020.12
ISBN 978-7-229-15386-1

Ⅰ.①观… Ⅱ.①马… Ⅲ.①长篇小说—中国—当代 Ⅳ.①I247.5

中国版本图书馆CIP数据核字（2020）第215344号

观音泥
GUANYIN NI
马 玫 著

责任编辑：钟丽娟
责任校对：刘小燕
装帧设计：戴 青

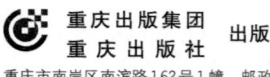

重庆出版集团 出版
重庆出版社

重庆市南岸区南滨路162号1幢 邮政编码：400061 http://www.cqph.com
重庆出版社艺术设计有限公司制版
重庆市国丰印务有限责任公司印刷
重庆出版集团图书发行有限公司发行
E-MAIL:fxchu@cqph.com 邮购电话：023-61520646
全国新华书店经销

开本：720mm×1000mm 1/16 印张：18.75 字数：275千
2020年12月第1版 2020年12月第1次印刷
ISBN 978-7-229-15386-1
定价：52.00元

如有印装质量问题，请向本集团图书发行有限公司调换：023-61520678

版权所有　侵权必究

自序

当我的长篇小说《滇铜密语》确定出版后，一位前辈曾经提醒我以李忠碗窑写一篇小说，因此，很长一段时间，我断断续续进行了一些资料的搜集整理，这个故事在我的心里徘徊了很长时间。

中秋节的晚上，我们全家在古滇国吃晚饭，餐后，我站在山顶俯视滇池，看群山之巅的月亮悄然步出云端，在我不远的地方，一个男人和我一样正在举头观看，也许是古建筑所营造的特有历史氛围，他身上那种身为异乡客的孤独感吸引了我，我从他身上突然看到了李忠的影子。那天晚上，在我开车从昆明返家的途中，李忠的形象在我的心里被反复地温热，并且整个形象越来越成熟完整，我克制不住内心的欢喜，甚至感觉到了真实的李忠已经来到了我的面前。

回家后，我整夜未眠，仔细查看所有资料，发现所有资料对于李忠的介绍仅只是一句话：李自成部下李忠。再没有更为详细的记录，我只好放弃，无论这是史料也好，民间传说也罢，我想这些都不重要，重要的是李忠这个人物确实存在。相反，史书资料中对于李定国率大西军过云南进缅甸这段历史的脉络要更为清晰。历史终归是历史，还原的意义对于我来说不大，于是，李义这个新的人物形象在我的心里悄然产生。

在故事里，李义只是一个小兵，因杀死一个男孩后，出于良心的谴责做了逃兵。我们知道，对于近代革命历史故事，多有文字详细记录着人民内心的真实反应。而对于当时的义军来说，准确地说一个无名小卒，几乎没有史书观照过他们的内心世界，是接受还是排斥，是为民而起还是糊涂跟进，我想，从人性的角度来说，没有一个人天生就喜欢杀人放火，于是，我心里有了这个侠肝义胆、善良义气的男人形象出现。

而在李义身边，我设置了左隶史这个特殊的太监人物。我记得我小的时候，在露天篮球场吃着爆米花看《垂帘听政》，当屏幕上李莲英这个人物出现时，人群中顿时爆发出一阵欢乐的声音，人们说："看啊，这是个太监。"那或许是我人生中第一次听到太监这个词。太监，在古往今来始终是被人歧视和嘲笑的。但是，作为人来说，他们本身又是一个悲剧命运的承载体，他们虽然停止了雄性激素的分泌，但是不影响他们享有人格的权利，或许说，他们还有人格本身的魅力。左隶史12岁净身进宫，没有了生殖器，但他渴望着过正常人的生活，得到别人的欣赏和认可，得到正常的爱与被爱，甚至，当他讨了妓女香云做老婆后，依然遭到她的嘲笑和凌辱，成了他最致命的一击。然而，所有的苦难并没有使他放弃对生活的追求，他将一生的爱深深倾注于制陶当中，他具有严谨而从容的工匠精神，朴素而超然的工匠情怀，他用陶做的朱砂灯剔透玲珑，仿制了宫中玉观音在村中建庙，引来众多香客。然而，他的一生始终是孤独而寂寞的，如制陶一样一次次在浴火中重生又一次次遭遇碎裂，直至最终离世。为给他正常的人生，李义将自己最疼爱的孩子交给他，两人一生相伴，肝胆相照。实际上，所有后人均为李义同根所生。李义临死前，择上好观音泥制作两个陶佩，以示后人。

几百年后，杨敬业下岗和好友李子迁为重振陶业，决定合开公司，生产规模逐渐扩大。李子迁有一陶佩，据说可以此证明自己是李氏瓷业继承人。而为了得到李氏瓷业继承人的名号，杨敬业这位深为人们爱戴的陶瓷专家，居然不择手段弄到了另外一个陶佩，围绕陶佩开始的一段无血之战渐次展开，人性的冷漠、亲情的淡薄、爱情的脆弱、婚姻的荒诞。当金钱、名利、地位主宰这个社会的时候，我们内心对这个社会的需求究竟还剩下什么？

  于是两段历史成为了一种对照。当然，我写这部小说并不是要说社会退步了，人性退化了。任何生命的成长过程，无不透露着命运的悲情，我无权对社会的发展产生责怨，也无需为自己声明，身为人类，我们脱离不了社会这个大环境。反思我自己的成长过程，金钱、名利、地位何尝不曾牵动过我柔弱的心脏，我们又何尝不是这个时代的殉葬品。唯一可幸的是，在陶佩的感召下，所有的人最终回归了本性，我想，这才是我们想看到的结果。而陶这种具有优美多姿的造型、绚丽斑斓的纹饰和缤纷的色彩，可唤起人们精神世界的无限美感的器物，成了整个故事的载体，反射出的人性光辉，我想，最终会照亮半壁山河。

目录
Contents

1
自序

1
第一章
风萧萧起

37
第二章
易水山寒

77
第三章
晨风起暖

113
第四章
流云碎光

153
第五章
月华清场

187
第六章
霜冷岁寒

221
第七章
余音惆怅

255
第八章
陶笛和鸣

第一章
风萧萧起

上篇

一

清顺治十五年（1658），吴三桂率军攻入云南。次年初，下云南昆明，桂王出逃缅甸。李定国率全军于磨盘山设伏兵三道，谋一举全歼吴军。吴三桂挥师长驱数百里，骄而无备，先头万人已陷重围，眼见大事将成，虽叛臣于此际泄密吴三桂，但是，吴军依然损失惨重，损失兵力20余万。战时半月，苍茫大地，血流滔滔，横尸遍野……

暗蓝的天宇如履薄冰，长夜被湿气压得挺阔起来，沉寂中有坚硬的脆裂声滑过耳鼓，山体黑如巨兽，不仅挡住视线，也挡住被拉长的山风。当呼吸变得急促而沉闷时，李义的意识却在恍惚中变得清晰起来，被血水粘住的眼睛，起初只看到一片暗红血光，之后，渐渐清晰，擦了擦冻僵的睫毛，一种遥远的，分不清楚生死临界的模糊渐渐袭来。

当他终于明白呼吸之所以困难，是因为身体或是周边压着层层叠叠的人，不，应该是一具具变得僵硬的尸体，他的记忆渐渐恢复，将那些残碎的片段，重新在大脑里连接缝合。

他们所到的县城是云南边境小镇，闭塞而落后，却是一个军事要塞，进关的百姓不能在弹丸小城停留，只能快速地穿城而过。这些进关的百姓有些是将领的家属，相对能够得到好的照顾；有些是一般的穷人百姓，无衣无食，加上天气凛冽，苦不堪言。他们个个愁眉不展，想着自己抛别家园，抛别祖宗坟地，抛别许多财产，来到这无亲无故的地方，一切困难都得不到解决，不免在行进的路程中口出怨言。如今，紧接着战事袭来，自己命悬一线，又民不聊生，更觉苦楚难当。

而在前线，持续半月的战事已经耗费了大量体力，红衣大炮发出的巨大声响弄得地动山摇，兵器碰撞的声音驾驭着整个山谷的回声，咆哮、怒吼、哭喊、声嘶力竭、歇斯底里，所有的声音交织在一起形成一股气流直插云霄。他举目四望，连绵的山体上黑压压的都是人，黄色的战袍，古铜色的盔甲，亮闪闪的兵器，凸起而跳动不停的雄性喉结，一双双充满仇恨而又布满红血丝的眼睛，那种群体性的阵势让他想起了深秋天空中飞舞着的蚊子幼虫构成的一团黑云。

那一刻，他的大脑已经几近空白，有短暂的失忆。然后，然后呢。

对了，尚存的记忆在模糊之后得以恢复，他杀死一个人，凭他厚实而有力的身体，若是想要杀死几个人，在这个时候并不是困难的事情，举手挥手间都是人肉组成的壁垒，柔韧而结实的用生命组成的防线。他记得当他的刀插入对方身体的时候，才猛然看清楚了在钢盔帽的下方是一张童稚的脸。一个十五六岁的男孩，他亲眼看到温热的血液吐着气泡从他的腹部汩汩流出，瘦小的身体本能地弯弯地蜷了起来，如一只垂死的猫在挣扎，他用最后的力气看了李义一眼，目光没有仇恨，只有茫然，在身体冲破几次极限的抽搐之后，他没有合上眼睛，而是平视前方，目光永远倒映着天空清澈的蓝。

目睹了自己亲手制造的整个死亡过程，李义有那么几秒钟的迟缓，因此，当一把刺目的战刀晃着耀眼的光芒向他直逼而来的时候，他甚至没有做出防备或是躲闪，他已经做好面对死亡的准备。就在这生死垂亡的关键时刻，他突然感觉到脑袋后方被一种巨大的物体狠狠撞击了一下。他俯地倒下，记忆瞬间停顿。

此时，他从记忆中恍过神来，用力推开压在自己身体上的一具尸体，那尸体已经变得十分僵硬，因此，李义必须使出浑身力气才能将他推开，他翻合过去的时候，居然在自己粗重的喘息声中听到沉闷的"咚"的一声响，没有生命力的碰撞，那纯粹是一块石头落在另外一块石头上的声音，一块铁落到了另一块铁上。这样，原来还有的最后一点点惧怕的意识，在这一声僵硬而直接的碰撞声中完全散失，他把落在身上的尸体，残缺的手、失去力量的大腿、挂在身上的肠子，指尖碰到的一个眼球都当成了石头，他借着身体最后的力气，把这些大大小小的石头依次地搬开。

他可以坐起来了，必须喘口气才能站起来。他开始检查自己的身体，确定自己的脑袋还在不在，手或是脚有没有残缺，耳朵或是鼻子，肚子上是否破了一个洞。谢天谢地，除了脑勺后方那个凸起的包块以外，只有几处小伤，多么幸运，他甚至暗暗发笑，也就是说，这个渗着血水的包块救了他的命。他仰头看向苍天，咧开干燥的嘴角，发出一声轻笑，苍天不灭我口啊。

他的目光向四方搜索着，看到了远处还有燃着的战火，战火的不远处飘扬着黄色的战旗，他依稀辨认出那应该是他们的战旗，这么说，他们胜利了。然而，他起伏的内心并没有任何胜利的喜悦，据说，胜利后每人可以领到一张银票。可现在银票对于他来说有什么作用，他现在唯一的想法就是尽快逃离这个死亡的地方，逃离这种生杀搏斗的场面，他的所有思想都被一个"逃"字活生生折磨着，像一头野兽在他的心里猛烈狂吼。

身子是软的，腿是软的，疲得只剩下筋骨在身体里扭曲，他还是没有办法让自己站起来，透支的体力急切需要食物来补充。他本能地把手伸进怀里，居然还有最后一个馒头，他把这个馒头掏出来捧在手心里，那是一个被血水浸泡透了的馒头，血水干了以后，形成一层固体的硬膜包在外面，让这个被挤压得变形的馒头多了一件韧性十足的外壳。

那一刻，李义对于血腥味还没有太大的反应，要知道，他已经在这种血腥里足足地泡了两天两夜，他敏感的嗅觉神经已经完全接受了这种味道，这种回荡在空气里的特殊味道，已经和新鲜的植物枝叶分泌出来的气味完全没有区别。所以，当他饥饿的肠子在"呱呱"鸣叫的时候，他毫不犹豫地把这个救命的馒头送到了口边，小口小口如吃血豆腐一样地把它完整地装进了肚子里。以至当他终于走出这片血腥的领域，嗅觉器官重新被新鲜空气唤醒的时候，每一个饱嗝回上来的味道都可以让他恶心大吐，把黄胆苦水、肠子里子都吐干净的时候，他在生命余下来的几十年里，对于血的味道无比敏感，无论是鸡血、猪血、牛血甚至是女人的月事都可以令他呕吐不止。当然，这是后话。

我们现在还要回到他的身边，陪着他穿过一片密密的松树林，穿过羊齿叶巨轮状的叶子，爬满蕨类植物的山坡，趟过映血的金黄色松针。他那一双脚底肥厚的赤足，在一次次与冰凉的地面接触时，会不时踩到一些冰冷而绵软的东西，从足底传来的信息能够猜到，那应该是一段发霉的肠子，一轮切成肉片的耳朵，一截丢失的手指。这些残缺的器官，它们和身体有关，和疼痛有关，和一双绝望的眼睛有关，和生死命门有关，和阴阳两界有关，唯独和这场可怕的战事无关。

他在快速奔跑的时候，必须一次又一次猫下腰甚至是匍匐前行，以躲开放哨的官兵。还好，这个安静的夜晚，胜利的喜悦让官兵放松了警惕，而且，接连半月的战事，让所有官兵在这个月光皎洁的夜晚，都显出了昏昏欲睡的状态，否则，他或许就没有机会借着头顶上北极星的指引，凭着有力的双腿，顺利地穿越两个山梁。

当天空泛起了一线浅白的光亮时，足下的土地渐渐变得干燥和温润起来，再也看不到尸体和人烟的时候，呈现在李义面前的是一片巨大的湖泊，成片成片绿色的芦苇长成了紧密的墙体，芦花在风中扬起雪白的花穗，不远的地方，有白鹭鸶挥动着翅膀起落的痕迹，湖水像一面安静的镜子，把灰蒙蒙的天空，深深地按入宽阔的大地深处。

疲倦的李义停在了湖水面前，他的胃部此时蒸腾着热气腾腾的火焰，他像匹渴极了的老马在追风狂奔百里之后，趴在了久违的湖水边，把头深深地扎入水里，畅饮着，直到冰凉的水分充盈他的身体，才停了下来。

二

天亮了，他需要找一个休息的地方，把自己隐蔽起来，以防被巡逻的官兵发现，再次将他带回那硝烟弥漫的战场。那层层的芦苇无疑是最好的选择，他拨开浓密的枝叶，向着湖水中间走去，枝繁叶茂的苇叶随着他前进的方向往后推移。

幸运的是他居然在水边发现了一个巨大的鸟窝，凭着经验，他敢断定这一定是天鹅的鸟窝，天鹅是天下最聪明的鸟类，结为配偶的雄雌天鹅衔来一垛垛干草堆积成圆盘的形状，再不停地往上垒，直到有一个成年人的高度，又把两边的芦苇叶围成一个圈，以遮盖自己或是窝中的后代，把自己深深地隐于植物的叶片深处。一般的人从窝旁边经过，会以为那只是一堆干枯的苇叶垛。

现在，他爬到了天鹅的窝里，惊喜地发现那里还有两个泛着细瓷般光芒的天鹅蛋，他将它们小心地揣入怀里，然后倒头酣然大睡，为夜晚的再次奔跑积蓄着力量。

　　青衣小巷，庭院深深。江西景德镇，江南的小桥流水，温润如玉的陶器，吐着蓝色焰火的窑洞。他渐渐地进入梦乡，仿佛又回到了来时的地方，灰白色的青砖灰瓦，红漆的檐角翘向天空，拱形的院门像一只被切开的花瓶，从花瓶中间穿过，可以到后院，院子里有枝叶浓密的香柏，院中间有一个湖，湖水里红色的鱼儿永远仪态万方。湖心有青瓦红柱的戏台，木檐上精雕细刻地印着喜鹊、凤凰，还有茶花的图案。

　　东家偶尔会请路过此地的戏班在这里唱戏，丝竹声声，琴瑟和鸣，江南的清音小调像被风裁剪出的一双翅膀，随着风向轻轻飘移，所有长工都可以来听，他也跟着瞎唱瞎乐。水里的睡莲半开半闭，像水底长出的眼睛闪烁着光芒。再往里走就是第一眼窑，他十二岁的时候就被卖到这里当长工，东家是当地的大户人家，家里有十二眼窑，烧制的陶器很多被作为进贡朝廷的御品。李义来到这里后，做过很多活儿，练泥、制坯、烧炭、烧陶，他最喜欢的工作还是常年守着那蓝色的焰火，看温暖的火苗吐出毒蛇般的信子在暗夜中释放热量。

　　窑在后院以外，东家小姐的绣楼就在后院，中间隔着一条幽深的小巷，一堵青砖砌成的灰墙，当他在窑眼前干活儿的时候，偶尔抬头可以看到绣楼里伸出小姐毛茸茸的脑袋，没人的时候，小姐会对着他喊："你在干什么？莲花塘的荷花开了没有？听说昨天赶庙会，是不是很热闹？做桂花糕的老头真的只有一只眼睛吗？"李义就扯着嗓门回答她。

　　其实，李义从来没有看清楚过小姐长什么模样，隔那么远的距离，只能看到她水红色的绸衫探出青色而窄小的木窗，像印在陶片上的一朵淡粉色的小牡丹。却不知道她的眼睛是大还是小，鼻梁高不高，她对他的回答满不满意，她的脸上是生气还是笑。但一切的模糊，都令李义这个刚刚二十出头的小伙狂喜不止，他喜欢和她说话，看她用丝绣的手帕蒙着嘴巴对他笑，远远地看着她对着天空发痴的模样。

他知道，按照当地的规矩，等小姐满十八岁的时候，就可以站在绣楼上抛绣球了，提亲的人等在绣楼下，绣球落在谁身上，谁就是东家的姑爷，李义就会想，如果他也可以站在绣楼下的话，小姐的绣球一定会抛给他，因为小姐这一生和他说的话最多。所以，当几个老长工在议论有个叫李自成的人，提出了"等贵贱，均田免粮"的口号时，李义的心着实地兴奋了一把，就是世上人没有贵贱之分，所有人都是平等的，大家都有田地，不用再承担苛捐杂税。

那时候的苛捐杂税可谓之深重，之要人命是老百姓想都不敢想的事情，一个萝卜一个坑，老百姓深陷其中难以自立。只要是人能想出来的科目，都能用来收钱，过节要收"过节钱"，干活要收"常例钱"，打官司要收"公事钱"，那我不出去不干事还不行吗，平白无故也要收"撒花钱"。一年到头辛辛苦苦，到了年底米缸里依旧还是空的，一碗米都存不下的日子还有啥盼头。所以，听到这个消息别说是李义，就是老长工们，也个个兴奋得红了脸膛，如果真的没有了贵贱之分，那就天下一片盛世，李义站在绣楼之下就是顺理成章的事情。直到后来，一支队伍大摇大摆走进村庄，说是李自成的队伍，农民们摇臂高呼"迎闯王，闯王来了不纳粮"时，李义就毫不犹豫兴致勃勃跟随这支浩浩荡荡的队伍南下了。

开初的时候，李义以为起义就是跟着摇摇手臂，扯着嗓子喊喊，一路过来才知道，起义没那么简单，还得杀人，放火，和强盗土匪周旋，李义觉得自己天生不是干这块的料，他开始想有个容身之所，过太平日子。他开始后悔了，不该偷偷跑出大院，不该背着东家离开烧窑，他想回去，想东家的大场院，想温暖的窑火，想小姐的粉红绸衫，直想得深夜里流泪。

三

　　睡得迷迷糊糊之间，李义的梦被两个人对话的声音惊醒了，他警觉地蜷起身子，睁开眼睛看了看，日头已经偏西，两个声音还在断断续续。

　　一个声音说："你快走吧，就我现在这样子，就是能跑出去也活不了几天。"另一个说："要走就一起走，大不了就一起死，反正，早死晚死还不是一个死。"

　　他们停顿了一会儿，大概是在犹豫。李义屏住呼吸，沿着声音的方向把苇叶拨开一条缝隙，看到在不远的芦苇丛里坐着两个人，他们穿着藏青色粗布汗衫，衣服已经成了破烂的布片勉强挂在身子上，长辫子披散着，遮住了一半脸，看不出年龄。

　　他们似在沉思，又或许只是等待，等待着命运的安排，终于，其中一个说："我们晚上沿着山梁走，官兵不会发现的，能走多远就走多远。"另一个声音又说："我这伤不会走得远了。"两个人再次沉默，一个声音说："如果只有我一个人的话，我也没勇气逃了，干脆就在这里等死吧。"说着，竟小声地呜咽起来。

　　听到这里，李义能认定这两个人情况应该和自己差不多，至于他们是属于哪支义军不重要，重要的是他们现在有共同的命运，共同的想要逃走的念头，这是条无形的绳索，让李义把自己的命运和两个人紧紧绑在了一起。他滑下鸟窝，小心地向着两个人的方向靠了过去。

　　现在，他们三个人安静地坐在大草垫子上，等待着时间把天空抹黑，这样，他们就可以用黑夜这件最好的隐身衣继续逃命了。李义用眼角悄悄打量着两个人，那个叫侯三的，长得粗大结实，脸色蜡黄，长胡子差不多盖住下巴，实际上，大概二十七八岁的年龄，说话咳嗽嗓门都粗，只是有意压着，他粗重的喘息使喉咙里不时发出"沙沙"的摩擦音。

他的大腿内侧带着重伤，一条血糊糊的口子，能看出是被大刀砍的，浓黑的伤口足有一个食指宽，只要身体稍微变换姿势就会泉眼般往外流血水。每次，当李义的目光和他对视时，他都会虚弱地向着李义笑一笑，信任又诚实的目光。

另外一个瘦小，苍白，李义一眼认出刚才呜呜哭的人就是他，现在眼角还挂着红血丝。侯三主动介绍说他叫小左，李义在牙间轻轻磨了一下，不知道小左是姓还是名，没再问，这名字奇怪，但是容易喊也容易记。小左的脸白白嫩嫩的没有胡子，窄长的脸上细长眉毛细长眼，说话或是笑的时候，眉眼间都有一丝说不清楚的羞涩，看上去倒是十分俊俏，刚刚洗过手，十个指尖也是又细又白。

侯三的腿不停地流血，小左用一块布给他扎上，过一会儿给他拆洗的时候，李义看见他的手很轻巧，解开布，沾上水擦洗伤口，整个身子俯向侯三腿上，鼻子上沁着汗珠，两个眼珠凝聚在鼻梁左右，全神贯注的样子，看上去那样子既是让人怜爱更是惹人心疼，而且两个小指微微往上翘起，让李义突然想起了东家小姐握着丝绣手帕笑的样子。李义想，小左定是没干过重活吧，怎么也被拖带到了这种鬼地方。

日暮时分，寒气上逼。大家商量该往哪个方向走，其实心里都没方向，但必须靠北极星认定一个方向，否则这深山老林极容易迷路，说不定走上三天三夜又回到了原来的地方，等于送死。最后还是小左出主意，说是那就往东方走吧，东方是太阳升起的地方，太阳升起的地方，总该会有好日子过吧。其他两个人听后都同意小左的说法。自古至今，任你山移物换改朝换代，我们这个民族对于命相学和风水学，始终有强烈的信任心和依赖感。

打定好主意就该出发了。原先是小左扶着侯三，小左实在瘦小，架上侯三几乎是拼出了身上的所有力气，身子被拖拽朝一边，两个人走起路来摇摇晃晃。好在现在有了李义，李义原本生得健壮，一米八的个子，真正的虎背熊腰，说话走路都是气壮山河，是把好力气，别说是扶，就是背上侯三跑两里地也不含糊。现在有了同伴又有了依靠，走起路来更是有劲多了。

然而，这一夜却走得极为缓慢，因为侯三体力不支，李义只能走一段背一段，尽管侯三一再让两人放弃，李义和小左坚决不肯，命运已经将他们紧紧系在了一起。就这样相互搀扶着走走停停，天亮时分三个人走进了一条窄长的山谷，抬头看去，两壁的青山围出了一线浅蓝色的天空，一条缓缓的河流沿山谷直下，在悬坡上形成了一个小型瀑布，河流呼啸着从崖壁上飞流直下，晶莹闪亮的水花拍打着古老的石头，发出了虎啸龙吟般的巨大声响，而在水边背靠荫凉的地方，居然有一棵金丝楠木，三人合抱都不能围拢，巨大的树冠向天空无限伸展着，为这条河流遮挡出一片荫凉。

他们把侯三放在河边的草地上，李义顿时兴奋起来，接连几天下来的疲劳早就令他疲惫不堪，他三两下除去身上那些裹挟着汗水、血水、泪水的粗布汗衫，纵身一跃跳入清澈的河水之中，健美的身体随着湍急的河流起起落落，他居然抓住了两条鱼，并将它们远远地抛到了草地上。

下来呀，下来洗洗。李义兴奋而激动，脸上挂着水花，对着岸上的两个人招手，侯三摆摆手，他已经太疲倦了，很快靠着石壁昏睡了过去，好在经过这一夜的颠簸，他腿上的伤口竟然奇迹般地结起了一层薄薄的痂。虽然运动激烈的时候还会出血，但这至少是一个往好的方向发展的苗头，大家因此而看到希望，并且，尽量减少他的运动，让他有充分休息的时间来补充身体的能量。

　　小左则坐在岸边，把两只手的袖口对拢合抱在胸前，李义觉得他的这个习惯动作似曾相识，仿佛在哪见过，但挖空脑袋还是没有想起来，干脆放弃了。小左似乎在思考什么，忧伤的目光像一束波浪般在李义和河水之间跳跃，在初晨的阳光里，他的身子单薄得像纸剪的窗花，肤色是上了一层象牙白的釉。

　　"下来洗洗。"李义再喊。他依旧不答，只是摇了摇头。李义有些纳闷，这才注意到，难怪一整天总觉得小左身上有什么地方不对，这才发现，他和侯三的汗衫都是开着口的，露出胸前结实的肌肉和坚挺的腹肌，是那种毫不掩饰的雄性动物身上特有的粗糙。可小左不同，走了一整夜，全身热气腾腾，可他从脖子以下都是盘衫紧扣，好像身体里藏着什么重大的秘密。

　　当李义终于在水里玩够闹够的时候，才恋恋不舍地返回岸上，把疲倦的身体重重摔在那一堆厚实的青草地上。他就这样静静躺着，任深秋第一抹清浅的阳光抚过他雄性的身体，古铜色的肌肤在阳光的照射下像一块沉淀已久的金砂石，微微隆起的小腹和山丘般壮实的肌肉仿佛眼前那些连绵起伏的山体，晶莹的水珠在他健康如细瓷般的肌肤上盛开成一朵朵米粒似的水花，而此时，他那完全暴露在阳光下的阴茎则像一只刚刚出窝的鸟儿，乖巧而温顺地缩起小小的翅膀，探头探脑注视着苍蓝的天空。

　　当李义注视着天空的时候，他的身体分明感觉到了一束目光长久地停留在他身上，那目光中的胆怯和好奇是他无法形容的。他侧了侧身，闭上眼睛。看就看呗，这东西长在身上，谁还没见过？李义如此想，侧个身睡去。半梦半醒之间，一个奇怪的念头突然跳入了李义的脑海，小左是个女的。古时不是就有花木兰从军，穆桂英挂帅吗？不，他很快否定了自己的想法，不可能，是有那么几分神似，但仔细看还是不像。

　　在滔滔的流水声中，李义昏昏沉沉睡了一觉，等他醒来的时候，已经日上三竿。小左坐在他的身边，见他睁开眼睛，慌着喊："赶紧起来，有好吃的。"

　　李义正饿得慌，听见有吃的，一骨碌从地上爬起来，当真有一袋白面馒头，李义抓过来就往嘴里塞，边塞边生气地问："你去小镇了，不怕官兵抓了你？"他们先前路过一个小镇，站在山顶远远可以看见弯曲的街道，街口的墙壁上贴着大张的，用木板印刷的戒严布告，重要的街道口都站着兵丁，盘查偶尔过往的行人，家家户户的门外挂着纸糊的灯笼，红色的或白色的，被风吹得晃来晃去。小街上有货郎，挑着吃食，路边有小馆，有人在卖白面馒头，热腾腾的白雾气对于饥肠辘辘的人来说，几里外也能闻到香味。

　　小左当时就要下山去买，被李义拦住了，官兵盘查森严，不看通行条，单单让你伸手出脚，当过兵的人常年握刀，右手虎口处都磨出一层厚厚的茧子，再穿盔甲，膝盖下方外侧常年都有一块长期摩擦形成的暗红伤疤，时间久了，流不出血就生成了一个疥疮，即使脱下盔甲得三五年才能淡去，也只是淡去而已，那深灰色成了一块胎记，走到哪带到哪。如果被盘查到，不管三七二十一，一律当逃兵处理，接下来就是砍头的命。

　　可小左只是嘻嘻一笑，轻描淡写回答："他们没注意。"李义不放心，再看他的手，是有握过刀的痕迹，但不太明显，难怪没被官兵发现。李义来了兴趣，但还是提醒以后千万小心，小左温顺地点头，又问他小左是名还是姓。小左笑了笑，回答是姓。那名儿呢？小左摸了摸头，似在犹豫要不要回答，经过两天相处看得出李义不是坏人，对他十分信任，咽了咽喉咙间的口水，才艰难地吐出三个字："左隶史。"

　　这名，左隶史。李义把三个字放在唇齿间嚼蓖麻籽似的咬了咬，一听就是官户人家的名，富贵大气。李义虽没进过学堂，但在东家时，经常要在陶坯上雕花刻字，倒也认得不少汉字，长了不少见识。还想再问，小左挪了挪屁股悄悄走开，李义刚来了兴致，还想再接着问，有些扫兴，看着他的背影，身子瘦成一个长条，宽大的衣服套在上面，像挂在被风摇晃的竹子梢上，摇来晃去是个秘密。

　　原先看到侯三的腿有了好转，便有信心，三人结伴，虽然难免战战兢兢，可转念一想，走上半月，终会遇到点希望。天有不测风云，第三日，天空突降大雨，雷声大雨点大，几个人在深山之处，没个躲雨的地方。侯三的腿伤着了，雨水之后开始发作，又红又肿，伤口之处不仅是脓水血水掺和，发腐处已经可见森森白骨外露。又因受了凉，高烧不止，一直在说胡话。

　　救人要紧，李义和小左商量，又向一放牛的老头打听，说是附近有个村庄，有个草太医，偶尔给村子里跌打损伤的配些草药，两人打探到消息后，很是兴奋。趁着夜将黑，背上侯三就往村子里去。

　　两人刚进村，成群的狗叫唤不停。那时候的狗没人饲养，市面上也还没有狗仗人势这一说法，虽然在村子里生存，实际上叫野狗，也叫丧家犬。一般有小孩的人家都会养一只，小孩子随地拉完大便，轻声一唤，那狗就过来了，马上清理干净，都不需要扫把，因此，再穷再饿，没人想过要吃狗肉，都是自生自灭，没人照管。

　　这些狗看见陌生人进村，一个个紧跟其后狼牙龇面地叫个不停。小左紧握先前准备好的打狗棍，走在李义身边，人虽瘦小，却是豁出性命般地步步护驾。李义背着侯三，侯三经过几天大病，因流血过多，已经瘦得不行，在李义背上说着胡话。打听了几户人家，才找到草太医家，可这草太医是个天生胆小之人，又瘦又小，尖脸小眼，一副心虚胆寒的样子，家里突然来了三个陌生人，更是谨慎。

　　又一眼看见侯三腿上的伤，顿时大惊失色，不查看伤口，只问来路，盘问得仔细，把李义和小左搞得像是误闯了衙门，李义开始还能搪塞着回答，但草太医盘问得仔细，小到口音、年龄都能断破，说了不多一会儿，居然叫两人稍等，拉开门头也不回地走了出去。两人看情况不对，哪还有等下去的耐心，赶紧背起侯三，一路小跑出村，惹得大狗小狗又是一路追咬，好在跑远了回头看，没人跟上来，这才松了口气。

如此一折腾，侯三情况更是日见糟糕，反反复复高烧不退，早已经显出了鬼魂的样子，不到五日光景，眼睛一闭，与世长辞了。

四

如今，只留下了李义和小左，两人一路跋山涉水，虽山高路远，但相互照顾，搀扶着往东寻去，日子就一天天地走远了。

侯三一走，两人的共同话题总是离不开侯三，似乎他还在眼前，各种小的细节被掏出来重新细细回味，有着共同的经历的回忆，又无形之中将两个人的距离拉近了很多。李义之前在景德镇做长工，晚上围着火塘，常听老长工们讲鬼魂的故事，许多故事被反复流传，讲来讲去就有了别一番的意味。老长工们喜欢讲关于鬼的故事，一是为了吓唬小长工，怕他们偷懒，让他们乖乖听话做事。另一个原因也觉得这些鬼魂的故事新鲜刺激，大家的情绪被调动起来，讲着开心好玩。有时候，讲着讲着会加上一两个形象的动作或是大喊一声，把不知事的小长工吓得屁滚尿流，大家就觉得开心。

两人面前都是绵延的大山，无尽的山路和树林，白日里阳光普照，天地祥和，可到了夜里只能宿居山野，李义免不了就会讲鬼魂的故事给小左听，说人死了，他的鬼魂要把生前留下的脚印一个两个都捡起来。为了做这件事，他的鬼魂要把他生平经过的路再走一遍，把以前的脚印都拾起来。船上、河上、山道、陡坡，脚印永远不会灭。即使是船散了、河水干了、坡塌了、路断了，一旦鬼魂看到，他的脚印就会一个一个漂上来。小左听了后就掉眼泪，用破袖子擦着脸，对李义说侯三真是可怜，白走了那么远的路，结果，到头来没得一天好日子过，还不是累坏了自己，如今，又把这些路再走一遍，多不容易。李义听后，觉得小左这个人心软，慈善，从他一路照顾侯三过来，可以看得出待朋友真心实意的好，是个值得信任的人。

之后，李义又讲起了黑白无常的故事，传说中，黑白无常，自幼结义，情同手足，有一次，黑无常和白无常约定在一个地方相见，黑无常按照约定时间来等白无常，结果，来了大洪水，黑无常不肯走，结果被活活淹死，白无常知道后，也上吊而死了。小左听后，一双本来就忧郁的眼睛更是怅怅的，说那样的情分真让人羡慕，要是今生也能遇见这样一个死心塌地对自己好的人就好了。把李义的心说得疼惜起来，一把抓住小左瘦弱的肩膀，当下两人跪拜天地，歃血盟誓，无血酒，便以山泉水代替，李义年长为兄，小左为弟，发誓一生以兄弟相称，肝胆相照，不离不弃。

接连几场雨水后，气温急速下降。两人在一山洞中避雨，烧了个火塘，但外面的山风还是飒飒地灌了进来，两人抱团取暖，好不容易入睡，又冻醒了，睡睡醒醒，反复折腾。直到后半夜，方才入睡，李义一觉睡到了天亮，睁开眼睛看，已经是正午时分，山洞外依然是白雾弥漫的一片，再看小左，坐在火堆旁边烤火，边烤边打着瞌睡。

坐起身子，李义这才发现，不知什么时候，小左把自己的破夹袄盖在了他的身上，只穿了一件单衣，正冻得瑟瑟发抖，又看那火正烧得旺，不知是从哪找来的干柴，难怪自己睡得那么香，原来是小左一夜没睡，把衣服让给了他，又烧着火塘。看小左疲倦的样子，李义心中感动，不觉眼睛湿润了。

下篇

一

准确地说，已经是下岗的第五天了，杨敬业躺在床上，双手枕着后脑，似在思索，其实，脑袋里一片空白。五天以来，每一个突然闲下来的清晨，对于他来说，都是一种痛心彻骨的折磨。

第一天，当闹钟响的时候，他习惯性地下床，冲入卫生间，刷牙洗脸刮胡子，胡子刮了一半，才想起来，今天开始已经不用上班了，不是不用上，而是没地方上，心里"咯噔"一下，老式剃须刀在下巴上勒了一条口子，把新换的牙刷扔进垃圾桶，像是和谁赌气。第二天，闹钟再响，他本能地下地，双脚平稳地落入拖鞋，有一种潜意识的提醒，不用上班了，于是，重一脚轻一脚地迈入卫生间，关上门，酣畅地对着马桶撒了泡尿，甚至还哼了一段不成调的小曲，闭着眼睛回到了床上，先是把闹钟关了，既然不用工作，还留着闹钟做什么。再用被子捂住头，因为不想看见窗口直射进来的阳光。第三天，没有了闹钟响，他却准时准点地醒来，清醒地听到了窗外汽车压过马路的声音，原来强大的生物钟比起闹钟要厉害得多。妈的，他在心里恨恨骂了一句，原来老子这十年的闹钟都白上了。

　　时间，过得真快，不知不觉，已经是第五天了，他把五天以来的每一个细节在脑海里过了一遍，像是在看一部自己导演的黑白片。他半张着嘴巴，回味着这中间的每一个细节，毫无意义的日子，毫无意义的记忆，可是，终于有足够的时间做毫无意义的事情了，像是他生命中出现的一道裂缝，不知道该用什么来填补这突然出现的空白。

　　杨敬业把脸伏在枕头上，把身子蜷起来，缩成蛹的形状，窗外的季节变得模糊，他如即将进入冬眠的动物，需要停止所有来自身体内部的提醒。过了很久，一滴泪水沿着他的眼角滑落，接着他用手蒙住脸，孩子般抽噎起来，渐渐地，哭声越来越响，像一壶烧涨的开水，压制不住那千万个往外吐出的泡泡，挡不住的泪水沿着他的指缝哗哗地滑落，很快淹湿了头下的枕帕，这或许应该算是他知道下岗以来第一次真正意义上的哭吧。

　　对于一个大型国企的职工来说，企业不仅仅是他的家，也可以说成是养育他的奶娘，是他的再生父母，是他曾经自以为是的归宿。对于当初能进入这道工厂大门的职工来说，多数是抱着此生衣食无忧且温饱可以解决的心态，即使之后随着国家经济转型，国企亏损严重，个人家庭生活质量受到影响，一般也不会选择主动离开，始终抱着乐观的心态等待势运来临。然而，现在杨敬业深深感觉到了自己被社会抛弃的那份残酷现实，他的泪水落在枕头上，像一片被秋风卷着的落叶，没有灵魂回归的方向，只能不安地游荡，没有着落地漂泊。

　　实际上，早在两年前，杨敬业就已经听说了下岗的政策，广播、电视、新闻的轮番轰炸，听说也只是听说，杨敬业对于下岗这个陌生的词语并没有放在心上。他从来没想过自己有一天会失去这份工作，这个地方有那么多的瓷土资源，上千人的工厂能说没就没吗？好吧，那就算企业改制，改制了，也总得有人上手吧。杨敬业作为这个县唯一的陶瓷专家，还会缺这份工作吗？

但是当这一天真的到来的时候，杨敬业就只能是傻眼了。下岗，像一块从天而降的结结实实的板砖，拍在了他的脑门上，令他头晕目眩。当然，如果仅仅只是想要找份工作糊口的话，也不是那么困难，前段时间有个大型地板砖厂高薪聘请过他，那是一个福建过来的老板，态度还算诚恳，大有三顾茅庐之势，杨敬业一度产生过犹豫，在没有考虑清楚之前暂时没有答应也没有回绝。

凭良心说，他内心热爱的还是陶瓷，是带着艺术性和创造性，带着想象力和人性体温的陶器制品，亲自动手拓出一把精致小巧的西施壶，在一个印章大小的茶杯上雕刻一片竹叶，在一个香炉上画上龙纹图案，那种艺术的质感自指尖汇聚到陶瓷上，是一种婉转的施展过程，是属于生命释放后的愉悦，难道就此结束了吗？

当然还有一个企业聘请过他，这个企业是有名的青花瓷生产企业，就在省城，在全省上下远近闻名，他曾经一度兴奋过，那是他很早以前就爱慕已久的企业，能够进入那样专业性质过硬的队伍，无疑是梦寐以求的。若是在二十年前，杨敬业会毫不犹豫地欣然前往。可现在不同，人到中年，他的身后拉着一辆巨大的车子，孩子正在上学，母亲在乡下，以前唯一可以依靠的哥哥现在又有病缠身，他不能再给家人增加负担。他脱不开这些俗世的牵绊，成了一只背着重壳的蜗牛，注定他一颗骄傲的心也飞不太远。

回到现实中来，他提醒自己，该如何向自己的母亲还有孩子讲述他已失去工作的消息。也许，孩子会问："那以后你用什么来养活我？"还有母亲，母亲对于他的期望简直无法用语言来叙述，他知道在母亲的心里他是家庭的大梁，是东海龙王的定海神针。如果母亲知道他已失去工作，那是怎样的打击，她一定会乱了方向。

然而，事实摆在了他的面前，杨敬业的泪水疯狂地流淌着。一段时间以来，积压在内心的委屈，苦楚，无奈，失落统统随着泪水狂奔而出。

杨敬业出生在一个叫做半坡村的小山村里，半坡村的后山上有丰富的瓷土资源，20世纪60年代中期，国家就在离半坡村不远的地方建设了一个大型的国营陶瓷厂，父母年轻的时候都到那里做过临时工，但是，由于家里的田地忙不过来，最终只能回到农村。杨敬业从小就在父母的熏陶下认识了做"公家人"的重要性，半坡村成长的孩子，对于陶瓷厂都有着与生俱来的向往，父母们会对孩子说只要进了工厂，就可以穿上劳动布的工作服，端上铁饭碗。什么是铁饭碗，就是谁也别想摔破它，谁也别想把它带走，一辈子挂在你的裤腰带上，不受风雨侵扰，让你饱吃饱穿，装着你口粮的家私。

其实，杨敬业从小最大的爱好是绘画，他对于绘画的天性似乎是与生俱来的，那种通过心灵传达到指尖的描绘，曾一度是他中学时代和这个世界的唯一交流方式。学校里的所有老师都认为他有绘画的天赋，而他本人的理想也是能够考上美术学院。但是高考前夕，成绩优异的他突然改变了主意，决定报考江西景德镇陶瓷大学。因为他明白现实的残酷，出生于贫困家庭的孩子是没有梦想可言的，对于他的未来，能进入陶瓷厂工作比绘画要实惠得多。

杨敬业的哥哥叫杨爱业，读书的时候成绩也很优秀，但是为了让杨敬业能够继续读大学，长兄为父，杨爱业只读了一年高中便放弃了学业，刚好遇到陶瓷厂招收合同工，杨爱业背着父母偷偷报了名，并且一路过五关斩六将，参加了各种考试，最终被陶瓷厂录取为合同制工人。杨爱业参加了工作以后，每月45元的工资，这笔收入成了杨敬业大学生活开支的主要来源，对于这位兄长，杨敬业始终怀着此生都无法报答的心，杨爱业虽然年龄上就比他大了两岁，实际上却过早成了整个家庭的支撑。

刚刚考上大学那年，杨爱业的父亲患病，父亲是当地地地道道的农民，农民是这个世上最能扛病的群体。从出生到死，从黄口孺子一直到离开尘世，其中只允许也只可能有一次熬不过去的大病。杨敬业的父亲从十七八岁成家立业开始，一辈子从没有任何病症，让他在床上躺过三天两夜，平时很少吃什么药，顶多有个头疼脑热拉肚子，吃两片去痛片也就挺过去了。该干的农活，不管是挑粪还是拉车，上山还是下地，从未因病停下来过。

父亲突然暴病不起，杨爱业一个人默默承担着生活的苦难，他多次劝导父亲到省城的医院诊断治疗，都被父亲拒绝了。杨爱业每天用那辆破旧的老自行车，拖着父亲到乡上的卫生院打止痛针，然后又骑着那辆老自行车赶往工厂上班，每天在这条路上疯狂地奔跑着。看着日渐消瘦的父亲，杨爱业偷偷抹去泪水，他能理解父亲，不仅仅是高昂的医疗费用，还有来回的车旅费也是一个极大的负担。两个月后，父亲已经病重垂危，弥留之际说的最后一句话就是：等敬业毕业了，咱家日子就好过了。杨爱业默默为父亲准备着后事，并且告诉母亲千万不能让还在大学的杨敬业知道，怕影响他的学业，也怕把钱浪费在千多公里的铁路上。除了母亲的眼泪，杨爱业得不到任何的支撑，唯一的信念依旧是父亲弥留之际的那句话：等敬业毕业了，咱家日子就好过了。

80年代之后，人们的生活水平普遍提高了，尤其是工人，每月不仅有固定的收入，偶尔厂里还会发点小福利，比方说天热的时候车间会发一瓶汽水，冬天的时候会发烤火的栗炭，三个月发一条肥皂，一个季度发一袋洗衣粉，小不可细算，这些在普通农村家庭看来都是可望不可即的特殊待遇确实令人羡慕，绝大多数农村家庭的姑娘都希望能找个工厂上班的工人，像杨爱业的条件，想要找个对象其实是很容易的事情。可沉重的家庭负担让杨爱业在工厂里抬不起头来，平时更少有机会和年轻人相处，工厂里的工会活动更是没有时间参加。直到杨敬业大学毕业那年，二十七岁的杨爱业还没有谈到一个合适的对象。

杨敬业自江西景德镇陶瓷大学毕业那年，真可谓是轰轰烈烈，当时的陶瓷厂是县有的国营大型企业，有上千名的工人，是县里的重要经济支柱产业。而杨敬业作为陶瓷专业的第一位大学生被分配回到家乡，当时在县城上下引起了不小的轰动，县委还专门组织了教育局，人事局等几个部门前来慰问，队伍在村子外面就虚张声势地放了半个小时的爆竹，惹得村上村下一片欢欣雀跃。然后又来到了杨敬业家，在杨敬业的胸前和他家的大门头上都挂了红花，把杨敬业家那两间本来就摇摇欲坠的破房子弄得地动山摇，全家人跟着波峰浪谷地颠簸了一天被弄得晕头转向。欢喜，欢喜，所有的空气里都挤塞着欢喜两个字，一切算是苦尽甘来。

在这样的大好形势下，杨敬业顺利进入陶瓷厂工作，在厂区再一次掀起轰动，厂里召开了欢迎仪式，请他做了热情激昂的发言，杨敬业对自己的工作有十足的信心，一番话说得入情入理，全部语调铿锵，手势丰富。台子下那经久不息的掌声如今还响彻于耳际。之后，直接进了厂里的技术科，成为科长，也成为县城最年轻有为的一位陶瓷技术专家。

真是命运捉弄人，没想到仅仅只是十年时间，谁又能说得清楚人间已经是沧海桑田，风云变幻，当初企业的红人竟然要面对的是失业的挫败，杨敬业没法让自己从这个角色中转换出来。他无助的泪水，在这个清晨，是无声的控诉，是彻底的绝望，也是自己与自己的无声较量。

二

该为自己的明天做个打算了，在屋子里闷了五天，身上都有了发霉的味道。杨敬业点了一支烟，吸了一口后，夹在两个指缝中，说实话，人生中最痛苦的事情大概就是茫然，不知道该干什么，不知道该怎么走，不知道该说什么话，而最悲哀的便是不知道晚餐在什么地方。

他拿了件外衣走出门，街道上阳光刺目，他在街边小摊吃了一碗米线，米线上面有两块红烧肉，他就先把这两块红烧肉吃了。有句话说，人倒霉起来喝凉水都塞牙，现在，杨敬业有了切身的体会。当真是吃米线都塞牙，不知道是两块红烧肉没有煮烂，还是那牛太老了，总之，杨敬业的牙缝里塞了一条肉丝，用牙签儿剔了好一阵儿也没能剔出来。

牙缝儿里突如其来的异物使本来就心神不定的他更是六神无主，表面一直假装着不动声色，却牢牢闭着嘴，浑身使着暗劲儿让舌头一阵阵地猛舔那塞着肉丝的牙缝儿。舌头已经够着了那肉丝，却无力将它从坚实的牙缝儿里揪出来，因为舌头上没长手指头，舌头的功能只能是舔。他一边让舌头舔着肉丝一边暗自恼火，真是人到了倒霉的时候，喝凉水都塞牙。他恨恨地在心里吐着一串脏话，分不清楚是骂自己还是骂别人，还是骂那一口不争气的牙床。

等停下来的时候才发现，已经不知不觉来到了人才交流市场。他不知道为什么会来到这里，只能说明这是几天以来一直在他脑海里潜意识存在的一种想法。对于人才交流市场，杨敬业并不陌生，原来在陶瓷厂上班的时候，经常会有些临时的工作需要到这边找人帮忙，工作都是临时性的，工资也是当面结清，无非是搬运工或是清洁工，做些临时性的事务，他记得他们接过他给的工钱时，那一双沾着黑灰的手，那一双感激的眼神。来这里找工作的多数是外地的流动人口，没有多少文化，也没有固定的工作，还有的是大学毕业生，抬着一张稚气未脱的脸，没有任何工作经验和人生资历。唉，人生，可真是一次又一次的意外，在之前谁会想到呢，大名鼎鼎的陶瓷专家杨敬业有一天也会和这些流动人口一样抱着试试看的勇气来这里求生存。

此时的人才交流市场，正是一天中最热闹的时候，找工作的人三三两两地蹲在墙角或是坐在路边，有的聊天，有的打牌，有的干脆抬脸茫然地注视着天空，一脸前无来者，后无古人的无所谓表情。杨敬业径直走到一个玻璃橱窗前，里面贴着的都是本地方最新的招工信息，他推了推鼻梁上的眼镜，把眼睛贴近橱窗，一条条仔细看着里面的招工信息。

"杨科长，你怎么也在这里？"一个声音传来。杨敬业本能地回头，原来是厂里的一名老工人。他只笑了笑，算是回答，实际上也不知道该如何回答，完全没有心情去看他，只是继续看着橱窗里的信息。谁知道这名老工人却不尽兴，仿佛有一种他乡遇故知的久违感，表现出前所未有的热情。

跑过来把手搭在杨敬业的肩膀上，亲热地说着："没想到啊，现在咱们走同一条路了，你也是下岗了吧，谁会想到呢，咱们的杨科长也会下岗，咱们是一样的命了，这政策真是让人没法理解。"

或许是说者无心，听者有意。杨敬业皱了皱眉头，只觉得老工人存心要挖苦他，竟然把那几句话听出了幸灾乐祸的意思，只觉得心里一阵憋屈，跟挨了一耳光子似的，浑身跟长了刺一样的扎心，只稍微点了一下头，算是和对方打过了招呼。也无心再看橱窗里的信息了，掉转头逃跑似的走出了人才交流市场，往杨爱业家的方向去了。

从小杨敬业在外面遇上事,被同学骂啦,被小伙伴欺负啦,首先想到的都是杨爱业。读小学的时候,有一次,学校开家长会,杨敬业就是把杨爱业叫去的,当时的女老师大概五十多岁,是个近视眼,戴着罐头瓶底厚的眼镜,站在讲台上大声问道:"杨敬业,叫你的家长来,你怎么自己来了?"杨爱业在下面大声回答说:"我就是杨敬业的家长。"老师不信,说:"你瞎说,你怎么会是他的家长,你明明就是杨敬业。"杨爱业一口咬定就是杨敬业的家长。老师生气了,第二天家访才发现两个孩子除了个头上杨敬业比哥哥要高出一点点之外,居然长得一模一样,难怪把哥俩当成了一个人。

杨敬业的家和杨爱业的家就距离几栋房子,两人都是当时购买陶瓷厂的房改房,房改房在县城,虽然不是城市中心地带,但是,随着城市建设的扩张,也算是繁华地段,离陶瓷厂有三十多公里的路程,也算是陶瓷厂最后给职工们创造的一份福利。当初的房改房政策是按照职称购买,杨敬业购买的房子相对宽大些儿,而杨爱业只是普通工人,房子自然窄小,这几年房价飙升,水涨船高,房价预料之外地翻了几个筋斗。

杨敬业出门,沿着宽阔的小区道路往前走,阳光像一轮金盘,洒下金色的光线,他停下脚看了看,每天走的小路似乎有些陌生,花台里原先种植了一种叫做八角金盘的植物,开始的时候只是几株,没想到一两年时间,随心所欲长得层层叠叠。再举目望去,原来的篮球场又刷了新漆,草坪里不知何时又新增了健身设施,原来一切事物都在偷偷发生着改变,他突然有种被时间排斥在外的感觉。

当他走到杨爱业家的时候,杨爱业正躺在床上看电视,看见他,往里挪了挪身子,杨敬业有段时间没来了,发现嫂子乔芬也在,和她打了个招呼,那边懒洋洋地应了一声,算是彼此打过招呼。乔芬以前不是这德性,杨敬业刚刚进陶瓷厂工作的时候,乔芬每次看见杨敬业都像一块黏牙的麦芽糖,人前人后开口闭口都是我们家敬业,把杨敬业都弄得有些不好意思,有意识地避开她,有时候,也让杨敬业向领导递句话,杨敬业一介书生,平日里只知道埋头干活儿,和领导没太深的交情,开不了口,便又觉得杨敬业不帮她。

最倒霉的是有一次做坏事,被杨敬业撞个正着(这事咱们后面再细说),杨敬业从此对她更是敬而远之,有意识避开,她对杨敬业心有余悸,家庭琐事稍有不顺总以为是杨敬业从中作梗,杨敬业懒得和她一般见识,她便认了死理,表面上还是嬉皮笑脸,实际上,隔阂已经很深。

乔芬原来也是陶瓷厂的一名下岗职工,陶瓷厂里双职工家庭有很多,家族式的也不少,乔芬原来在厂里的贴花车间,人长得漂亮,五官清秀,只是皮肤有点黑,被厂子里的人们取了个绰号叫做"黑贴花",追求她的男青年不少,可她年轻时是高不可攀,过了二十七岁后又有些慌不择路。本来听说和车间里的张路爱得死去活来,都快成家了,又有人给她介绍杨爱业,杨爱业天生木讷老实,少与人交往,她开始连正眼都没往杨爱业的方向看一眼,刚好杨敬业进厂,就在厂区引起的那一场轰动里,乔芬才知道他还有这样一个出人头地的弟弟,马上来了兴趣,没多长时间两人登记结婚,算是曲线救国。

杨爱业夫妇早在两个月前就停止了工作,杨爱业身体不好,办理了病退,企业的退休工资虽然低,好歹够维持基本生活,下岗对他没太大影响,可以静下来养养身体。乔芬对贴花的工作早就苦不堪言,下岗后,欢天喜地一天一套花裙子,跟一群小姐妹说是卖一种保健产品,叫做摇摆机。用她的话说:"老年人每天坐上去摇摆三十分钟,可以强身健体,延年益寿。调节机能,百病全消。"她那套广告词,逢人便搬出来说,一天不知道重复多少回,就连杨敬业这种一月遇不上她几回的人也能基本背个滚熟,那台词,说得跟真的似的。

实际上，观察下来乔芬的工作就是每天跑各个地方，找老年人密集的场所，组织一群上了年纪的人到一个事先约定的地方体验。先开会，由一位声情并茂的姑娘进行激情高昂的演讲，左一声"爷爷"右一声"奶奶"，只差没喊祖宗，讲这个机器的厉害，反正这一摇，全身筋骨复活，任督二脉打通，头痛医头，脚疼医脚，没地方可疼的还可以加强心脏运动，经过这一番洗脑。再把老头老太太往摇摆机上一撵，本来大家坐着听了一个小时已经开始浑身乏力，现在坐上去一摇，顿觉血液舒展，上下放松，飘飘欲仙，还愁不主动掏钱。再说这些老年人，多数儿女在外工作，无牵无挂，领了退休工资，现在市场上什么都可以买，就是买不到健康，听见这玩意，管它有效没效，反正比吃到肚子里的安全，就当试试也肯掏钱。这样，只要能赚到钱，而且，还是不少的钱，乔芬的小日子算是过得风风火火。

看到杨敬业进屋，乔芬进屋换了条新裙子出门，兄弟俩刚要开口说话，谁想到乔芬又回来了，把包扔在沙发上，对杨敬业喊："差点忘记，前几天就想找你呢，大专家，刚好你来了，有个事还请你帮个忙。""什么事？"乔芬冷脸突然换热脸，兄弟俩一头雾水，抬头，把目光落在乔芬脸上。

乔芬兴致勃勃，进屋子拿出一样东西，把外面那层红色的绸布一层层掀开，露出一个雪白如玉的东西，递向杨敬业说："帮我看看这东西值不值钱。"杨敬业接在手里，觉得这东西似曾在哪见过，一时间想不起来，外形看像一只玉佩，明明又像是瓷制品，有着如雪般的晶莹亮泽，再用指腹轻轻触摸，外表润泽，感觉细腻中有粒质状物，虽有沙粒感，却是极为腻滑，清凉如冰，仿佛刚刚从水中捞出，再看上面的雕花和纹饰，都是极为巧妙的构思。杨敬业见过太多的陶瓷制品，但像这样不经过上釉便呈现出如此雪白的陶瓷却是首次遇见，又把茶几上的放大镜拿过来看了看，赞叹说："这东西至少也有几百年历史了吧，而且，这样的瓷土我还真没见过，不知是从哪来的，这价格还真不好说。"

"当真？"杨爱业立起身子，还没等他坐稳，乔芬从地上三步并作两步弹过来，把那陶佩抢在手里，重新包好，说："我还以为是什么不值钱的玩意儿呢，前几天配毛衣戴出去，她们都说好看，差点被我当小东西送人了，应该赶紧收好。边说边用布重新包好，一个闪身，往房间里去了。

三

得到了答案，乔芬原本乌黑的脸，好像都红润起来，开心地哼着曲儿出去了。屋子里只留下兄弟俩，杨爱业说："你知道她那东西从哪来的吗？"杨敬业摇了摇头，说："好像在哪见过，想不起来了。"停了停又说："那东西确实是个好东西，只是时间仓促，没看得清楚。"

杨爱业说："其实，那是咱家的东西，父亲临走前交给我的，他说是老一辈人就传下来了，还说我们家祖上世世代代就是做陶瓷生意的，听说祖上把陶瓷生意做遍了滇中一带，而且，小有名气，可惜土改运动时值钱的都没留下，就剩下这小东西。父亲说，你上了大学算有个交代，我在家白辛苦了一场，就把这东西交给我保管，我没想到它会值钱，随手给了乔芬，今天你这么说，我还真有点意外。"

杨敬业没说什么，难怪那么眼熟，说起来小时候还真见母亲拿在手里，那时候不知道是什么，问母亲也没说明白，只说是祖上留下来的，要好好收着，也不让孩子们碰，生怕弄坏了。杨爱业为家里吃了不少苦，给了哥哥也是应该的，在这一点上，杨敬业是个明白人，别说是一个陶佩，就是全部家当给了哥哥他也绝无二话。

茶几上，泡了一棵水仙花，细长的叶片硕大而结实，小朵的瓷白色的花，中心有一圈淡黄的蕊，芬芳而缭绕的花香，在屋子里漫不经心地飘散着，刚好是七月，十五年前的这段时间，是他从大学回来的日子。

家里空间不大，杨敬业的目光落在杨爱业身上。三年前杨爱业查出了高血压，接着没多长时间又查出了冠心病，年纪轻轻患上了老年人的富贵病，杨爱业有一段时间简直是萎靡不振。开始的时候不去医院看病，说反正都病了，也没有医好的可能，就等死吧。他那无动于衷的样子，弄得周围的人都不好受，劝他赶紧去看。

后来，不知道受了什么刺激，每天往医院跑，吃药打针都很积极，到医院排队挂号和上班一样地准时准点。好在经过一段时间的治疗，病情稳定了下来，口服药品也固定下来，身体有了适应。下岗之后，每天有的是时间休息和静养，看上去身体和气色都好了很多，不仅人长胖了，脸上也有了光泽，只是因为没有工作和时间的压力，加上人到中年，脾气性格都随和了很多，看上去懒洋洋的，说话做事都比从前慢了三拍。

亲情这种东西，有的人说是血浓于水，可也不好说，若是兄弟反目起来，比仇敌还可怕，当然，杨敬业哥俩还达不到那种状态，只是经过这些年，兄弟感情就像茶一样，泡的时间越长反而越来越淡了。话说起来，哥俩从小感情要好，这些年，各自成了家，都有了一堆家务事，渐渐来往的机会就不多了，加之杨敬业不想见乔芬的原因，很少来哥哥家串门，顶多逢年过节回农村母亲那里聚一趟，象征性地吃个团圆饭，算是对这份亲情有个交代。

杨敬业不来看哥哥，哥哥杨爱业是很少会主动去看他的，杨爱业因为有病在身，又是家里的兄长，加之前些年对杨敬业的照顾，杨敬业为他做什么他都是受之无愧，心安理得。就像每年过年的时候，杨敬业给孩子的压岁钱总是要比杨爱业给的翻两倍，虽然钱不多，但小处见大，实际上杨敬业也就是一名技术工人，虽然工资高了那么一点点，但各方面开支也大，而且，自从他工作以后，母亲的生活费医疗费完全就是由他一个人承担，小处不可细算，生活也不容易，最关键的是长此以往，陈晓丹意见很大，夫妻俩常为这些琐事斗嘴。

可在杨爱业看来，杨敬业的生活和他相比之下，可谓是一呼百应了，人家是大学毕业生，人家是专家，人家是厂里烟花爆竹接回来的红人，这些都在杨爱业的想象能力之外。即使是遇到了下岗这样的一道大坎，杨爱业只顾专心养病，没有精力替杨敬业操心。杨敬业一直念着前些年哥哥对自己的恩情，滴水之恩，定当涌泉相报。他知道这辈子他已经欠下了杨爱业，即使下辈子接着赔也是赔不完了。

"工作的手续都办完了吗？"杨爱业从茶几上抓过来一包烟，递了一支给杨敬业，自己又抽了一支点上。杨敬业把烟翻回来在烟壳上敲了敲，说："上周五就没上班了。""那有没有什么打算？"杨爱业又问。"能有什么打算？过一天算一天呗。"

杨敬业难为情地笑了笑，其实，心里可没那么淡定，失业，对于一个在大型国营工厂的技术工人来说，可算得上是人生的一次重大转折，内心的苦楚简直没法用语言来表达。此时此刻，从心里来说，杨敬业虽然表面坚强，内心来说还是希望得到别人的几句安慰或是支持，毕竟坐在面前的是这个世上唯一可以说心里话的亲人了。杨爱业坐了一会儿，好像对此并不打算发表意见，杨敬业便主动说："那你呢，还打不打算出去工作？"

"就我这身体，还工作啥呢，能把这身体养好就阿弥陀佛了，就像你说的，过一天算一天呗。"听杨爱业说这样丧气的话，杨敬业原本还想说的话就全咽回肚子里去了，在杨敬业看来，虽然杨爱业身体确实有病，但若是有心出去工作的话，干个保安什么的也还能坚持，只是人的心态问题。俗话说，心态决定成败，这话一点不假。杨爱业无心工作，杨敬业有时候看着他的样子也觉得窝囊，只不过即使是亲兄弟，那也是他的事，各有各的打算，各有各的门路，他不好干涉。

又坐了一会儿，杨爱业才说："你上过大学，又有技术有文凭，想找个工作容易，不像我，拖家带口不说，还拖着一身病，出去工作只会让人看笑话。"杨敬业再坐下去听这些话就有些坐不住了，就因为他上过大学，他有技术有文凭，他就得事事用头顶着用肩扛着，他在杨爱业面前，不能有烦恼，不能有悲伤，不能有遭遇，就永远没有软下去的可能，他就是铜墙铁壁，就是巨无霸，就是铁臂阿童木，就是铁人王进喜。

哈哈，无所不能的杨敬业，还有必要争执吗？还有必要倾诉吗？还有必要和面前唯一可以倾诉的亲人家长里短吗？没必要了。杨敬业起身给哥哥加了一些热茶，便告辞而去。走到楼梯口，还能远远听到电视里传来的晚会声，像是有意要送送他。

四

四围青山合拢，在一片望不到边的苍青之中，半坡村那一轮浅黄色的黏土，就像一块匍匐的海绵，深深嵌在山脚位置，在云南的地图上，找不到这个地方的位置，如果是通过航拍来欣赏这样的风景，一定不会有人注意到那一片又薄又小的黄色。

如果是偶尔路过，一定更愿意去看看那连绵起伏的山峦，如波浪般婉约起伏的黛青色的梦境，被山林拉长的天空，像一个人没有尽头的梦境。然而，就是这一小捧进入不了视线的黄色黏土，几百年来，不断地创造着历史和奇迹，一批一批的陶器制品印着山里人的指纹，被远销往全国各地，散布于大江南北，甚至有的被流传到了海外，引来多少人参观欣赏，流连徘徊。被多少人所疼爱和收藏。又是这一小捧黄色的沙土，养活了半坡村多少百姓，在岁月的长河中，缔造着人类生息不断的历史，一个个血肉生成的故事。还是这一小捧黄土，它静静横卧于云南的滇中腹地，仿佛一口取之不尽的井，默默流淌着属于它的故事它的传承和它的文明。

中国的陶瓷是祖先勤劳与智慧的结晶，它既能直接为人类的物质生活服务，又具有高品位的艺术欣赏价值，堪称实用与艺术最完美的结合，陶瓷史上的每一个发明，每一项创造，每一次进步都凝聚着劳动人民的心血，是祖先留下的厚重遗产。

黄昏时分，杨敬业走到半山坡上，他记得小的时候经常来这里，捡一片碎瓷片拿回家去，在地上墙上或是纸上照着临摹上面的花卉图案，那些造型各异的图案常能激发他的想象。实际上，他心里清楚，老师们口中所说的他的绘画天赋多起源于这里，是这些陶片上的图案给了他绘画最初的启蒙，使他走入了绘画的艺术圣殿，得到了更多的灵感和发现。许多年过去了，几个废弃多年的窑床静卧于黄土之中，这里的窑口早已经薪尽炭冷，经过几度春秋岁月，雨打风吹，当年缔结着一代人命运的窑已经匍匐在苍茫的荒野之中，被四周的野草、荆棘和藤蔓所覆盖，如果不是有心人的探寻，谁也不会把这个地方和当年热烈红火的窑场联系起来。

从小，杨敬业对这片土地就有着深深的感情，不仅仅是因为这片土地养育了他，那种神奇的泥土还始终深深吸引着他。自从杨敬业从哥哥那里听了父亲临终前的话，黄昏的时候，他经常会到这里走走看看，没想到百年以后，自己为了生计重新走上了祖辈的历史，依旧靠这一捧黄泥为生。

其实，在很小的时候，他就听村里的老人说过，这里的人祖祖辈辈靠烧制陶器为生，民间有许多说法，旱季气候干燥，生产省工省力，产品质量好，销售快，窑户们说这是"财神显灵"。若是雨季阴雨连绵，影响生产，窑户们又说：陶器产品是山中求宝，火中求财，烧好烧丑全靠金火娘娘的恩赐。于是，这个地方每年把农历三月十五日奉为"财神会"，把六月十三日奉为"金火会"，每逢这两个日子，村民们便相约到观音庙烧香，到财神庙祭拜。

现在，作为窑村的后人，杨敬业站在了李义瓷坊的遗址上，这里，被当地人称做陶渣的陶器碎片到处都是，那一片片白的、灰的、黑的陶渣儿混杂在同样是白的、灰的、黑的风化石里，除了形状不同外，几乎和石头没有区别，它们散落在窑床的四周，凸起的窑身像是龙体，像是从窑床身上散落下来的鳞片，也可以说是龙身上落下的神鳞。

他的脚下踩着不计其数的碎片，历史的绝响在碎片之间发出呼唤，他似乎可以在飒飒风中听到窑工的呼吸，看到李义那张带着岁月痕迹风尘仆仆的脸。他查阅了相关的资料，关于这里的每一条记录每一个字都仿佛刻在他的脑海里。

据资料记载，清末民初年间，半坡村的土陶生产进入兴盛时期，阶梯式窑由原来的四条增至近十条，并由原来每条窑只有九仓增至十二仓，还创建了"半倒烟窑"。碗类有扣碗、马蹄碗、坯子青釉碗，又发展了绿釉碗、白鹤碗，生产有瓦缸、坛子、花盆、香炉、灯盏花瓶等，做工精致、容量准确、色泽素雅，在市场上享誉甚高。1954年，组建陶瓷生产合作社，把所有的窑集中起来，由集体统一支配，统一管理。1955年改为陶瓷社。60年代中期，随着国营大中型企业的诞生，陶瓷厂破土动工，成就了陶瓷业发展的皇天后土，书写了陶瓷业发展的峥嵘岁月。

如今，遗址上已经被农民们种上了玉米和板栗树，也有成片的荒滩，在闲置的土地上，村里养着牛羊的人家也会把动物赶到这里，每到春夏季节，山边的田野一片葱绿，农民丰收，牛羊啃食野草，有时候，牛羊会误闯进庄稼地里，农民拾起一块瓷片，向着牛羊抛去，风肆无忌惮地吹向远方，天空和几百年前一样明蓝澄澈。历史在渐渐还原最初的面貌，也在掩盖着当初的真相。杨敬业弯下身子，捡起一块印着青花图案的瓷片，将它塞进衣兜里，他似乎在寻找着什么，一次次来到这里，又一次次翻阅着资料，试图还原岁月的真相。

○第二章
易水山寒

上篇

一

左隶史，在命运的悲转里，又带着喜剧性地注入他的一生。他原本只是一个贫穷人家的孩子，却被命运无形的双手推入宫门。他原本只是一个生之无望的人，却在紧要关头决定苟且再搏一搏今生。

他出生在安徽一个偏僻小县城，那一带的男孩，因为贫穷选择做太监的多，当地流行一种说法，说是做了太监虽身下缺一件东西，但身上就可以样样不缺。做宫廷之人，从此一辈子有享不尽的荣华富贵。左隶史在家中排名第二，上有兄长，但有先天残疾，下有一个妹妹。原本父母打算把妹妹卖到妓院，但左隶史听说卖到妓院的姑娘，一辈子别想嫁人，挨骂挨打不说，平白地被男人糟蹋，最后还落个坏名声。左隶史从小心善，不忍心看孤苦的妹妹落入那样的境地，十二岁那年，甘愿净身，替妹妹受难，入宫做了太监。

自此，他们家的房梁上就多了一个木升子，左隶史被割下来的器官被用香油炸透、沥干，然后，装入一黄色油绸布包，内装八宝散。所谓八宝，是以石灰、珍珠粉、潮脑、樟脑丸、麝香、沉香、透骨草、辰砂混制而成。装进木盒子，放入升里，又放入半升石灰，石灰上面还覆盖着用棉纸写的卖身契约，按着红红的血手印，家人管这叫做"高升"。意在人运从此升高，实际哪那么容易，在宫中，太监的等级森严，总管、首领、御前太监、殿上太监和一般太监，还有低层太监没有官职，只做杂役，一年到头吃苦受累。

左隶史原来姓冯，具体叫什么名字连自己都不记得了，穷苦人家的孩子取名不讲究，顺着口瞎喊，据说名字取得越是贫贱，小孩子越是好养。左隶史进宫的时候遇上了一个姓左的老太监，老太监专管一群小太监的生活，对小太监动则手打脚踢，要不就是棍棒伺候，小太监没少吃他的苦头，当面都不敢说什么，背后把他往死里恨。老太监自己无儿女，喜好给刚领进来的小太监们取名，一顺地跟着他姓左，搞得自己好像子孙满堂似的，说是图个体面和喜气，又看左隶史人长得周正，眉宇间有才气，一时大喜赏了这个名字。

宫中有一个长生殿，长生殿有一个陶瓷做的观音，足有一人高，色泽如玉，慈眉善目，被称做玉观音。左隶史进宫以后，就负责掌管玉观音前的一对长明灯，拨蕊添油，昼夜不熄。左隶史日日陪伴这尊观音，每两天要用清水洗一次落尘，没事的时候，就托着下巴看着观音发呆，都说观世音是救苦救难的菩萨。他就对着观音自言自语："为什么我诚心诚意伺候你，可你还给我这样的命运，你的慈悲心肠都去了哪儿？"

日久天长，左隶史就对玉观音产生了怨言，有时故意在半夜把烛火熄灭，不敢两边同时熄，怕被老太监撞见估计可以打个半死，只敢亮一边熄一边，解解心头的怨气。有时趁人不注意把脏水弄在观音的身上，也是背着人做，都是些孩提式的发泄，实际上比不做还提着心吊着嗓子，做完后算是心里有了小小的平衡。更多的时候，只能把苦水往肚子里咽。

事情来得蹊跷，左隶史进宫五年后，有一天，他母亲思儿心切，把高升取下来，仔细一看才发现，虽然用石灰覆盖，又在上面浇了半斤花椒以防梁上的老鼠，可那用红布包着的东西居然神不知鬼不觉地不见了，红布里还无端地多出了一颗老鼠的牙齿，雪白的一长条，又圆又尖，揣在手心里有些阴森森的冷，看到这情景他母亲吓得半死，总觉得儿子在宫里凶多吉少，当时就气得痛哭流涕，并且，多方托人把这怪事传到了左隶史耳朵里。

原本是想让他在宫里多个心眼，可对于左隶史来说，原来那东西虽然悬在房梁上，但至少有个念想，根还在，还有高升的希望。现在听见这消息，瞬间万念俱灰，这世上真是没有可挂心的了，心里狠狠痛了几天，之后就有了一种看破红尘的开明，无所谓生死。所以，当一支义军深夜闯入宫殿的时候，左隶史几乎想都没想，趁着混乱跟着跑了出来，并且，糊里糊涂跟随这支浩浩荡荡的义军一路南下了。

已过晌午，天渐渐回暖，火塘的火熄灭了，听完左隶史这一段伤心的往事，李义边听边陪着掉了不少眼泪，偌大的山谷里就两个人的声音起起落落，呼啸的山风把两个孤独的身子紧紧地包围在一起。李义用袖子擦干净眼睛，又抄起身边的柴火把火塘熄了。他把小左的手拉过来，放在自己的掌心上仔细端详，小左的手薄而软，像握着一张白棉纸，十指尖尖，再看他的掌纹，最显目的是生命线，纹浅且弱，注定是苦命的人。

之前，李义在景德镇做工的时候，经常听一个老长工说起太监，这个老长工原先靠打柴为生，每天清晨都要送柴进宫，从宫内后门进入，直接进厨房，没机会多看宫中景象一眼。在宫中碰见太监也就一两次，一次是送柴的时候，因担子太沉，只顾低头走路，不小心身上的柴火挑了一个人的藏蓝色长袍子，他尚未站定，那身着藏蓝色开襟长袍的人就上来照着他腹部踢了几脚，扯着尖尖的嗓子眼，嘴里骂骂咧咧。宫中的人都惹不起，老长工疼得蜷起身子，当然不敢还手，等那人停了手，丝毫不敢停留，赶紧忍着痛从地上爬起来，挑着担子立在那里，垂着头一味地忍受着。

趁他骂停的间隙，老长工偷偷看了那人一眼，明明是粗大的骨架，又穿着男人的长袍，偏偏说话妖里妖气，眉心有一粒米大的红痣，说话的时候，那红痣眉顶随着跳上跳下格外显眼，不知是用胭脂点的还是天生长的，肤色搽了粉似的白得透亮，却又毛孔粗大。老长工当时就吓掉了七分魂，以为遇见妖怪，等那人走后，挑起柴火直奔后厨，因来来去去和一个厨娘较熟，就把刚才遇见的情形和厨娘说了，厨娘听完捂着肚子笑个不停，才告诉他，那哪是什么鬼怪，分明就是个太监。

还有一次，送完柴火出门时，看见厨房门前也立着一个这样的人，有了上次的经验，老长工就好奇地放慢脚步，偷偷多看了两眼，见他翘着兰花指，摇着香兰扇，说话时眉飞色舞极为夸张，腔调也是娘声娘气，嗓音里像是缺少筋骨，老长工越发地好奇。

等老长工进了瓷坊后，瓷坊里的多是些来自底层社会的百姓，没听说过宫中事，便缠着让老长工讲。老长工自打出生以来，人生中最为传奇的经历大概就数遇见了太监这事，于是，翻来倒去，加油添醋，把太监说得神乎其神，介于人类与妖魔鬼怪之间。

在没认识小左之前，李义想象里的太监便是男不男女不女，无公无母，无雄无雌之分的怪物。世间自天地开蒙，便向来以阴阳平衡为律，天为阳，地为阴。山为阳，水为阴。日为阳，夜为阴。男为阳，女为阴。只有阴阳平衡，方能万物为刍狗。若是阳气太盛，定会逼出阴气，阴阳失衡，预示天地大灾，暗无宁日，可小左偏偏是个阴阳之人。

再看面前的小左，一脸细皮嫩肉，俊俏如七月秀竹，抬头低头间，那一脸心无旁骛的慈眉善目，简直就是让人心疼，只是偶尔暴露一两句女声，尖着嗓子眼，语音如流水轻轻滑过，却是极有趣。得了，横尸野外的日子都过了三日，还有什么是顶不住的天，难道就凭李义这七尺之躯，一身虎骨，就算他真是妖孽还怕镇他不住。

李义长长地喘了一口气躺下，已是后半夜，山地回了湿气，铺了薄草的地面有些阴冷，他蜷了蜷身子，昏昏睡去。

二

就这样走走停停，两人已经完全没有了人形，好在这一片基本都是崇山峻岭，走上十里地也遇不上人烟，渐渐地放松了警惕，都是二十岁的少年，还有几分玩性，遇林子打鸟，见了河捞鱼，这山中野趣自有称心的时候，两人走走停停倒也轻松快活儿。

这天，走到了一处视野开阔之处，一条窄窄的土路，路两边是密密层层的玉米地，肥厚的叶子延伸到路的尽头，可以看见一个小集市，看上去还很热闹。市面上有卖馒头的、理发的、抽签算命的、卖针头线脑的、挑着担四处转悠的，看上去就有一种世外的太平和清静。这一带没有战事，偶尔有一两个官兵模样的走来走去，加上本来就是逃荒年，小镇上有一两个陌生口音也正常，官兵对过路的人盘问没那么仔细。

两人趁着人多，混迹到集市上，又向一位过路的老人打听，才知道这一带有一个方圆十里有名的地主，儿子在衙门里做官，但人心眼极好，田地收的租低，因此这地方才会相对太平，农民的日子要好过得多。老人看他们俩一身破烂衣服，长辫子胡乱束着，面色青黄，一看就是逃荒过来的，极好心地向他们推荐，说这段时间刚好是丰收季节，地主家缺人手，若是有兴趣的话可以去做短工。两人当下就按老人指的方向往地主家去了。

正是农忙时节，这地方地广物博，田地多，只是耕种的人少，地主家里本来就有二十多个短工，正缺人手，加上他们俩也不嫌多，一人发了一把镰刀，主要工作就是收割稻谷，一群男人在田地里，只听见割倒稻谷时的"唰唰"声，一群人干劲十足，干得欢天喜地。李义和小左夹在队伍中间，他俩都没干过这类农活，虽是下了苦功，还是远远落后了一段，但心里很高兴，甚至暗暗打算在这里长住下去。

田地里都是男人，大小便从不忌讳，都是背过身去就地解决，只有小左，隔上一会儿就得找背静的地方，三天后开始有人议论，说小左是个女人，要不怎么细皮嫩肉，而且还不长胡子。更有一个男人扯着小左的衣袖，非说要扒开他的裤子看个究竟，把小左吓得浑身上下直打哆嗦，一群人跟着嘻嘻哈哈大笑。那男人得到大家的笑声更是嚣张，肆无忌惮拽着小左的裤子就要动手，就在这一刻，男人的后脑狠狠挨了一棍，转回头来，刚好撞见李义一张怒发冲冠的脸。

短工们一下子乱了阵脚，岂有此理，在本地还吃了外乡人的亏，这仇肯定是要报的，其中，有个大个子带头吼了一声，一群人蜜蜂一样大叫大喊着拥来，李义看势头不对，赶紧拉起小左沿着小路就往山上跑，一群人又是敲钵打铁又是怒吼冲天，造着声势把两人追出去五六里地，才慢慢散去，两人只顾低头奔跑，听后面没有声音才停下，相互对看一眼，已经累得虚脱不堪，躺在草地上半天没缓过劲来。

好好的日子，没想到无故出了那么一个祸端，小左心里不好受，便对李义说："我从宫中出来后，就没打算长久地活下去过，不知不觉又活了那么两三年，算是老天厚待我了，现在还拖累了你。"说着眼圈一红，在眼眶里噙了好长时间的泪水就落了下来。李义看他那样，却不安慰，只对天哈哈一阵大笑，无所谓地大声说："哪有什么拖不拖累的，咱俩都已经兄弟了，还说这见外的话，往后的日子还长着呢。"

"像我这样的人，活下去又有什么意思？"见小左只管伤心，李义便说："你有啥不同了，我看你就很正常嘛，你成天想那些乱七八糟的事情做什么？"小左便赌气地扭头，说："那也不是不想就不存在呀，你看我男不男女不女的，活得越长就越遭人笑话的多。"

小左话没说完，李义一下子从地上跳了起来，用双手扳着小左的肩膀说："谁说你不男不女了，我看你就一堂堂正正男人，哪不像了？你告诉我，今后谁再瞎说我听见一个打一个，打到他满地找牙，从此以后，就让它成为天也不知地也不知，就我们俩知道的秘密，我们不说，谁会知道？"

"当真可以？"小左的脸上浮出一道光亮，他倒是从来没想过可以这样，李义提醒，仿佛看见了希望。"当然可以。"李义肯定地回答。小左欢快地跺了跺脚，又转过身迎着山梁跑去，那宽大的衣服被风吹得鼓胀起来，李义远远看着他边跑边笑，像一头撒疯的小鹿奔跑在山林间，把他内心的快乐染得跟山体一样一片通透的绿色，李义心里也亮堂堂的了。

再往前走，日子仿佛被莫名地拉长了一半，实在是因为体力不支。这天清晨，穿越了一处河谷，呈现在面前的视野恍惚间开阔起来，远处密密的树林仿佛为连绵青山加了一床厚实的棉被，初晨的阳光从浓密的枝叶间缓缓落下，成了土地上跳动的影子，而在不远的地方，有一小堆密密的土掌房，像是散落的棋子分布在半山坡上，高低错落有致，从远处可以看见村子中间有一条发白的小路，绸缎般把这些屋子系在一起。小村背西面东，当太阳从地平线升起的时候，整个小村就沐浴在一片祥和而明媚的阳光里，宁静的小村，那不成规则的边角也有一种与世无争的安详。

而在小村背后的山坡上，在山腰那些树林的缝隙之间，能看见大片裸露的黄土，那澄明的黄色仿佛用水洗过般的清晰和明亮，在阳光下闪着金砂般的光泽。李义对着阳光缓缓地舒了一口气，有一种久违的陌生的喜悦从他的脸上如泉水般一滴一滴流了出来，在他的眼眉之间，笑颜之间，鼻唇的颤动之间汇聚起来，在他的脸上放出异彩。

　　他压制不住内心的欢喜，因为他看到的不仅仅是小村秀美的图景，他看到的是在远离小村的半山坡上，有一个古堡形的土堆，土堆尽管被浓密的青草所覆盖，但因为有散漫的青烟从那里飘出来，升向蓝色的天空，他便一眼认出那是他夜夜梦里遇见的窑，是他日思夜想的梦土。

　　当李义迈开大步向着村子靠近的时候，小左余悸未消，只是迟疑地默默跟在他的身后，他们穿过一片杉树林，鸟的叫声时远时近地传来，仿佛悠扬的鸣笛。那一刻，小左突然从心里生出了一种绝望，他似乎感觉到了，那个村庄像一条河流，当他们如两滴水般汇入河流的时候，李义会很快拥有全新的生活，很快融化在村庄构成的浪花里，回归他的人类生活。而自己将注定汇入不了这个美丽的村庄，村庄里住着的人，他害怕面对陌生的男人和女人的面孔，问他为什么不长胡子，怕他们会在突然间要扒开他的裤子看个究竟，他被心底那丛无法摆脱的巨大阴影所压迫着。因此，当李义每一步踩出欢快的时候，小左的每一步都踩出心惊胆战。

三

　　这个窑的主人叫姜老汉，本地村民，中等个头，头发杂白，常年手里握着一只长烟枪。本地村民，父母早亡，30年前，他到后山上砍柴，遇到一个腿摔伤的老人，老人向他问路，姜老汉原本心善，他看老人孤苦伶仃，又身受重伤，实在不忍将他扔在深山野林之中，便将捆好的柴火扔向一边，蹲下身子将老人背回家中。为了给老人治好腿伤，他天天上山找草药，把打来的野物给老人炖汤喝，老人看他善良厚道，为人实诚，告诉了他一个秘密，在你们的村后的半山坡上藏着无价的宝贝。

那时候，还很年轻的姜老汉一听就愣住了，后山坡除了松树就是荒草，他每天上山几次，从来没发现什么宝贝。老头微微笑了笑说："真正的宝贝是用之不尽，取之不竭的。"

见他如此卖关子，姜老汉更是一头雾水，老人呵呵一笑，用手指捻了捻了银须，这才凑近他的耳朵，说那宝贝就是泥土，那些黄色的泥土黏性极好，是烧制陶器的最好原料，为了寻找这种上好的泥土，他已经走了很多地方。

"哦。"年轻的姜老汉如梦初醒，没想到那普通黄土还能炼制陶器，他家里当时就一个瓦罐，当宝贝似的用。老人在养伤的半年时间里，两人合力建起了这座泥窑，并且，老人手把手教会了他如何和泥，拉坯，烧制。姜老汉虽爱泥如命，可惜只学会了简单的陶碗制作，老人因出门太久，怕家里惦记，便在一个清晨告辞离开了，离开前只给姜老汉留下一句话："手艺人，哪朝哪代都饿不死，你有了这门手艺，够养活你一辈子了。"

可惜的是姜老汉没什么造诣，除了老人留给他那点手艺，自己没个创新，那么多年了，依旧只会烧土锅、土碗、土盆，而且，由于火候不高，手艺不精，拉坯的时候总拉不好，做出来的碗陶壁很厚，一个足有半斤，笨拙而沉重，用起来不方便。原来周围的村民图便宜，都愿意来找他买，渐渐地，市面上出现了釉面碗，既轻巧又好看，姜老汉的土碗就越来越走不开了。

　　进了村后，不用路人指引，李义带着小左直奔姜老汉的家去。姜老汉有一门手艺，算半个商人，家在村里还算阔气，门外一对青白色的石担，足有半人高，青石立面，高昂大气。正堂牌位上供着鲁班画像，那是手艺人的师祖。李义三叩，又请求姜老汉收留他们，姜老汉开始不相信，看这两个年轻人一脸风尘的样子，不知道什么来路。

　　向来，姜老汉对于陌生人十分警惕，因家之前遭过土匪，土匪进村后直接抄了他的家，姜老汉看形势不对，把家里积攒的所有银两奉上，可他老婆不愿意，一时激动失去理智，抄起厨房的菜刀想和土匪拼命，就是在和土匪的冲突中，被推了一掌，不小心把后脑勺磕在米柜子上，当时出了个血肿，昏睡了三日后便过世了。因此姜老汉对于两个陌生的年轻人很防备，生怕遇见坏人，没说几句话便挥着长烟枪将两人撵出了家门。

　　黄昏已近，李义不肯离开，就在村中的破庙留下，两人偷了些供桌上的糕饼充饥，天气转寒，夜里，风从裂开的墙缝灌了进来，两人被冻了一夜。小左身体本来就弱，这一夜受了风寒，第二日，一直高烧不停，体温烫得吓人，李义身无分文，请不起郎中，在村里急得团团转。不知不觉又转到了窑上，见姜老汉正带着两个长工拉坯，都是极为小心谨慎，偏偏到了要紧处，手指上的肌肉一松，把持不好，那坯子一歪就毁于一旦。拉坯可是制陶中的绝活，你越是绷得紧它越是不成形，只有五指放松，使出巧力，那一摊软泥方能显出筋骨。

　　看了一会儿，就像责任心极强的母亲给孩子喂饭，孩子不张口，母亲便会不自觉把嘴张开，那坯拉不好，李义急在心上，不和他们打招呼，自顾自冲上前去，抓了一团黑色的陶泥，轻车熟路架在拉坯机上，轮子极为配合地"唰唰"响了起来，只是一眨眼睛的工夫，一个既薄又透的小碗就做好了，又用身边的小刻刀，在碗沿上刻下几朵小荷花，把姜老汉和两个长工都看傻眼了，在姜老汉看来，这功夫比那老头厉害多了，算是开了回眼界。

见有如此绝活儿，姜老汉便赶紧缠着李义不肯放手，手艺人都要相互切磋方能长进，这偏僻的小村自那老头走后，就再没出现过制陶的高手，姜老汉闭门造车几十年，心里的那点技艺早就落后。正穷途末路之际，看见了李义这一身功夫，简直就是如获至宝，马上安排家中备了酒宴，要好好招待哥俩。又给小左请了郎中，两服汤药之后，小左病情就退了。于是，李义和小左就有了窑后面一间土掌房，姜老头又让他的大女儿慧莲给两人絮了一床新被子，刚好进入初冬，两人结束了寒冷的流浪生涯，在这里安居了下来。

姜老汉的家是两间脸贴脸的土掌房，中间有一个天井，也是行路，两道门基本上是贯穿的，从前门出去，直通村道，从后门出去，就通碗窑，主要是为了运送烧碗方便，人可以直接穿过，天井里种着一棵桃树，深冬后，落尽了叶，顶了一头枯枝，开始疏疏散散有几个绿色的小苞。桃树旁边，有一口水井，井里常年有两条青鱼，据说是把守井底龙宫大门的青衣小将。李义和小左住的房子就从后门出去，房子是连成一体的，只是门隔开了，出门就可以直通院子，生活倒是方便。

他们两人住一间，粗糙的泥墙，干草铺就的屋顶，歪斜的烟囱，尘垢满面，颓败不堪，但好歹是间屋子，点上油灯，能见一丝光亮，比起深山老林，一个个黑乎乎的山洞自然是天上地下，没法相比。另外一间还住了两个先前的长工，都是大个子大方脸，一眼看上去浑身肌肉，有使不完的力气，两人偷偷把高个的叫大方，小个的叫小方。

姜老汉老伴去了以后，留下一双女儿，可惜天公不作美，这辈子最遗憾的就是没有一个儿子来继承香火，他时常在想，若是有个儿子就好了，可以继承他手艺，把窑一代一代传下去。他的两个女儿，大女儿叫慧莲，长相端正，脸蛋圆圆的，不是鹅蛋脸的圆，是汤圆的圆，那种圆是糯糯的，圆得没了形状，鼻梁有些塌，双眼皮，说话尖声尖气，喜欢站在院子里扯着嗓门喊，每天清晨六点打井水，和着打鸣的公鸡高一阵低一阵的赛嚷，整个院子就是她的喊声，边喊边用捶衣服的梆子敲着井沿。吃饭啦，起床啦，出活儿啦，都想赖床上呐，小军犯。

开始听见她骂"小军犯"的时候，李义和小左吓出了一身冷汗来，被她骂一次心就慌里慌张跳一次，半天平息不过来，以为两个人的身份被她发现了，猜测着要不要赶紧逃命，后来才发现那是她的口头禅，就连门外往西住着的满脸麻子的刘老太婆她也这样骂，两人才松了一口气。大方和小方一听见慧莲的声音，都把嘴巴往上翘，说这样的懒姑娘，才会抬着嘴瞎喊，就没见她做过正事，都懒得理她。

刘老汉还有个小女儿叫金莲，金莲长得好看，真正的鹅蛋脸，大双眼皮，眼睛下方还有一对卧蚕，一眼看过去有点观音的模样。金莲勤快能干，17岁就许配给了村东头一户地主家，家里有几十亩田地，靠收租打发日子，日子过得快活。因为离得不远，金莲经常回来，翘着小指在天井里给父亲补衣服，把家里里外外打扫一遍，反正是惹人疼爱的闺女模样。

按常理说家里的闺女该是顺着嫁，依大到小，先嫁小女儿，把大女儿留在家里的还真不多见，实际上，姜老汉是有苦说不出。慧莲从小好强，生了男孩子的性格，那脾气整个村里的年轻后生们都领教过，一般穷苦人家的，慧莲看不上眼，稍微有点家底的，人家又嫌弃了，怕难伺候。没办法，姜老汉只好托人到远近村庄说媒，可人家都会先到村里打听，打听这个东西水分可就掺大了，一般的人不说，一旦说了往往都会添油加醋，上纲上线往死里说，自然就把人吓跑了。大女儿没地方许配，总不能再误了小女儿，姜老汉心一横，就当把慧莲放在家里养老，先把金莲的婚事办了。

天寒，夜又来得早，在天井里烧了个火堆，一群人围着取暖，再在火堆上面架了个锣锅，金灿灿的小米粥熬出了"噗噗"的香气。大家围坐在一起，整个屋子就热闹起来，看月亮从两个瓦檐间穿过，高一句低一句说着笑话，日子被一堆火烤得亮堂堂的。慧莲掌着勺，静悄悄地往锅里搅，姜老汉看着姑娘脸上那一团红晕，觉得姑娘变了，咋莫名其妙温顺了许多。直到小米粥熬好了，慧莲抓起泥碗，一勺一勺打满后，先递到了李义面前，向来做事没个轻重的姑娘，目光中竟然露出了一丝让人难以察觉的羞怯来，姜老汉眼睛一亮，一拍大腿，责怪自己咋那么愚笨啊。

说良心话，这个窑自从李义来了以后，真是一天一个样子，不仅拉坯拉得好，做出来的陶器胎壁薄而均匀，造型也比较规整，拿在手上轻巧简便，还在碗口上画上了牡丹、小鸟、梅花的图案，他的画法草率、简单、纹样简朴而图案化，不浪费时力，却又极为接地气，用现在人的话说，真是物美价廉，深得当地人喜欢。李义点子多，加上有多年的烧制经验，凭着记忆，自己揣摸着又把原来的窑改建成了阶梯式窑，改建后可以成批地烧制，省时省力，不仅大方小方对他赞不绝口，就连姜老汉也开始对他礼让三分。

住下来几天之后，小左基本就适应了这里的生活，他天生的心思缜密，又手指灵巧，对于制陶反而是一点即通，加上有李义的亲自指点，没过几天手艺便在大方和小方之上。小左原来在宫中的时候，见过太多的陶瓷御品，算是见过世面的人，为他在制陶想象力的方面提供了无限的可能，现在沿着记忆的基础上，往往会有一些出其不意的创新。有时候在窑上一待就是几天，走火入魔般地忘记了吃饭睡觉，居然琢磨出了香炉、烛台、花瓶等一些新玩意，在当地很少有人见过，往往是一出窑就抢购一空，让李义既惊又喜，而小左也在制陶中体验着人生的另外一番乐趣。

姜老汉看在眼里喜在心里，原先想把李义收做继子，传承衣钵，现在看穿了慧莲的心思，方又恍然大悟，这不明摆着是最好的天赐良缘嘛。看李义也没什么来路背景，就想把他招为姑爷。一边让金莲去打探慧莲的口气，一边就想瞅个机会和李义谈谈。

这边，金莲隔三岔五地回家探望父母，见慧莲正在搅糊，搅匀了，放在一边等凉。金莲往床边一坐，嘻嘻笑着发问："咋越来越勤快了，糊窗户纸呢，给李义哥那间也糊糊呗。"慧莲用手中刷床榻的小扫帚轻轻拍了一下妹妹的屁股，说："这么点面糊，先糊两双鞋帮子。""给谁做呢？"金莲又问。"反正不给你。"慧莲脸一红，就想往门外躲，被金莲堵了路，说："给李义哥和小左哥一人糊一双呗，他们俩在这里没亲没靠，既然住咱家，就是咱家的人了，你得管人家冷热呢。"

慧莲没作声，正中了金莲的下怀，逮了这机会，就把姜老汉的意思说了，金莲说这话的时候，已经有六月身孕，虽然穿着厚棉袄，也盖不住那往外凸起的大肚子，那股傲气让慧莲羡慕得不得了。哪个少女不思嫁，慧莲虽然表面嘟着嘴，一脸委屈的样子，又勉强说了几句那种小军犯，谁知道什么来路，他也配之类的话，责怨父亲当真忍心把自己许配给这样来路不明的人，分明是很委屈，把金莲听得云里雾里，可慧莲说了几句之后又欢天喜地点了头，话到这里，金莲一起身，算是大功告成。

四

有了慧莲这边的回话，姜老汉心里大喜，就把这事放在心上了，过了几天，趁着和李义一起上山采窑土的机会，姜老汉就把自己的意思给明白说了。这事情没说之前，姜老汉是认真仔细权衡过。李义是外乡人，除了那个白白净净的小兄弟之外，姜老汉也旁敲侧击地打听过，他没什么亲人，对于他这样的条件，能够入赘到这里是再圆满不过的结局，既有了老婆又有了碗窑，而姜老汉呢，也算是后继有人，可谓是两全其美之策。

所以，姜老汉说得很畅快，没想到的是他话音没落，明显感觉到李义愣了一下，连手里推着的木头小车也跟着颠了一下，还以为是李义激动过头，没想到的是，李义愣了那么几秒之后，竟然回过头来，闷声闷气冷冰冰地回了一句话："入赘？不行，我李义站不更名，坐不改姓。"

姜老汉心里一"咯噔"，没说之前他就有所准备，虽相处时间不长，却知道李义这拗性子，可李义那么一句冷冰冰的话，完全没有商量的余地，像是大热天给姜老汉灌了一口冷风，姜老汉咽不下这口气，把一张老脸垂得跟被霜打过的茄子似的，又青又皱，一脸放不下去的样子。原以为，这样过三天李义自会让步，可等了一周李义只字不提这门亲事，丝毫没有软下来的意思，姜老汉又沉不住气了，谁让自己和闺女都那么喜欢这年轻人，趁着上山拉窑土的机会，只好再次向李义让步，且当是认了一个干儿子，当下就答应了，以后瓷坊和后代均随李义，想着都已经如此让步了，李义总该识些抬举才对。

"这是大事，我得再想一想。"李义却还是那句老话。

想一想？姜老汉这次心里真有些不畅快了，他不停地琢磨，我窑贴给你了，姑娘也贴给你了，你占了便宜不说，居然还想一想，虽然慧莲这姑娘脾性上是有些强刚，可这些年我姜老汉也是当心头肉养着，没给饿过冷过，你一个没来路没身份的穷小子，捡了便宜还卖乖，真不识抬举。想到这里，姜老汉脸拉得老长，二话没说反身就走，长烟枪挂在腰杆上，走起路来"哆哆"直响。把李义一个人扔在半山坡上，一愣一愣地看着那一堆黄土出神。

　　窗外的黑夜，结成了一张巨大的网，把窗户都封死了，北风呼呼地吹着，越过山谷的时候，像一个人扯着嗓子哭喊，正是霜降天，那冷不是一间土屋子能截得住的，冷风沿着土墙缝隙挤了进来，屋顶上的茅草被风掀得"哗哗"响，整个屋子都是冷的，屋子里的一盏清油灯，豆大的火苗，一动不动，结了灯花，自行脱落，摇曳一下，又止住。

　　时间在黑夜里凝固着，浓稠得像一团搅不开的墨汁，这种长时间的沉默，已经让小左预感到李义今天晚上一定有什么心事，他一直在等待着，看他烦躁地走来走去，看他不安地咳嗽，看他的眼神在屋子里没有目的地跳来跳去。终于，李义在轻轻咳嗽两声之后开口了，他把中午发生的事像讲故事那样地重复了一遍，每一句话，每一个细节，每一个眼神都没落下，他说："我原本只想在这里糊个口，没想过要娶妻生子，这样的结果真是意外，这辈子以为会一直漂下去，没想到莫名其妙又要把根扎在这里。"

　　"那还能有什么去处，有个家终归是好事，像我们这种外来人，能有一口饭也不错了，这还能娶上媳妇，算是前世修来的福气了。"小左一句话就把李义定在了那里，这时候，小左的冷静给了李义一定的勇气。

　　李义又说："其实，你最明白我这脾气，穷点饿点都熬得过去，啥苦头没吃过，就怕娶了她受气，就慧莲那脾气，怕闹不好惹出麻烦。姜老汉有恩于我们弟兄，他的女儿我自然是不能亏待，怕往后闹得不可收场。"

　　"那是当然。"小左回答。李义叹口气又接着往下说，"之所以不同意入赘就是考虑这个，我宁愿不要这几分家产，也不想一辈子在她面前活得窝囊，若是一切都随了她，只怕比现在还要嚣张。"

"好在姜老汉也答应了，看得出是真的赏识你，若还拒绝就说不过去了，至于慧莲，只但愿她婚后能够改着些。"小左说话的时候用竹签挑了挑灯花，那光在屋子里又透亮了一些。

原本这是冬季，正是适合嫁娶的日子，日子挨近过年，有些人家门口已经挂起了竹灯笼，姜老汉的窑坊里，爆竹声一浪高过一浪，空气中弥漫着幽微的硫黄味，为了助兴，特意请了县里的班子来跳花鼓舞，胭脂、锣鼓还有女人的香粉，一派祥和之气，全村的人都围拢了过来，屋里屋外塞满了人，孩子们扯着新娘子的衣角讨红蛋，新娘子干脆把盖头扔到一边，乡里乡亲的，谁还没见过谁，一把瓜子撒出去，天井里立时挤满了欢快的笑声。

胸前挂着大红花的李义，一回头看见了供桌上的一对烛罩，因为这地方偏远，买不到红蜡烛，只有一对白蜡烛，有的人家婚喜大事的时候，就用红布做个罩子挡一下，算迎个喜气。可小左偏偏不肯，到后山上找来陶泥，又用细筛子过滤了三四遍，那陶泥经过几次过滤后只剩下了金沙似的面粉，用手指摸去，黏黏的像极了女人的脂粉。他又加上红色的朱砂，揉了又揉，捏了又捏，那泥团居然渐渐显出了筋骨，柔润而光洁。

他用最小的架子拉坯，每一个动作都极为小心和谨慎，做成了两个上下两头尖，中间圆的小"鼓"形状，像两只圆鼓鼓的小杯。他下了狠功夫，边拉边磨，直到它们薄成了蜻蜓的翅膀，然后，又放入窑里，边烧边打磨，做得极为谨慎，整整七天七夜，他没闭过眼睛地守着炉子。一对烛罩出炉了，晶莹、别致、剔透，细看时映入眼睛的都是红通通的金色朱砂，如绢纱做的丝网，再将一对白烛罩上，火苗轻轻跳动，那烛罩就成了一汪的水莲心，粉嫩得可爱，让整个屋子都映着红光。

屋子里顿时一阵惊叹声，纷纷赞叹小左的心思和手艺，小左被夸奖，瓷白的脸上更是一阵潮红，亮汪汪的眼睛盯着灯火显出一份痴迷。村中前来帮忙的几个妇人围了上来，眉飞色舞地纷纷夸赞说：这样的烛罩，只怕是皇帝老子讨亲也没得见过呢，小左真是好性格好手艺啊，今后若是谁嫁了他也是一辈子享福。小左听完，心里更是美滋滋的，习惯性地兰花指一翘，一跺脚，又显出了女儿的娇憨状来。

这群女人中有个叫五娘的，平日里性情泼辣，喜欢出风头，便模仿着小左的模样学他的动作，只是做得要更夸张些，边做边哈哈笑着故作尖声尖气地说：别说了，人家姑娘害羞嘛。她动作没完，一屋子的人已经笑得前仰后合，平日里大家就觉得小左怪怪的，如今被五娘模仿放大，就像被放大镜扩大了数十倍，大家当然要尽情逗乐一番。平日里不方便说的话就尽着兴说了，有人说小左是阴阳人，上辈子作了孽，投胎转世没投好，成了这样。就有人问他：小左，你打算啥时候也讨个老婆吧。旁边就有人接了口：这样子，哪家的姑娘敢许给他，没几分阳气，胯下的东西直不起来，那姑娘还不是白白遭罪，守活寡。

屋子里又是一阵笑声，小左就这样轻飘飘立在一堆笑声之上，像一样被风托着一样失去了重心，瓷白的脸上泛出苍青色，似是脸上的毛细血管要破壁而出，细密的汗珠沿着细长的腰子脸滚了下来，上牙咬着下嘴唇，似是咬破了，渗出一丝鲜红。

就在这个时候，李义突然翻脸了，指着一屋子的人大声吼道：滚，全都给我滚出去。所有人被吓了一跳，凑热闹的小孩子们不知道新姑爷怎么发那么大脾气，全拖着手往外跑。成年人脸上更是挂不住，大喜的日子，没想到遭新姑爷臭骂，一个个憋屈地垂着脸，那五娘便回嘴说：嚷什么，也不过是个上门女婿，还没掌管大权的，就六亲不认，自以为是，哥俩都不是什么好东西。

说着便带头往屋外走，其他人便跟着往屋外退去，边走边骂骂咧咧，说：姜老汉厚道了一辈子，真是瞎了眼，老来家里招来个白眼狼。

小左知道自己又闯了祸,却无能为力,只能趁着人流也走了,失魂落魄地回了他的屋子。

　　这一切,姜老汉全看在眼里,却是个明白事理的人,立在门框边不说话,等人散尽了,才语重心长对李义说:知道你心好,心疼兄弟,可乡里乡亲的也要给面子,凡事不能意气用事,要讲究方式方法。虽没有正面责怪,语气中的怨言也是显而易见了,慧莲早就在一边哭哭啼啼,大喜的日子弄得跟哭丧似的。于是,好端端的一个大喜日子,又弄得不欢而散了。

　　同声相应,同气相求。这本该是洞房花烛夜的情景,然而,事实上完全不同,李义和慧莲躺在床上,都拘谨得可怕,大气不敢出,李义心思没回来,慧莲是紧张得过头,人生的第一次,充满了神秘的未知。加之,李义始终怵着慧莲,摸不着她的脾性,不敢轻举妄动。烛影里,只看见帐幔被褥一团一团地倒映着大红的喜气,把屋子照得水汪汪的,直到烛火燃尽,那红红的光收拢回来,才摸索着解衣裳上床。

　　黑暗中,两人渐渐靠拢,不提防碰着手脚,赶紧闪开,再碰着,又闪开,来来回回几次,别手别脚地生硬,就是无从左右,不知道怎么办才好。李义因为发生了不愉快,心里总是梗着一块。当他想起身的时候,慧莲的身子才缓缓压了过来。

　　就在这时,"咚",天井里传来沉闷的一声响,像一个重物坠落到地上的声音。

　　"小左,小——左。"李义对着屋子外大声喊,推开慧莲向着小左的屋子跑去,小左悬在房梁上。他一把抱住小左的腿,狼嚎般地大喊:"你咋那么傻呢你?"

下篇

一

遇见李子迁那天,刚好是一场小雨后,风中夹杂着星星的雨滴,其实,也不叫雨滴,应该是空气中潮湿的水分子,落在脸上或是脖子上,酥酥痒痒的,天上的乌云被风吹开了,暂时还没有太阳,头顶上成了灰白色的一片天空。水泥路面上积了层雨水,有女人走过,用手拎着裤腿。穿着高跟鞋,还踮着脚尖,走得极小心,不像是踩着雨水,更像是怕踩着地雷。马路上人车乱窜,都被一场雨水憋急了,一个个急着往前方瞎赶。

走出理发室的杨敬业,依旧剪了个保持半生的四六分发型,黑边眼镜挂在一线直挺的鼻梁上,高颧骨,毛孔有些粗,白衬衫有三四天没换了,反正没心情,衣角有些泛黄,走在街上像包了一张陈年的日历。一根碎头发掉进了背心里,杨敬业边走边用手往衣服里挠,这时候,真是嫌手生得太短了,若是能再往上一点点,或许可以正中要害,现在,可以挠到的地方意犹未尽,把不痒的地方也挠痒了,人的生理往往被心理所掌控,大脑神经永远指挥坐骨神经。

就在这个时候，李子迁像是从地下突然间冒出来，抓了一把杨敬业的胳膊，等杨敬业发现他的时候，已经整个地挡住了杨敬业的视线，脸上似笑非笑，又是一张努力掩藏沮丧的嘴脸。李子迁读书的时候，属于那种矮小细瘦的袖珍体型，不知是属于晚期发育还是后期营养跟上，自工作以后个头突飞猛进，人向宽处长处都扩展了一圈，肚子腆起来了，后背就宽了，不是前突后继，而是八面玲珑，黑皮包习惯性夹在胳肢窝下，天生的老板派头，用老人们说的话是越来越毛光水滑了。

杨敬业看见那皮包，故意逗趣："还夹那包做啥，有多少可装的，我看你是装羊还差不多。"杨敬业不是不识相，调侃李子迁那么多年了，不说他几句都快过意不去。

这话正触到了李子迁痛处，他不好意思地回答："以前天天跑银行取款转账，没个包不方便，现在虽没可装的，可是已经成习惯了，不夹个包，总感觉胳肢窝下吹凉风，冷飕飕的，对，对，就是装羊，装羊也好嘛。"说完又呵呵笑了两声，自家兄弟，玩笑开得多就习惯了，只是那话音里听上去憋屈得很。

杨敬业听后呵呵一笑，暗自庆幸，还好自己工作十多年，没染上什么职业病，这一点倒是比李子迁值得乐观。

李子迁和他属于同一个村，两家的屋子就在前后，是邻里也是发小。易县这个地方小，他们所居住的小镇就更小了，一段丁字路口基本上就贯穿了整个小镇的房屋。半坡村就一所小学，镇上又是唯一的中学，整个县城只有一个高中，两人同步走来算是情深意长。实际上，在90年代初期，能从小学一起读到高中的同学也不多，好多同学读完初中后就没读了，还有一部分进了职中和技校，最关键的是最后两人又在了同一个厂里工作。

李子迁高中毕业后进了陶瓷厂工作，等杨敬业分到陶瓷厂工作的时候，李子迁已经对这个厂区轻车熟路，有了相当的人脉和关系网，俨然一副老工人的派头，没少给杨敬业带路，平日里总是相互照顾，比较谈得来。

每个人与生俱来都会带着一份特长，关键就是要遇到合适的机会或被充分开发利用。李子迁便算是一个奇才，天生对数字敏感，原本进厂的时候在机关做个临时工，负责打开水倒茶扫地的工作。有一年年末，县里审计组要突击检查陶瓷厂的财务工作，财务科就两个人，一个会计一个出纳，都是上了年纪的老花眼，抬着计算器每一个数字不是按出来的，而是跺出来的。眼看时间紧迫，还有年尾两个月的单据没出凭证，大堆单子没有清理，月底了，正等着进料销料，两个老花眼急得半死，见李子迁提着热水壶进来，就让他过来帮忙按计算器。

这一发不可收拾，李子迁真是无师自通，不仅做得快，还做得细致认真，边打数字就把一堆单子清理出来了，原本需要一个星期的工作量，提前两天就完成。更何况老花眼都是老把式，对财务工作严格，教起徒弟一点也不含糊。那时候，在县城这种小地方，大学生还属于凤毛麟角，高中生也算是高才生了。企业也有自主招工的权利，厂里领导听说后把他破格当个人才，立即申请转了合同工，正式成为财务科一名正式职工。

别以为财务工作只是拨算盘珠子按计算器那么简单，却是整个部门的中枢机构，财务管理在清朝叫做内务府，在唐朝称为户部，在汉朝又叫治粟内史，是掌管经济大权的地方，所有经济出进都得经过这个部门。李子迁在财务科工作几年，为了工作上的业务往来，不仅对陶瓷厂内部横向关系清理得有条不紊，而且对于外部的纵向关系也是熟门熟路。像政府、财政、审计、工商、民政、银行等部门都有一定的关系，并且长期和外地公司联系，在销路上也有不少渠道。在社会上，这些关系形成一张巨大的蜘蛛网，表面上各自为营，实际上又暗穿贯连，李子迁有了这张现成的关系网，他就像网中间那只八脚的蜘蛛一样，可以天马行空，来去纵横，有了不一般的神通。

被李子迁吓了一跳的杨敬业，正是五股奇痒的时候，手还落在背心上，一脸窘相外加一脸傻笑，边挠痒边和李子迁答话，街道本来狭窄，两人往中间一站，当即堵了半条马路，后面的三轮车喇叭救火似的响个不停。李子迁二话不说，把他另一只手抓在手心里，"走，找个地方坐坐。"说完就想起了这条路背街的地方有个茶室，生意不好，却安静。

两个人并排穿过人潮如流的街道，又转入一条冷清的小巷，才到了茶室。茶室不大，坐着四五桌人，大白青天，都是没事儿过来这里打发时间，谈政治谈时事谈街头巷尾的八卦，虽与自己无关，却谈得意气风发，唾沫横飞。门口坐着一个老妇人，独自唱着花灯，用手打着拍子，那唱腔凄凄惨惨的，不像是唱歌，倒像是哭丧。

他们要了一壶本地的绿茶，选了个背静的角落坐下，像是被堵塞时间太长的下水道，一旦盖子掀开，总要散发些气体出来。下岗，对于他们这代上有老下有小，家庭的顶梁柱来说，真是一个陌生而艰深的词语，在这次下岗的浪潮中，打破了上千名职工端着"铁饭碗"的美梦，原本衣食无忧的工人阶级，瞬间进入"三无"人员境地，令许许多多的家庭陷入莫名的恐慌，也让原本雄心勃勃想要干一番大事业的杨敬业之类的技术人员突然间没了施展的地方。杨敬业和李子迁便是这场变革中两朵细小的浪花，他们被这场浪潮席卷着推搡着，陷入前途未卜的境地。因此，一旦话匣子打开，便一发不可收拾。

抱怨总是要有的，伤感总是要有的，委屈总是要有的，苦闷也总是要有的，还有许许多多的理由也是需要发泄的。几十年来一直勤勤恳恳，劳而苦干，一心一意在工厂工作，思想意识观念都被固定在一个模式里，人生最宝贵最青春的年华都已经贡献在了工厂里。如今，却被强行买断被迫脱离,可以说为之一生同时也给予无限希望的工厂,和工厂脱离了一切关系,未来的命运只能靠自己去挣扎,去奋斗,去听天由命,而将面临的生活,养家糊口等压力可想而知。

但是现在返回来想,一段时间以来,企业亏损严重,工厂生产滞后,扣除五险一金的超低收入早就让每个职工苦不堪言。面对日益上涨的住房、医疗、教育和生活开支,生存和工作环境已经不断恶化,贫困已经像一团浓重的黑云飘荡在了工厂上空,只是迈出这一步需要勇气,可走这一步也是大势所趋。

话题一旦打开,就收不回来,这样莫名其妙发挥了一个多小时,时间在一壶又一壶的茶水里流过,两人这才言归正传,提到了最关键性的问题,下一步该怎么办。这是一个现实的也是棘手的问题,人的抉择之所以艰难,是因为你只知道昨天发生了什么,却不知道明天将要发生什么,而如何面对明天的问题,也是最令人难以下决心的问题。

这个时候,私营经济在社会上已经不是什么陌生的话题,有的职工已经进入私营企业工作,还有的已经开始创业,多数人还在隔河观望。只是杨敬业、李子迁尚未涉足这条河流,即使是摸石头过河,但不知道这条河流的水是深还是浅,石头是硬还是软,水里的鱼儿是大还是小。面对陌生是一种尝试,更是一种和本人的较量,没试过就没有胆量,没有胆量就干不成事,干不成事就注定只能一败涂地。

在聊天的过程中,李子迁便大胆提出了自己办工厂的构想,他说现在正是国家经济的转型时期,有很多政策上的保障,他已经打听过了,现在下岗工人办厂,还可以申请民政部门扶持,而且,最重要的是陶瓷作为一种特色产品,永远都会有自己的市场和销路,如果要做就要做大做强品牌文化,打造出有影响力的陶瓷品牌。

听他这么说,杨敬业深受鼓舞,这何尝又不是他内心的期待,因此,有些兴奋,对这个话题越来越产生了兴趣,都争着发表自己的意见，真是那么多年的兄弟，憋了多少天的话总算找到了能听懂的人，也找到了发泄的地方。他们在彼此的对话中慢慢思索寻找，是啊，现在的社会，并不是人们不勤劳不上班，而是很多事情不是只有勤劳努力就能实现的，还需要外界的助力，需要渠道、需要别人的帮助和指引，需要机遇和挑战。为什么非要继续找工作呢？创业难道不是最好的选择？

一壶新泡的茶水逐渐变凉，就在门前的老妇人唱累了，起身拍了拍屁股离开的时候，一个成熟而伟大的决定却在两个人有一句没一句的聊天中产生。凭着杨敬业多年来对陶瓷的钻研和功底，凭着李子迁多年来在社会上结成的关系网，凭着他们多年来对陶瓷倾注的热情和积累的经验，没有尝试，就没有可能。他们当下决定，自己办厂。

只要有足够的信心，一切皆有可能。

二

阳光，从十六层楼的窗外斜照进来，光线里散漫着细小的灰粒。杨敬业仰在沙发上看书，一本关于陶瓷方面的书，办厂的念头始终困扰着他。他开始想念并且回味陶泥在指尖上的味道，耳边似乎回荡起当初大学时期老师说过的话："中国是一个有着悠久文化历史的古老国度，从传说中的三皇五帝到中华人民共和国的成立，生活在这片土地上的人们从来都没有停止过探寻、创造的脚步，将探寻美作为世代的追求。长沙马王堆出土的轻若烟雾、薄如蝉翼的素纱衣向世人昭示着古人在丝绸纺织、制作方面所达到的高度；敦煌莫高窟近五百个洞窟中的两千多尊彩塑雕像和大量的彩绘壁画又向世人显示了古人在雕塑和绘画方面所取得的成绩；它们无不向世人展示了中华五千年文化的灿烂与辉煌，展示了中国这一古老国度的魅力与绚烂。而中国的陶瓷以历史悠久、造型优美、质地精良、装饰俏丽而享誉海内外，千百年来，人民大众喜爱它，须臾不能缺少；贵族富人赞美它，玩赏不已；封建帝王将它列为贡品，秘不示人；海外人士以重金换取，列于厅堂。这是一份宝贵的遗产，值得我们每一位炎黄子孙珍视。"

此时，这些话如在耳鼓，杨敬业再想起来的时候只觉得热血翻涌，情难自控，尤其自从和李子迁商定后，两人对于未来已经有了大致的构思，那是一幅锦绣的蓝图，更坚定了他对继续陶瓷业的信心。

"对呀，就这么定了。"杨敬业一拍大腿，随即大吼一声，整个人从沙发上触电似的跳了起来，就像一个伟大的艺术家在突然间获得了创作灵感，而抑制不住内心的兴奋和喜悦，需要张狂地表现一下。

这时候，他的妻子陈晓丹穿着睡衣拖鞋，正打开冰箱门取食物，一只手端着一盘早上吃剩的冷菜，另外腾出一只手取了个番茄咬在嘴里，被杨敬业突如其来的一声大喊，番茄差点弄掉在了地上。陈晓丹生气地白了他一眼，没被他的兴奋传染，反而有些不高兴，侧着脸对着杨敬业说："你最近怎么了，整天不是疯疯癫癫就是神思恍惚，孩子正在做作业。"说着用下巴指了指屋里的方向，屋子里，他们六岁的儿子正在专心做功课。

此时，杨敬业眨巴着眼睛看着妻子，很希望陈晓丹会问问他什么事那么高兴，或者更直接地说他有意弄出点声音，实际上是希望得到妻子的关注，就像有的孩子为了引起父母的重视故意做错事情，而希望得到父母的批评。但陈晓丹只是重新穿了下跑出脚的拖鞋，便准备往厨房走去，杨敬业看着她消失在门框内，心里有些沮丧。

陈晓丹是小学老师，她不懂陶瓷，也不清楚杨敬业的具体工作，所有的陶瓷在她的眼里只有好看和不好看之分，或者是一目了然的颜色和观赏上的差距，除此而外它们只有实用价值，和塑料产品没有太多区别，甚至它的实用价值还不如塑料产品那么实惠，毕竟塑料产品不会摔坏，而陶瓷制品落地就碎，使用时得小心翼翼。

她当初嫁给杨敬业，只是知道他是技术员，是专家，她觉得专家总比老师强吧，反正如果不嫁给专家她只能选择老师，因为她的身边除了老师之外还是老师，让她深深认识到了教师队伍之庞大的坏结果。她当了十多年的老师，如果要嫁人的话坚决不能再嫁给老师，因为她每天都在和学生打交道，可没打算将来家里再办个补习班或培训机构。

她的生活方式基本几十年如一日，没有太多改变，像一粒落在鞋柜上的灰尘，你若不动她，她便可以几十年如一日地躲在那里，世事尘烟与她无关。她不讲究穿戴，一条裙子穿了五年还在穿；不讲究饮食，早上吃的剩菜收进冰箱，下午接着再吃；不用护肤品，顶多冬天用点凡士林；不爱逛街，不上歌舞厅，不关心新闻政治，不结交异性朋友，不说别人坏话，不和同事结党营私，不抽烟不喝酒不打麻将。在她身上找不出具体的毛病，但没有毛病好像也是一种具体的毛病。

陈晓丹的不喜形于色把她自己隐藏得很深，就连她的丈夫杨敬业也经常搞不清楚她在想什么，甚至这么多年每次夫妻做那事她都是紧闭双眼，保持同一个姿势，让杨敬业摸不清楚她喜欢什么方式，是拒绝还是接受，是喜欢还是应付，有没有需求，有没有高潮。她的性格让她在周围人的眼里形成一个模糊。就连杨敬业下岗这件事情，关系到整个家庭下半辈子吃喝拉撒的大事。她顶多就是翘起眉毛，心不在焉地问了一句："那以后怎么办？"

那时候还没想出办法的杨敬业也只能草草回答她："总能找到其他更合适的工作。"她愣了愣，说："那就行。"停了一会儿，又张了张嘴，杨敬业以为她要发表什么高见，赶紧洗耳恭听，半天她才不冷不热追加一句："我想也是。"又没了下文，气得杨敬业满腹的委屈，那么多年夫妻，哪怕说句安慰的话暖暖心也好啊。或许是因为杨敬业脸上过分平静的表情，让她以为他蛮有把握，就没有根究过他的这种把握之下藏着的不安和惶恐。

这种"事不关己，高高挂起"的态度就是她的性格，性格决定命运，她本身没错。有时候，杨敬业会觉得他们夫妻之间似乎缺少了一点什么，是关心，是理解，是相互之间的沟通，算不算和谐，算不算幸福圆满。好像这些夫妻该有的元素他们也有，她没有外遇，死心塌地信任自己的丈夫，照顾孩子，并且在生活中给予家人无微不至的照顾，他感冒了给他拿药，天凉了给他披衣，好吃的留给他，只是他们很少坐下来交心谈心，表面看好像他们都把精力投入到工作中去了，因此把生活过得草草了事，仔细想又觉得那似乎只是一个借口。杨敬业就会安慰自己，本来夫妻就没有统一的模式，就像求爱时的玫瑰花一样，红色的代表浓烈，白色的代表纯洁，各取所需吧。

好吧，杨敬业在心里沮丧地默默认输，夫妻是需要习惯的，并且，是长久的习惯，只有习惯了才能接受，而习惯就意味着让步，妥协和屈服。看来和妻子说话也得下一番功夫，杨敬业坐起身子，把沙发的一个抱枕垫在腰下，推了推眼镜，趁陈晓丹两只脚还没完全迈进厨房时，他抓紧机会说："我总不能这样天天待在家里吧。"陈晓丹边走边回答："没人让你待在家里，你不是要去地板砖厂工作吗？""我没说过要去。""哦，我以为你想去。"陈晓丹答应着，似乎在思考，把番茄握在手里，又停下了，没有给出任何建设性的意见，这完全在杨敬业的预料之中，但是，话题不应该仅仅到此为止。

杨敬业只能再次挑起话头，他说话的时候眼睛盯着陈晓丹的脸色，说："我和李子迁谈过了，我们想自己开个陶瓷厂。"这次陈晓丹的脸上有了变化，啃了一半的番茄成了她指尖上托着的一个红点，她动作的停止说明她进入了她的思维，这确实是个新鲜的话题，她之前没有想过，因此，需要慢慢回味一下。

但仅仅只是几秒钟之后，思维敏捷的陈晓丹很快想起了杨敬业的话里带了一个"想"字。这明显是一种暗示，在她教的小学语文课文里，"想"这个字和"梦"字其实是有点接近，也可以说是同义词，他们只属于思维意识的范畴，是一厢情愿，是单相思，而要达到实现或美梦成真却还需要一个漫长的过程。这和小学生写作文一样的道理，我长大了想要当老师，想要当科学家，想要当宇航员。呵呵，你以为，想要飞天也得有宇宙飞船吧。所以陈晓丹愣了几秒之后，还是很淡定地把剩下的一块番茄塞进嘴巴里，慢慢咀嚼着，用一个很轻浅的微笑，算是回答了杨敬业。

"那多好，你当了老板，我不就成了老板娘了。"还没等杨敬业开口，陈晓丹似笑非笑抛下一句话，端着一盘冷菜往厨房里去了，留下杨敬业一个人坐在沙发上发愣，他有些懊恼，最想要说的还是没有说出口。

厨房里很快传来了叮叮当当的炒菜声，夫妻看似平静的生活里往往会有太多焦躁，而温热温热的日子又平铺着菜香。

三

从烫金色的不锈钢底板，赫然醒目的仿宋体黑字，可以轻易地辨认出这是地方中的人民政府所在地，工作了一天的男女职员们面带疲倦和轻松出进，衣冠楚楚崭新靓丽，脸上的笑容掌握着很好的分寸，体制内的工作人员，似乎经过了专门的职业培训，连走路说话也保持着同一个抬头挺胸的姿势。

正午时分，杨敬业和李子迁穿过马路向十分明亮的街对面走去，李子迁对这些地方已经轻车熟路，不时还能遇到个熟人，把油肚收紧，很夸张地上去握手甚至是拥抱，抬着一张讨好的笑脸，笑得每一个毛孔都辛苦地往外喷汗，不时还得拿出夹在腋下的小皮包，又是递烟又是递巧克力。

可杨敬业人生地不熟，加上性格本来就拘谨，只能木乃伊似的走在旁边做个陪衬，一路走过来，虽然什么都没做，也是满额头的汗水，因为浑身每一个毛孔绷得僵硬，把身上的汗液都全逼出来了。那滋味受刑一样，连衬衫都小了尺寸，长出了棱角，戳得浑身发痒。每迈出去的一步，不像踩在地面上，倒像是踩在锥子上。一路走过来，李子迁是主角、杨敬业是配角；李子迁是演员，杨敬业是观众；李子迁是广播，杨敬业是音响。

这天，在这幢楼折腾了一个下午，找了很多熟人，只是大概咨询了解了几个办企业的基本问题，好在心里有个谱，像吃了颗定心丸，真正的事情还完全没有开始。经过这一番折腾，杨敬业算是领教了办事的艰难，好在，办一个厂也不是想象中的那么困难，就有了一定的信心。同时，在心里反思的是，这些年只知道埋头在工厂里玩泥巴，真是落伍了，原来社会已经步入了那么一个崭新的过程，若不是因为下岗，一直以为窗子外面只有蓝色的天空，原来，还有那么大的一片海洋世界。

昏头昏脑跟着李子迁跑了一个早上，原来以为办企业，只要自己出钱出力就行，现在才知道办个企业居然要那么多的手续，要跑那么多的部门，要和各色各样的人打交道，认识的不认识的，男的女的，老的小的，好看的不好看的，都一律把自己造作成孙子，把对方当老佛爷对待，随时准备着把脸笑成一团揉坏了的草纸抬出去，别的不说，单是笑这一项就可以把人累个半死，尽管杨敬业顶多在旁边赔个笑脸，走出这幢楼的时候，脸上的肌肉神经已经是又酸又涨，不停地用手揉着膻中穴，累了一天，好不容易到吃午饭的时候，连咀嚼功能似乎都已经提前散失。

好在经过了这一番折腾，两个人的心里基本上有了底，现在他们俩拖着累坏了的身体坐在一家小饭馆里，油乎乎的桌子上点了两菜一汤，两个小酒盅斟满了酒，看样子是要好好犒劳一下自己。李子迁迫不及待从包里取出计算器，按照一天咨询下来的结果，开始一项项认真计算，杨敬业的目光死死盯着计算器，手指在腿上一颤一颤跟着打节拍，李子迁每按一下，他的心跟着跳一下，李子迁手指按的每一下不仅仅是计算器，而是钱，那一大串数字都是一笔不小的开支。

现在，他们彻底认识到了最关键的问题，若是这个公司想要办起来，首先第一步就是钱，注册资金需要钱，租房子需要钱，购买设备需要钱，请工人需要钱，办采集证需要钱，请人吃饭需要钱，在这个以钱当道的社会，没有钱一切都是空谈。

杨敬业再次想到头天晚上发生的事，他原本想要说的话，在妻子陈晓丹的漫不经心下终于被憋了回去，说实话，那一分钟他很想给自己一拳，他越来越觉得自己窝囊。这些年只知道每天在工厂和家之间来回奔波，就连语言交流也显得吃力，他想，若是换了别人，和陈晓丹应该是说得清楚的。

成家后，杨敬业和陈晓丹原本把工资本合在一起使用，但是，由于双方家里的父母都在农村，需要照顾，常常入不敷出，不方便管理，之后，就弄了一个存款本公用，每人每月定时往存款本上存入固定金额，用于支付房贷，生活费和孩子的学杂费，剩下的由各人自己保管。他特意看了一下，那公款本上还有两三万的余钱，原本想问问陈晓丹还有多少存款，话到嘴边又忍回去了。这些年工厂亏损，工资越来越少，杨敬业虽然平时较为节省，也没存下多少钱，手头上唯一可观的财产就是这次企业改制买断工龄的五万块钱，而五万块钱这种在之前看来足够买断他十五年工龄的大数字，在此时也成了凤毛麟角，谈不上任何事的小数目了。

经过仔细的测算，李子迁终于抬起了头，单看他拧着眉头的样子，杨敬业就知道不是一个小数字，李子迁喝了一口酒，缓缓地咽下，不知是要润润嗓子还是要壮壮胆，这才从嘴里吐出几个字："最少七十万，这还是保守的计算。"

七十万！杨敬业把这个数字在心里重复了一遍，两人合股的话，每人至少也是三十五万，对于一个普通家庭来说，不是一笔小数字。经济上出现了巨大的漏洞，杨敬业顿时很沮丧，心里像被泼了一瓢凉水，他想起了陈晓丹的笑容，以及笑容背后藏着的那句话："理想很丰满，现实很骨感。"

好在李子迁却胸有成竹，一句话救了杨敬业。"别着急。"他拍了拍杨敬业的手背，往下说，"有多少开公司的都不是白手起家，要是老子现成的有那么多钱，还去开公司受那活罪干吗？"杨敬业听后觉得有道理，又抓着后脑勺想不明白，把一脸求助的目光看向李子迁。

李子迁呵呵笑着说："开公司的钱啊，银行早给咱们准备好了，关键就要看咱们如何取出来使用。"看杨敬业还是没明白，李子迁抓抓头说："我们瓷厂生活小区的房子一套少说也值40万吧，两套加起来按银行的规定百分之七十，至少也可以贷款56万，如果关系打点得好的话，有可能贷到60万，先解了燃眉之急，走一步算一步，后面的再做打算。"

这下子杨敬业算是听明白了，他在心里打了个颤，他这辈子从来没伸手向人借过一分钱，读大学时，有一次家里汇钱晚了，他每餐吃五角钱的馒头熬了半个月，熬得两腿发软，头晕目眩，全身往外冒着虚汗，也没向同学借过钱。现在，要把房子抵押给银行，借那么多钱，连本带利，每年要赔多少，那可不是一个小数字，再说了，要是收不回来咋办。

可到了这步田地，舍不得儿子套不住狼，只能是刘姥姥进大观园，边走边瞧了，再说，还有李子迁给壮胆，这些年他看得出，李子迁是有能耐的人，先豁出去再说。连忙对李子迁又是抱拳又是作揖，他今天算是长见识了，先是跑部门，后是筹款，没想到李子迁这发小这些年竟然混出了一身的真本事，真要对他刮目相看了，他也庆幸自己磕头遇上天，找对合伙人了。

接下来就是跑银行，银行的行长姓汪，大腹便便，皮肤偏白，脸肥而不腻，一副宽宏大量的泥菩萨样子。按李子迁的说法，请这位汪行长吃饭要预约，当然，可想而知，要见个面也得先到秘书处排队，如果不是李子迁下了一番功夫，一时半会儿的还不一定能排上。杨敬业一听这阵势就吓得手脚发软，跟见国务院的大领导有什么区别，当时心里还有点发酸，原来他这个远近闻名的专家，出了陶瓷厂的大门，只能处处装着孙子的嘴脸。

预约排到了两个星期以后，自从确定要重新办厂以后，杨敬业虽心有惶恐，但有了努力方向，心里踏实多了，等待的这两个星期倒是乐个自在，该吃就吃，该睡就睡，偶尔到老家后山的山梁子上捡些碎瓷片，一看就看一个晌午，气淡神闲地养着体力。偶尔做个白日梦，规划一下下一步厂区的建设和发展方向，虽然这个梦还远得很，在心里想起来的时候却很亲近。

倒是李子迁一刻工夫也不闲着，每天夹着他的小黑皮包，比银行门卫室那两个上班的保安还要准时，趁着这段空闲的时间，他每天从一楼转悠到四楼，再从四楼转悠到一楼，和信贷股等几个主要科室的工作人员混得倍儿熟，三天以后，就和他们以兄弟姐妹相称。

既然约好了吃饭总得有个准备，李子迁在这一行混的时间长，知道里面的套路，本来，银行贷款他们用房产抵押，借贷还款，手续合法，但考虑到更进一步搞好关系，为以后开展工作打下牢实的基础，吃饭只是桌面上的，还得给这位汪行长准备一份拿得出手的小礼物，加深印象嘛。

两个人都是农村家庭出身，在工厂工作那么多年，都是普通的小工人，弄不清楚这些人的口味，还真想不出身上有什么像样的拿得出手的礼物。思来想去，杨敬业想到了一样东西，那是他几年前到建水参加一个陶瓷方面的学术会，会议结束后买了一把紫陶的小茶壶，当时花了他两个月的工资，算是他今生唯一的一次奢侈了，主要是奔着这茶壶是某某大师的手工作品。如今，这位大师驾鹤西去，听说，他生前留下的作品，大部分已经被人高价收购，而且，有少数作品已经炒出了天价。

如果这次不是万不得已，杨敬业绝对舍不得出手，他咬了咬牙齿，大概只能忍痛割爱了。

四

提到贷款，杨敬业首先想到的就是房产证，之前对于家里的这些小事儿没放心上，现在突然想起了房产证，还真不知道放什么地方。回家后凭着记忆，趴在床下，大半个身子塞到床底下，好不容易拉出一只大木箱，箱盖上落满了灰尘，里面都是些陈年的旧物，孩子穿小的衣服，陈晓丹织了一半的毛衣夹着毛线球，还有前些年厂里工会发的大红奖状，几双厂里发的线手套，翻来倒去才从旧物下面翻出了一个花布包，打开看，东西都还齐整，毕业证，结婚证，户口簿，孩子的独生子女证全在里面。

不知什么时候，儿子回来了，站在他的身后，杨敬业猛然转身，被突如其来的人影吓了一大跳，头撞在床板上，疼得一声喊，眼镜跌在鼻梁上，捂着头吸气。儿子问爸爸："你在干什么呀？"杨敬业随便应付着，赶紧把儿子推出去，把门从里面锁上。

又在木箱里翻了一会儿，这才找到房产证，拿在手里仔细看了看，这才舒了一口气。还好当初房改的时候，厂里分给他的是大户型，这样的房子整个小区也就十多套，李子迁的住房和他的就在楼上下，房改的时候，李子迁是厂里的总会计，虽然文凭没杨敬业高，但职位在那里，两人的待遇算是一样。当初房改的时候，就交了两万多块钱，没想到这几年房地产市场暴涨，几年工夫，这样的房子跟驾了筋斗云一样，在市场上已经翻到了四十万左右，连作为业主的杨敬业都不敢相信。

找到了房产证，杨敬业悬着的心落了下来，房子毕竟是大事，总得和陈晓丹打个招呼。几次开了口，又咽了回去，他知道她不会同意，她是那种拘谨惯了的人，别说是三十万，就是买三块的雪花膏她都要慎重地左看右看，原来觉得她是会持家过日子，隐隐地又觉得她是有点寒酸。

陈晓丹扯下双人床上的床单、被套、枕巾，抱着去卫生间一股脑儿扔进洗衣机，洗衣机轰隆运转起来。杨敬业看着她穿着洗得发白的睡衣在屋子里走来走去，眼睛钟摆似的跟着左右摇晃。终于，陈晓丹停止了手上的工作，抓了本杂志坐在沙发上，逮到了一个机会，杨敬业习惯性先扶了扶眼镜，试探着把想法和陈晓丹说了。

"什么？你要把房产抵押给银行。"陈晓丹一听，脸色都变了，一反她平日里那刀枪不入的性格，扯着嗓门喊，"你不是在开玩笑吧，这可是我们唯一的家产啊，你没发烧吧。"

"只不过是抵押而已,等钱收回来了,房子还是我们的。"杨敬业平静地说,每次当家里遇上什么事的时候,杨敬业总是习惯用自己的安静如地心引力般感染着陈晓丹,让她自觉地把大事化小。陈晓丹似乎在思考,看得出她的脑子在使劲运转着,想了一会儿,尖着嗓门说:"那是当然,可是,万一收不回来呢?你以为这是一笔小数字吗?如果这套房子没了,估计就凭我们俩,再苦干一辈子也买不回来,到时候,我们是不是应该搬到大街上去住?"

杨敬业没话说了,陈晓丹说的正是他自己担心的,当一个人说"不"的时候,他是没有把握的,当两个人说"不"的时候,他们的答案基本上就是肯定了。陈晓丹说的每一句话像一根针一样,刺在他的肋骨上,把他心里本来就存在的余悸反复地放大,反复地被抽象化和合理化,就像一个本来藏在暗处的影子,被强光灯一照就现出了原形。但是除此而外,他还能用什么办法。他只能等陈晓丹出门的时候,再把房产证找出来,用手摸着那红皮的封面,内心深处的徘徊和犹豫是无法用语言描述的,就像漂浮在汪洋中的一艘船,在波涛起伏间,找不到任何行驶的方向。

宴席设在了城郊的一个农家乐,因为李子迁说,现在的领导都喜欢找背静处吃饭,因为怕遇见熟人,也怕树大招风。这位汪行长倒是一脸客气的笑容,显得格外谦虚有礼,还埋怨他们俩何必那么破费,不就是一点小事,打个招呼就行,三杯酒下肚就同意了给他们贷六十万。听见这话,李子迁笑得咯咯咯地响,喉咙里像装了三只田鸡,又是陪酒又是赔笑,一个晚上,杨敬业就没看他吃一口菜,端着酒杯忙活儿了一阵儿,敬酒跟烧香一样,把在座的每一个人都当成一尊神供着,光是赔笑都笑饱了。

杨敬业依然扮演着他原来的角色,端茶递酒盛饭,默默地把服务员的工作给抢了,以至于当李子迁向大家隆重介绍杨敬业曾经是陶瓷厂赫赫有名的专家的时候,那些穿着笔挺的工作服、脑袋上架着眼镜的银行工作人员,这才认真地用目光扫视了他一眼,那眼神基本都传达着不愿意相信,以为油腔滑调的李子迁又在和他们开玩笑。杨敬业只能难堪地扶了扶眼镜,在别人的笑声里,也老老实实把自己当成了一个笑话。

吃过饭后,两人借送汪行长回家的路上,把那把小茶壶送给了他。那一刻,刚好走到了金融系统小区门口,借着远处昏暗的灯光,李子迁才把东西双手捧着递了过去,不像是送,倒像是借了以后送来还,赔着一脸的笑不说,似乎还赔着一万个小心。汪行长把那把小茶壶拎出来,借着远处的路灯,端在手心里眯着眼睛看了看,发出了一串哈哈的笑声,那笑声和掌声一样清脆有力,这才漫不经心地收进包里。说:"这种茶壶嘛,家里有好几个,也没什么用处,这式样很简单嘛。"那口气平平淡淡的,还有些不高兴。

看着他渐渐离去的背影,杨敬业一肚子的委屈,遇上个不识货的,就像是秀才遇到兵,有理说不清,真是白白糟蹋了一把好壶。他可能觉得杨敬业他们小气,实际上还是杨敬业他们吃了亏。

第二天,杨敬业把房产证偷偷带了出来,没敢告诉陈晓丹,怕她那不温不火的性子节外生枝,反正是拿出了豁出去的心,想着要把这桩事做好。又问李子迁,原来他也是背着老婆做的,两个可怜的男人背着同样的命运,又有点惺惺相惜,灌了两杯酒到肚子相互安慰了一番,一肚子的无可奈何又加上一肚子的兴致勃勃,肚子里真是五味杂陈。一起来到银行,好在之前李子迁和银行的人混得熟,朝里有人好办事,一路给开了绿灯,事情办得顺利,一个星期就把钱款拨到了账上。

有了这笔钱,做事就放得开了,一切按原计划进行,于是,两个人大展拳脚,又去看了几处房子,最终,选定了县城郊外一山坡上的闲置房，房子不大而且陈旧，两间齐排的大瓦房，青蓝色的瓦面红色的墙砖，中间有隔断，窗户早就没了玻璃，用破报纸糊着，大概挡挡风，原来是一个鞭炮厂的仓库，后来停止了生产，房子闲置多年，只好找人重新粉刷了一道，把窗户重新装好。

好在房背后有个很大的院落，常年没人清理，野草长得有一个成人高，为了节约资金，两个人居然脱下白衬衫，在里面大干了三天，把荒草割开，整个地方瞬间就亮堂起来，院子中间，还特意留下一棵清香树，怕有十多年的树龄了，生得古香古色，有迎客松的模样，砌了个花台围上就成了天然的盆景，真是比预想中的好得多。又找了五金市场的老板，把半个院子做了个天蓝色钢化屋顶，像给那破屋子戴了顶鸭舌帽，遮雨又遮阳，关键是租金便宜，做的价格也便宜，比原先预算省了不少钱。这样一收拾，这破旧的院落在两个人的精心打理下，居然也有了几分陶艺人家的诗情画意。

多振奋人心啊，一切都遂了人愿了，但愿一路走下去都能顺风顺水吧。

○ 第三章
晨风起暖

上篇

一

　　昏迷两天之后，小左奇迹般地活了回来，李义悬着的心也终于落地。由于小左出事，李义在新婚大喜的三天时间里，一刻也没有离开小左的身边，当小左处于昏迷状态的时候，他的胡子如谷茬般地疯长，他那粗枝大叶的性子也突然间变得温顺起来，他无微不至而又力所能及地照顾着小左，想让整个世界欠他的，由李义一起还上。

　　等小左稳定之后，李义回到自己新婚屋子的时候，遇到的是慧莲一张冷冰冰的脸。大婚日子，李义抛下新婚之妻，慧莲自然一肚子怨恨，才看见李义，一张脸拉长，八字眉倒竖，直言不讳地问道："大喜的日子都被那挨千刀的搅黄了，你还整天守着他，不怕被人笑话。"李义自知理亏，却又无可奈何，不吭声，自顾往屋里去，谁知道慧莲追了上来，接着说："以后你是有家的人，少和那不公不母的东西混在一起，外面的人都在议论呢。"李义一下子愣住了，他一双布满了红血丝的眼睛瞪着慧莲，皱着眉头问："你说什么，你说清楚。"见慧莲不回答，李义又问："有什么好议论的。"

慧莲轻松地一笑，用她那一向看不起长工的眼神瞟了李义一眼，才痛快地回答："好多人都发现了，那不公不母的东西躲在后墙外，看男人洗澡呢，真不要脸。"说着，往地上吐了一口唾沫。"你要再敢胡说一句，我会掐死你。"李义咬着牙齿说话的时候，慧莲的脸色变得有些苍白，她没想到李义敢用这样的口气和她说话，刚刚完婚，他就变了一个人，她悲痛欲绝地哭着喊道："你以为我不说别人就不会说了吗，那你来掐死我啊，挨刀的，让外面人看笑话，新媳妇过门没三天就被男人掐死了，掐死了活该啊，剁成块儿喂野狗也比跟你过日子强。"李义没理她，独自喘着粗气进了屋。

黄昏的小村被粉红色的云霞披上一层薄纱，窑里冒出的青烟如水墨般融化在天空，屋前的老榆树上偶尔会飞来几只乌鸦，通体的纯黑色像是黑夜派来的天神，视察人间的真相，经过一日的劳作，村里的人纷纷返回自己的屋子，小村在繁忙了一天之后开始变得宁静起来。

而对于窑坊来说，最欢快的时间现在才刚刚开始，窑工们拖着疲惫的身子从窑上回来，经过一天的劳累，他们的身上、衣服上、指缝间、每一寸肌肤都塞满了窑泥。这时候，这间屋子里的女人们便会自觉地从前门退了出去，把整个宽畅的天井留给这些男人，男人们像一群欢快的鸭子从后门进来，再把两扇门关上，他们脱光身上的衣服，一边说笑着，一边从井里打出水，一桶一桶地泼在自己身上，尽情地搓洗着身上的泥土和疲惫。

水珠在他们的身上飞溅开来，在那如窑泥般瓷实的肌肤上绽放成一朵朵亮丽的水花，有时候，他们会相互帮忙，你帮我擦擦肩我帮你抹抹背，雄性的身体在黄昏的余晖里放射出最原始生动的光芒。而在他们的身下，在水花四溅中，那群欢快的鸟儿正随着他们的身体起落而活蹦乱跳，仿佛是生命力的感召。而在后门那被风雨蚕食出的缝隙中，小左瘦弱的身子，像一只被抽去了筋骨的鸟，静静地趴在那里。

长工们偶尔会提起小左，在他们眼里，那真是一个实实在在的怪物，他们在背地里议论，把他当成一个笑话，有时，也把他当成一个骂人的脏字。他们都说他不正常，不正常的地方太多了，甚至都没法细数和列举。但是，他们不敢当面说，因为有东家李义在那里，大家都知道李义是个不好惹的家伙，他可以随时和你翻脸，甚至在几句话不满意的时候，可以向你挥来拳头，他不把老东家姜老汉放在眼里，也不把他老婆慧莲放在眼里，他可以和所有人生气。但是，大家都看得出来，他时时处处护着小左，又知道他们俩是同生死共患难一起逃到这个地方的。因此，大家明白了小左在这个群体中的位置，大家不想把事情说大，也只是在背后偶尔风言风语说上几句解解嘴上的痒，时间缓缓度过，好在这样的日子下来大家相安无事。

就在这个时候，一只手轻轻搭在小左的肩膀上，小左本能地吓了一跳，他抬起身子，转回头看见的是李义温和的目光。"过来，给你一样东西。"李义说，小左有些心虚，怕李义会骂自己，垂着头跟在他的身后，两个人回到了屋里。李义从怀里掏出一样东西，他把包在外面的红布如莲花般一层一层地揭开，小左终于看到了，在红布里包着的，竟然是一根用陶瓷烧制出来的男性阴茎，它的大小和成年的人完全一模一样，那玲珑剔透如玉石般的东西在小左眼前一亮，淡淡的乳白色发出圣洁的光芒，小左把那东西如宝贝般捧在手心里，左看右看，爱不释手。时间在静默了几秒钟之后，他突然孩子似的哭了出来，哭的时候抖动着双肩，仿佛使出了浑身的力气。

"我又有了，我居然又有了。"他低声地呜咽，说着出门去，过了一刻钟工夫，他提着个小木盒回来，里面有半斤石灰，他把那红布包放了进去，又用石灰盖好，他认真而仔细地对待这些细节，他爬到床上，踮起脚尖，把它重新高高挂在了房梁之上，有空的时候，他会把它取下来，用双手轻轻抚摸。接下来的日子里，小左渐渐地变了一个人，在他忧郁的脸上，重新出现了笑容。

"炉火照天地，红星乱紫烟。"随着时间的流逝，整个社会开始了一些恢复和发展农业生产的措施，如垦荒、兴修水利、实行屯田、减免赋税等，随着商业和手工业的一系列缓和措施，城市官吏、地主、大商富贾，乃至一般居民对日常生活中不可或缺的陶器要求量也日益增加，尤其是对高档陶器的需求量日益扩大，陶瓷业也迎来了历史上的第三次大发展。李义的陶坊在这样的历史时期也发生了较大的变化，后山上又增加了两座新窑，长工增加到了二十多个，炼制的陶器开始增加，碗、盘、碟、杯、盏、罐、壶应有尽有。屋子背后新盖了两间茅草房，搭上了通铺，铺上了草席褥子，专给长工们住，整个陶坊呈现出了一派欣欣向荣的景象。

花事虽凋敝，草木却兴盛。山绿着，水暖着，人立着，时事变迁，阳春回暖。天井里，慧莲的身子圆圆的，看上去已经有了七八个月的身孕，性子却是更加地骄躁了，一张粉嘟嘟的嘴一刻也不闲着，不是吃东西就是骂人，两片薄薄的嘴皮子动起来理由总是很充分，说是她这一张嘴要养两个人呢，不吃怎么行，说她一个害娃娃的孕妇，整天在这屋子里忙出忙进，一刻都不得清闲。她的抱怨总是无休无止，总是有自己充分的理由，让人无法反驳。

大家都习惯了，没事时绕开她。李义想到她肚子里是自己的后代，只是一贯地忍着她让着她，受不了的是她骂人，整天像个漏底的酒壶，长工们没有没被她骂过的。年头请了个年轻人，造诣挺好，来了两个月，基本活计都能上手，可年轻人，要面子，就是受不了被她骂，没多长时间就跑了。

她那边对工人刻薄，李义这边只能尽量地对长工们宽厚，开春后，在后山挖了地窖，存上了十几坛酒，一律用大红棉纸盖上，又用白蜡封了口，过年头一天，村东头的豆腐坊就开始忙碌了，煮豆、磨豆，热气蒸腾，到了过年这天晚上，整只的山鸡，干鲜的蘑菇，糯米做的八宝饭，新鲜的蒸肉，盖上一层葱姜、芫荽，再抬上一坛子酒，大年三十的晚上，二十多个工人喝得昏昏沉沉，日子毛里毛躁地也算是光鲜亮堂起来了。

姜老汉已经很少再管窑里的事情，他把双手反背在身后，每天从村东头走到村西头，走完了又到窑上转转，逢人就说："咱们李家的陶器，在昆明卖火啦。"大家就好奇地问："昆明是什么地方？往东还是往西？"姜老汉说："那可远了，几十匹骡子和马，沿着山路走三天哪，昆明城里热闹啦，吃的喝的玩的啥都有，见都没见过。"人家又问："你可别尽瞎吹，那你可去过？"姜老汉呵呵笑着回答："我没去过，不用我亲自出马，我那姑爷李义每月都要跑一趟，对昆明可熟着啦。"

时间在窑火的暖和日子的香里消磨着。

二

从这个地方到昆明，有百十里地，云南的山水是层层叠叠摞着的，这一路去山高水陡，都是盘山的小路，那草径深处的一线灰白，生生的是人脚马蹄一步一步开出来的，有的密林深处甚至看不到路面，有的眼睛下面全是陡崖，还有的要从荆棘和杂草中穿过，蛇、蚂蟥、青钉子什么野物都会遇见，走这样的路提着半条命。自从扩了窑以后，大量生产出来的陶器只能运送到更远的地方交易，每次都得准备四五十只骡子和马，十个长工护送着，沿途遇到一些小镇和村庄，会卸一两垛下来进行交易，多数的直接运送到昆明。

每次走这一趟基本上都要带上整个窑的陶器，李义就需亲自压阵。

沿路上可能会遇到强盗土匪，李义来回走得熟了，沿途上也结交了一些朋友。有一次和一群土匪发生争执，抓了个小土匪，小土匪跪在他面前求他放生，说家里还有个瞎眼的老母亲没人照顾，李义本来心善，给了小土匪一些碎银让他赶紧回家，后来，这事在土匪中传开了，土匪们都敬着他。渐渐地和这些土匪也能混个半熟，给他们顺带捎些货，这些江湖中人还讲义气，有时还备上二两小酒，和大名鼎鼎的瓷坊李东家以兄弟相称。

开始的时候，运送到昆明，还得自己销售，不仅浪费时间物力，出售的价格也不理想。去了几次之后，李义经过几次在商海交易，结识了昆明本地一位姓钟的商人，这位钟先生专做布匹和陶瓷生意，有熟识的货源和买家，生意做得不错，对李义的货赞不绝口，也给了许多好的建议。给他介绍彩绘瓷和青釉瓷，在市面上都是比较新鲜的，李义大感兴趣，在心里仔细琢磨，又在钟先生的帮助下，认识了昆明的几位陶瓷大师，得到了一些指点，烧制技术很快有了提高。便将钟先生视为恩师，一来二往，两人交情极好，每次李义送货，会在钟先生家小住三日，算是歇歇脚，养养身子，也算是顺道取经。

钟先生虽是商人，却是个极为风流儒雅的才子，家有前后三个大宅院，青石板上白墙，白墙上是金色的琉璃大瓦，瓦顶鳞次栉比，映着远处的黛青色山峦，红柚的雕花门窗，有木质的清香。前堂是会客的地方，墙壁上挂的均是名家的墨宝，案几上放的均是极为雅致的琉璃陶瓷，书房琴房茶房都是赋诗吟诵的好地方。中堂是住所和休息的地方，暗红的雕花木门，黄色的绣花帘子，不仅有格调还有情调。再往后堂，就是下人们住的地方，隔成一条小巷的样子，门与门都是对空过，男宅女宅各居左右，打扫得干净齐整。

再往后，便是家里的后花园子，假山假石、桂树香樟样样应景，院子中间是一鉴方塘，塘中有一凉亭，八角的亭子，每个檐角挂一小只银制的风铃，风一来，随心随意的银音飘袅，水中荷叶摇动，是真正的活色生香。假山背后还有个小庙，据说是当地的土地庙，虽不是万分繁华，但是殷实热闹，偶尔会有人来上香，有悠扬的诵经声随着香雾飘来，亦真亦幻，可见这一处地方风水极好。

这日晌午，李义在屋中看一会儿书，感觉有些闷热，便走出客房，想往后院子去吹下凉风，太阳正当头顶，金光四溅中，却见檐廊下的小竹椅上坐着一年轻姑娘。李义放缓了步子仔细看，见这姑娘穿戴不俗，水红绫子的衣裙，白底上绣了朵朵绿色小花，一双细白的手拈着银针，凭着花绷一穿一递，绣的是一对戏水鸳鸯，活脱脱的造型，旁边还巧心思地用了荷花衬底。

再看这姑娘，因是十分投入地低着头，看不清楚脸，只见一小蓬细黑的刘海在额前一拂一动，粉红色的耳轮上挂着一对翠绿色的玉坠子，李义不由停步，那姑娘像是感觉到了身边的人影，抬头时，目光与李义刚好相遇，微微一笑，露出一口瓷白的糯米牙，李义莫名一愣，自知有些失态，只赶紧回笑，算是问候过了，仓促地往后院子里去了。

见李义来，钟先生便在凉亭设茶款待，刚喊了上茶，就有一稍为年长的女子端托盘上来，茶盅有吃饭的小碗大，细白的瓷上印着婉约的青花，瓷不细，却润厚结实，看一眼便十分喜爱。又不知什么名目的茶，钟先生介绍是古树普洱，塞了满满半盅，茶汤金黄澄明，喝进口极为青涩，但很快又有甘甜从口中回出，舌苔仿佛经过一场清凉的沐浴，余味悠长，不时就觉腹中空乏，好像有清脂去膻的功效。

趁着喝茶间隙，李义装作无心地向钟先生打听刚才的女子，钟先生也爽快，说姑娘叫陶碧，是自己远房的表妹，家里有田有地，常年收租，还算殷实。年前，父母给定了一门亲事，姑娘死活不从，父女闹成了死结，没想到这姑娘居然一个人偷偷跑了百十里地来投奔自己，父亲来信规劝，她死活不回去，只说是想在这里住些时候，就着散散心，等过些日子就走。

钟先生说完，饮了一口茶，抿了抿嘴唇，接着说："你可别小看这姑娘，真是兰心蕙质啊，能写一手好字不说，绘画古琴也样样能上手，是个难得的奇才。"说到这里，钟先生又压低了声音，用手围成喇叭状小声说："只是，听他家过来的人透露的口信，她父亲已经派人过来抓她了，只是不能让她知道，以她的性子，若事先知道了，那还了得。"

听完钟先生讲述，李义脑子里又想起姑娘的样子，没想到这小巧玲珑的女子，如此秀外而慧中，竟然有如此的胆量和才华，心里十分敬佩。听了钟先生的话，又暗暗替她担心，若是这样抓回去，那就真不知道会闹成什么下场了。等返回的时候，特意多看了一眼，见檐廊下只剩下一把空空的小竹椅，当下，心里就有一种莫名的失落，忍不住又往四周望了望，均寻不见姑娘的影子，只剩下了那白晃晃的阳光，把院子自中间切开，一半刺得晃眼，另外一半则躲在阴影下。他便鬼使神差地围着大院走了一圈，又转回头来看了看，终没寻到，这才拖着沉沉的步子穿过闹市，走得没了路方才悻悻而归。

李义只顾低头走路，当他一路往前寻去的时候，却不知陶碧已在小楼窗帘后面寻着他的影子，虽然刚才只是匆匆一面，记忆里却总是拂不去那方脸浓眉的美男子，便起身收了针线，又向送茶的女子打听，说他是李义瓷坊的东家，不仅做的陶瓷器物远近有名，为人也很仗义宽厚，和钟先生关系不一般，这方圆百十里地，连深山老林的土匪都敬着他。这边，陶碧见他一路穿过铺排着米店、杂货店、皮货店和当铺的市井街巷，虽是走得远了，那瘦长条的身影在阳光下渐渐浮了起来，在眼睛里越来越清晰可见。

三

　　天黑得早，日落没多长时间，那清汪汪的一轮月便很快爬上房顶，纸剪似的悬在苍蓝夜空。

　　晚饭过后，钟先生突然兴致大发，一定要邀请李义一起到青楼里逛逛，说那地方可是人间的天堂，做男人的没有不去的道理，而且，更重要的是那里官宦商人都有，都是这个地方的富贵名流，消息走得快，就连那些女人都有各路关系，个个能吟诗作赋，在琴棋书画，甚至茶道、厨艺、刺绣、针线方面也样样精通，可不是简单的地方。对于青楼李义自然是明白的，听说也只是听说，只是这些年忙于生计，从来没有雅兴光顾，如今钟先生盛情邀请，场面上的事情总是要应付，便一口答应了。

　　李义同意还有一个原因，他本身对于女人是不太喜欢的，尤其是近一年来，慧莲的脾气变得越来越暴劣嚣张，一切都得随着她的性子，加上怀孕的原因，人更是变得懒散，稍不如意便破口大骂，污秽句子成串成串地说出来，令李义十分反感。难怪有人说，"女人，是一个家的风水"。慧莲总是忍不住在家兴风作浪，李义宁愿长期待在窑上，或是干脆窝在小左的房间里也不愿意回家，虽然生意上算是顺风顺水了，可感情上却始终是孤苦寂寞。

　　可自从午间见了陶碧后，那小女子的样子总在脑海里挥之不去，莫名地对女人生出了从没有过的好感，就像一粒小石子掉进他心湖里，虽不是水花四溅，可那轻轻的一声响不知荡起了多少的圈纹，弄得心痒痒的起伏不定。然而，转回头来想想，自己是有老婆的人，也不过是个制陶烧柴的泥活儿，陶碧生在富贵人家，知书达理，聪慧贤能，真是天上地下，凭自己的条件怎么也高攀不起。内心难免失落，便一改往日的态度，欣然答应了钟先生的邀请。

当时较为红火的青楼是满春堂，里面有四五十个正值妙龄的姑娘，除了逼良为娼的，还有一部分是犯官的家属，清一色的裙罗绸衫，绢丝绸的白手帕挂在胸前，脂粉的浓香把半条古街都荡漾得醉醺醺的，李义是第一次见用金凤花捣了明矾包出来的水红指甲，红腮红唇绣了大红牡丹的红鞋面轮番地夺目耀眼，看这阵势，李义就有些后悔，缩手缩脚的难免拘谨起来。看得出钟先生对这里极为熟悉，刚进来就有几个姑娘上来招呼，端茶送水，推背捶腰，钟先生和她们说说笑笑，十分的亲近，玩了一会儿就被一个穿绿色裙子的姑娘带上楼。

对于满春堂这栋精致的屋宇，都有青楼一般俗成的格局，嫖客来前会事先对这家妓馆的消费层次有所了解，在见到娼妓之前，还需点花茶，价钱数千，而一般情况下，老鸨儿会通过此举对嫖客的身份地位有一个初步的判断，通过这一关，才能"进轩"，即开始正式和妓女接触。而接待他们的老鸨儿，一看李义就知道是新手，又看他呆头呆脑的样子，就知道是钟先生带来的流水客，只因碍于钟先生的面子总要招待，便随便打发他。扯着尖嫩嫩的嗓子对着楼上叫唤："香云，香云姑娘。"不一会儿，一姑娘软声软气答应着从楼上下来。

这个叫做香云的姑娘，圆圆的脸蛋，细长的柳叶眉，是一张小家碧玉的脸蛋，着一身嫩黄色衣裙，看上去极为的清秀雅致。她上前行礼，身子往前倾，裙衫刚好遮地，又是另外的一种窈窕。她用目光示意，自己在前引路，李义紧跟后，两人前后上了楼，原来楼上都是隔成小间的房间，没有窗，就一道小木门，每扇红木门上挂着一块用金水烫字的小木牌，那字记的就是姑娘的名字。香云走到了自己的屋子面前，立住身，双手翘起兰花指对握，置于腹前，呈半蹲姿势，示意李义先进，李义便进去了。

屋子里陈设简单，一张小圆的檀木桌子，两把带靠背的红木椅子，桌上面放了茶具，都是素色的泥茶杯，但古朴精致，与这风花雪月的场所看起来，又别有一番雅致。

李义进屋后自己先坐下，第一次单独和女人相处，有些不适应，背挺得直。香云给他上了茶，是上好的碧螺春，味道虽浅，但口感回甜，李义端起茶杯，抿了一小口，香云便在对面椅子上坐下，给他上着茶水。在聊天中才知道，香云因为家里贫穷，十一岁那年为给父亲治病被卖入满堂春，起初做些打杂的粗活，堂子里的姐姐们个个可以欺负，因为人太小，做事考虑总不周全，端茶倒水，洗衣打扫刷洗尿壶，没少被堂子里的姐姐们欺负，偶尔还会被老鸨狠狠痛打一顿，什么苦都吃过，吃过的苦便不再一一赘述。因此，长年累月，对堂子已经是恨之入骨，和人间地狱无二之分。

不知不觉两人就聊了半个时辰，香云突然发问，说："你怎么和其他的男人不一样？"李义被问得莫名其妙，说："有什么不一样呢？"香云就说："总是有不同的地方。"李义说："那你说说看呗。"

香云想了想，似有些不好开口，停顿了一会儿才说："其他男人进来，都是猴急着做那事儿，不像你，光找着和人聊天，一聊就半个时辰，和你这样的人在一起倒是轻松快活。"李义笑了笑，沉思片刻，没话找话地说："你天天做那事儿，难道不嫌烦？"

说到这里，香云已经是一脸的委屈，说："怎么可能不烦，自从十五岁被男人开了身，此后就没得闲过，什么样的男人没见过，有时候一天下来接连几桩生意，身子骨跟散了架似的，甚至月事前后都不放过。"

她说着，又孩子似的站起来，边走边捶着腰，走到李义面前，把身子趴在他的身上，用挺着的胸抵在他的肩上，一股浓浓的脂粉味钻入李义的鼻子，李义转身，轻轻一让，动作巧妙，也看不出勉强。香云自顾往下说："那事做得多了，弄得一身的脏病，尤其是月事前后，腰疼得直不起来，老鸨还不高兴，想着法折磨你，不就是为了那几个钱，遭罪的是我们，反正就不让你有好日子过，你说哪个好端端的女子愿意被人这样地糟蹋。"

看得出李义不接受，她折转身子，回到自己座位上。听她这么说李义当然是理解的，心中难免生出同情。他似乎在思考，停了片刻，说："若有个男人不和你行事，却可以加倍地疼你爱惜你，你可愿意？"香云思索片刻说："怎么可能，这世上的男人，要的也就是我的身子，谁又不是傻瓜，还会愿意要我这颗孤苦的心。"李义思忖着，如何才能兜转着把事情说明白，干脆问："这种日子是苦，但若是换你现在去过那种守活寡的日子，你又可愿意？"香云上下打量李义，一双漂亮的凤眼变得妩媚起来，说："若是和东家，当然是愿意了。"

"不是我。"李义直接就断了香云的心思，坦白地说，"但他人心善，靠得住，是不错的人。"

"当真，那是再好不过的了，最好就是不要有男人，就是出家当尼姑也比在这里强得多，这红尘内外，尽是些参不透的破事儿，早就厌倦了。"听见不是李义，香云有些失望，但又很快回答。

李义顿时有些激动，说："如果这是你真心话，我倒是愿意为你赎身。"香云不解，一脸雾水看着李义，李义在沉思片刻之后才开口解释："我有一兄弟，为人忠厚善良，只因小时患过疾病，不能行房事，若是你愿意的话，我愿意为你赎身，但是，你必须和我的兄弟成亲，并且一辈子照顾他对他好，而且，不得再和其他男人交往，你可做得到？"

"还有这样的事，那我还得想想。"香云有些迟疑，在屋子里来回走了几步，又说，"若是答应了，你可愿意为我赎身，那应该是一大笔银子。""那是当然，为了我兄弟，花多少都值得。"李义答道。香云听说愿意为她赎身，十分高兴，想要跪地叩拜，被李义阻止，香云当场就答应下来："那当然好了，只要是能离开这个地方做什么我都愿意，只是能不能先看一眼那小哥如何？"李义说："当然，我先回家和我兄弟商量，下月把他一起带来，若无意外的话就这么定了。"

李义又去找了老鸨儿，问了赎身的价格。老鸨儿一听当然高兴，主要是香云平日里客缘不好，没几个老熟客，总是一副勉勉强强不招人疼的样子。老鸨儿早就对她没了兴趣，听见有人愿意出钱为她赎身，当然是两全其美的事情，但为了开个好价钱，也故意为难了一番。李义一口答应了下来，也不等钟先生了，独自兴致勃勃地离开满春堂，往钟先生的家提前回去了。

四

入夜，屋子里的人都休息了，李义迎着月光，穿过小巷，到了家门前，怕惊动了里面睡着的人，轻轻推门进去。却见前堂的书房亮着烛火，虽是小小的一点光，但隐隐现现，李义心生好奇，这么晚了，不知道谁还在里面，想要探个究竟，便径直向书房走了去。

见一女子正在书案前埋头习字，身子坐得直直的，目不旁视，听见有人来，也不回头，兀自运笔，分外娴雅，直到最后一笔落下，方才抬起头，定睛一看，竟然是陶碧。此时，她也抬头，目光一闪，见是李义提前回来了，陶碧先是一惊，又莞尔一笑，说："是不是李东家嫌满堂春的姑娘伺候得不周到，花了那么大的价钱，居然还有不过夜就回来的道理。"

听她这么说，李义脸一红，猜想陶碧一定是听下人说了自己和钟先生去的满堂春，虽然没做什么，在人家姑娘面前好像做了亏心事。心慌着支支吾吾地连忙给自己解释，说："自己不太适应那个地方，就提前回来了。"又问姑娘写的什么字。陶碧便将手让开，先前她手袖遮着，没看得清楚，现在整张纤薄的白棉纸露了出来，原来白纸正中写的是个"好"字，一看就知这小女子动了心机，好字中间隔出了距离，看一眼是"好"，若是再细看，便又成了"女子"二字。一个字便有了两重意思，尤其是那"女"字，用的是欧阳询体的楷书，而"子"字呢，用的又是小篆，组合在一起，成了惟妙惟肖的两个人，那笔锋顺畅流利，曲回婉转，浓墨中粗细有致，又显大气和率真。

　　禁不住又去看那一张粉红的脸蛋，依旧是娇俏可人，后面的暗褐色屏风做背景，把那小小的一团雪白显得更加的小巧可怜。两人沉默下来，陶碧问李义打算什么时候回家，李义说："大概快了吧，就这两三天的时间。"又反问陶碧，"是否有什么打算？"陶碧似在沉思，开始没答应，过了一会儿才幽幽地说："我是不打算回去了，回去后父亲总是逼着嫁人，若是这一辈子嫁个自己不喜欢的有什么用，还不如死在外面才好。"

　　听她这么说，李义赶紧规劝，说："一个姑娘家可不能这么说，好歹父母都是为你考虑，总巴不得你过得好。"陶碧叹了口气说："我亲妈在我五岁时就死了，现在的是我父亲后来娶的小老婆，年龄大不了我多少，早就见不得我在家里了，横看竖看越见越碍眼，挑的那人听说小时患过小儿麻痹症，说话都不灵活，只是占着祖上有几个钱，给了我父亲一笔不小的彩礼。说实话，我还真没想过我父亲竟会如此狠心，好歹父女一场的情分，到这时候总算是一笔勾销了。"

　　李义这才明白姑娘也有苦衷，怪不得她一个女孩子家跑出来那么长时间，家里现在又派人来强抓她回去成亲，真够可怜的，原来是这样的情况，只听陶碧轻轻叹了口气才说："要嫁一定要嫁给自己喜欢的，哪怕是做小妾也比这样的亲事有盼头。"

听她如此伤感，李义便没话找话，用手指着那写好的一幅字，调侃着说："你这好字还真让人联想翩翩，若你是这个'女'字，我是这个'子'字，咱们凑在一块，你说可是一个'好'字？"听他这么说，陶碧失声一笑，赶紧用手掩住小口，那眉宇之间尽是一脸藏不住的喜悦，回口说："那敢情好，只要是齐排坐着，不要事事勉强，总是会有顺心的一天，再说，这'好'字比较下来总要比'孬'字强得多了，都是'女子'两字，加了个'不'就事事衰退下去。"说到这里，两人忍不住又对看一眼，眉目传递之间，看得出都是十分喜爱的。

第二日，李义早起，又到药堂给慧莲抓了补胎的中药，药堂里一个装药的柜子，足有一面墙高，被分隔成无数的小抽屉，抽屉上用毛笔写了药名，柴胡、党参、茯苓、当归、藿香……足有几十味，柜面上齐整地摆放着笔砚算盘，写方子的纸笺，称药的小秤，包药的黄表纸。李义一心想着明天五更就要起程，觉得还有什么事没办，糊里糊涂几次出错，直到抓药的郎中提醒，才知道连药都忘记在了柜面上，真是大意。

思来想去才发现，原来心里最放不下的还是要离开陶碧，想着她那样一个姑娘，寄宿在远方表哥家终归不是长久之计，又听说他父亲派人来抓她，不知真假，也不便相告，心里更是乱作一团。可自己又没有办法，不知不觉又转回了后院。下人、马匹和骡子都在后院里，临行的前一天，大家都已经开始在做准备工作，看看马匹是否正常，蹄子有没有脱落。李义径直走到了自己的马前，这匹马毛色光泽犹如涂脂，前胸宽阔，臀部滚圆，四条腿纤长有力，一看就不同凡响。他用手轻轻拍打马的脖颈，马从鼻孔里发出"噗噗"的声音回应，仿佛主人和马早已经心灵相通了。

抬起头，没想到竟然在这里遇见了陶碧，她只轻轻一笑，说："真是匹好马，看见马就知它主人应该不同凡响。"李义一手拈着胡须，一手抚摩着马身上光滑发亮的短毛，回答说："你看，这马全身深棕色，鬃毛呈黑色，而四只蹄子白如霜雪，眉顶之间一小撮白毛如一轮明月，无论白日夜间都闪闪发光，可是难得的千里骑行马。"

陶碧便用手抚摸着马头，又轻声问李义："当真明日走？"李义如实回答："家里还有事，不能耽搁，明日五更就离开了，姑娘一定要照看好自己，期盼来日再见了。"李义算是做此告别，碧陶听他如此回答，虽已在预料之中，却还是眼眶一红，无言以答，只能默默转身离开，一身淡粉色的衣裙渐渐远去，在李义目光里，成了被阳光融化成的一粒水滴，湿湿地粘在了眼角。

这天晚上，李义便提前向钟先生做了告辞，第二日清晨，五更起床，公鸡尚未鸣啼，马队早已经整装待发，随着李义一声吆喝，队伍就开始出发了。阳春三月的清晨，虽是五更天了，天空依然是黑蒙蒙的一片，四五十匹马沿着青石板路前行，散散落落的队伍，只能听到马蹄的声音，随着马脖子上铜铃清脆的摇响，十几个长工夹杂在马群里默默地行走，在古老的城墙下形成了一支庞大的队伍，李义频频回头，似乎终归舍不得那宅子里某样令人牵挂的东西。

李义将醒未醒，昨夜竟然彻夜地失眠，这种情况是前所未有的，半梦半醒之间，那个娇小的女子数度出现，似笑非笑的模糊的影子，此时，方才睡意来袭，他随着马背的起落摇晃着脑袋，不知不觉走出去了二十多里山路，太阳渐渐现出了一边嘴脸，李义抬头，突然发现自己的马前不知何时多出来一个瘦小的陌生的身影，正牵着马绳往前走路。

他赶紧喊住马，纵身一跃跳了下来，仔细一看竟是陶碧。想要开口问她，激动中竟然不知说什么才好，反而是陶碧冷静，只是轻轻一笑说："我父亲已经派人来抓我了,与其在表哥那里等死,不如跟你一走了之,还请李东家收纳我,救小女子一命。"李义哪敢说不,心里当然是十分喜欢的,但还是有些不放心,犹豫着问:"这样可好,或者到家后我写封信给你表哥,好有个交代。"

这么说也算是默认了。陶碧点头算是答应,又说:"哪有什么好不好的,走一步算一步吧,谁还能预知身后事呀。"听她这么说,李义虽还有些担心,却是心中大喜,一步上前,把陶碧抱到了自己的马背上,天还未亮开呢,一支队伍沿着山路缓缓地继续前行。

下篇

一

　　关于"创业"这个词,说起来和小孩子学走路差不多,在之前的认识里完全空白,像一张白纸,一切要从头开始。会摔跤,会跌倒,会磕着碰着,摔倒了爬起来,爬起来继续摔倒,那是一个反复的艰辛的过程,也是一个积累和练习的过程,可一旦学会了,走路就成了一种生存本能,和吃饭睡觉一样正常。

　　厂房租好以后,又购买了相关的设备,基本上就算是万事俱备,只欠东风了。接下来就是找工人,对于工人这一块来说,杨敬业是再熟悉不过,他天天在车间里,接触最多的就是工人,对于厂里的职工了如指掌,好多优秀的职工都是他手把手带出来的,加上他平时性格温和,待人厚道,之前,也能站出来为大家说几句话,算得上深得人心,大多职工都还念着他的旧情。

　　只是因为下岗了一个多月,职工们已经走散了,就像本来养在一个水缸里的鱼儿,往水里一倒,稀里哗啦就散开了,各自融化在了社会这个浩瀚的大海里,若是还想把它重新捞起来,哪有那么容易的事情，不是撒一个网兜就可以解决的。杨敬业只能挨家挨户地去打听，再按照线索依依寻找，好在这些老职工们都记着杨敬业当初的恩情，见了他跟见了亲人一样，有说不完的话，有诉不尽的情，说得两眼发红，热泪盈眶。

杨敬业采访似的走了两天，走得心情澎湃。虽然找得辛苦，杨敬业却备感温暖，也正是在这种温暖里，他反复被融化的心才发现，他人生的价值只有在陶泥工人中才能体现，只有在他们中间，他才能找到自己久违的存在感和安全感，这更坚定了杨敬业继续创业的信心。

这是一条窄长的巷道，铅灰色的路面延伸向城市的主干道，两边是些低矮的不规则建筑，那些搭在架子上的违章建筑，看上去摇摇欲坠，随时都有倒塌的危险。杨敬业刚从一个老工人的家里出来，心里五味杂陈，不得不再次感叹世事难料。

说是老工人，实际不老，只是资历老，老工人原来在厂里的拉坯车间，属于合同制工人，在岗位上干了二十多年，练就了一手绝活儿，改制后每月可以领到五六百块的失业金，老伴身体不好，长期卧病在床，女儿没读过几年书，在街边支了个炸油条的小摊，生活不容易。他的失业金只能维持最低的生活保障，家里的困难是显而易见的，正想找份工作，年纪大了，都不愿意聘用，眼看日子陷入危机，刚好遇上老领导亲自找来，说是要办厂，请他回去工作，哪还有那么好的事，激动得说话都喉头哽咽了。

两人站在路口说话，有个人走了过来，先喊了杨敬业一声，杨敬业定睛一看，此人是张路，说起来原来在拉坯车间，张路的技术是最硬的，杨敬业原本不打算找他，是因为有一段不堪回首的往事。

那年，杨敬业大学回来刚进厂的时候，就听说张路和乔芬谈恋爱谈得热火朝天，之所以在上千名工人中记住他们，是因为张路的拉坯技术实在好，简直可以说是出神入化，做出来的成品不仅精巧耐看，造型有特色，而且很有质感。在陶瓷生产里拉坯是一项非常重要的技术活，是成型的最初阶段，也是器物的雏形制作，拉坯和烧窑的关系就像弹琴唱歌和录音灌碟的关系，两者是单向可分的，也是独立存在的，又有着紧密的关联。首先，好的陶瓷是靠手工拉坯成型的，有经验的工匠总能化腐朽为神奇，将坨坨泥巴捏造为件件造型精美的瓷器胎体。

陶瓷厂虽然是国营大型企业，实际能真正掌握拉坯这项手艺的技术工人不多，因为后期为提高效率，开始利用机器，模压成型了。虽然厂里有一部分拉坯工人的手艺也还勉强过得去，但是不精，偏偏陶瓷这门手艺活儿玩的就是在一个"精"字上。因此，杨敬业进厂不久便认识了张路，对他的一手技术活十分仰慕，甚至还拜了张路为师，两人相互切磋，技艺各有高低，张路做人实在，讲究义气，两人谈得来，关系很好。而贴花车间离拉坯车间就两间厂房的距离，乔芬人长得漂亮，外号黑贴花，加上性格活泼，每天穿花蝶似的往张路跟前跑三四回，杨敬业想不把她记住都难。

后来，听说有人给杨爱业介绍乔芬，当时杨敬业就很反感，还专门找杨爱业问了这事，杨爱业只是说自己很喜欢乔芬，乔芬也喜欢他，两人是自由恋爱，两相情愿。当时杨敬业还一头雾水，一个姑娘怎么许了两家，紧接着又听说，张路家生活十分困难，父亲残疾，老母亲又患了癌症，下面两个妹妹还在读书，全家就他一个劳动力。听到这情况，杨敬业心里基本明白了几分。

女人嘛，都奔着好条件嫁，谁会有那么高尚的情操，愿意往泥水潭里滚啊，又不是办慈善机构。算起来还是杨爱业横刀夺爱，可爱情这种东西是没有理由的，既然是笔糊涂账，其中的奥妙杨敬业不便再细问，杨敬业是明白事理的人，分得清楚事情的高下，表示理解，再说杨爱业这把年纪也确实有些尴尬，只要哥哥喜欢就好，成就一段姻缘胜造十座佛堂，只有祝福他们的份了。

乔芬和杨爱业成家以后，不久张路也娶了本村一个姑娘，原本这种风平浪静的日子都已经过去好几年，可有天下午发生的事，说实话，却让杨敬业有点不舒服。那天，杨敬业因为工作上的事加班，到了太阳落山的时候才从办公室出来，一般上下班时间他都是从正大门出进，那天因为一项新研发的陶瓷技术遇到了问题，他本来打算离开，又想休息一会儿接着加班，便转身往厂区的后花园走去，花园背后是一段小树林，属于厂区较外的位置，平时也没有人打理，都是闲置的空地，种了些松树。

那时候多数工人已经下班了，这片树林隐蔽在天空灰色的阴影里。正在烦闷的杨敬业想找个安静的地方，便点了支烟往小树林走去，前脚跨进去，原本耳边也听见了一声奇怪的响声，杨敬业正在低头思考问题，没往心里去，这一带地处荒山，以为是野兔。一抬头，小树背后现出了惊慌失措的两个人，男的没穿上衣，正在拉裤子，女的衣服被掀到了脖子上，下半身也是完全暴露在了天空下面，杨敬业一眼能看得那么仔细，只能说明当时三个人之间的距离实在太近，才能看得如此一览无遗。

此时，两人也听到了脚步声慌忙抬头，六只眼睛闪电般地撞在了一起，杨敬业一愣，赶紧退了回来，走到了办公室尚还惊魂未定，赶紧又点了一支烟压压惊，无端地烦闷了好长时间。之后，他也想过要不要把这事告诉杨爱业，仔细斟酌之后还是放弃了，一是这事自己开不了口，二是杨爱业身体不好，管不住老婆，平日家里都是乔芬说了算，或是把事情闹大，那个家也保不住了。但如果不说，杨敬业心里过不去，感觉自己也参与了其中，有犯包庇罪之嫌。思来想去，就亲自找张路谈了一次。

过了几天，趁上班的空闲时间，杨敬业特意找了张路，张路态度倒还算诚恳，向杨敬业保证是第一次，也绝对是最后一次，因为这段时间他心情不好，找了乔芬聊天，两人没管住，才发生了那样的事，以后保证不会再犯了。话说到了这份上，杨敬业还能说什么。只是之后，杨敬业很少再去杨爱业家，主要是看见乔芬的时候，双方都有些不自在。自从上次谈话后，杨敬业也有意识主动避开张路，张路自知理亏，也躲着他，渐渐地就没了联系。

现在张路央求自己，杨敬业不好拒绝，时过境迁，往事不必再提。再说，看得出张路的生活也是十分窘迫，一件姜黄色的夹克衫磨得起了毛边，人也不注意收拾，一轮胡子挂了一脸的沧桑。况且新建的厂确实需要人手，杨敬业念及之前和张路的旧情，便爽快同意了。

工人找好了，可是在办采掘证的时候再次遇到了阻力，陶泥属于国家矿产资源，虽然这个地方有很多天然的陶土，但近几年随着招商引资工作的开展，引进了好几家地板砖产业，若是等待挂牌拍卖的话需要一个很长的过程，陶土属于矿产类不可再生资源，随着陶瓷产业的发展，这些资源总有一天会面临枯竭，申办手续便十分严格也麻烦。当然，市场上也有现成的陶泥出售，若是买现成陶泥的话成本相对要高，左思右想后只能先选择后者。

断断续续忙碌了一个月后，工厂就开始投入生产了，因厂区规模较小，主要生产一些纯手工制作的陶瓷制品，但是只要动工，就有了进项，有了盼头，大家齐头并进，日子也开始扬眉吐气。

杨敬业和李子迁也有了分工，杨敬业负责生产，其他工作由李子迁全权负责。

二

先前的艳阳像是突然翻了脸，仅仅半个多小时的时间，风中便开始夹杂着星星雨滴，天上乌云疾走，地上人车乱窜，眼看一场暴雨顷刻就要下来，一些未雨绸缪的行人已经纷纷站住，撑开随身携带的伞或取出雨衣往身上套。

李子迁随着人流赶到公共汽车站，车已停稳，开了前后车门上下客。他挤在人堆里翘首以待，已经半个多小时过去了，还不见杨敬业的影子，李子迁看了看手表，不能再等下去了，心里有一股莫名的火气，但是现在，他的火气只能憋着，不能对谁发。当公共汽车再来的时候，他只能趁没人注意，对着广告牌下的铁柱子狠狠蹬了一脚算是发泄，然后，端着他那一脸颓废挤上车，随着车子的摇晃驶向远方。

本来说好两个人一起去宣传部，报名参加省里一年一度的文艺博览会。文博会是省政府顺应文化创意发展、记录文化创意发展的一年一次的成果展示，对于参展的企业都有严格的要求。若是能参加文展会，不仅名气得到提高，也将是销售的一次最好机会，这样的机会，对于一个新办企业来说，可想而知有多么可贵，如果不是李子迁从中斡旋了很多关系，利用了他那层层道不清的关系，估计连报名的资格都得不到。

此时此刻，李子迁坐在空气混浊的车厢里，随着汽车的颠簸左右摇晃，感觉四体困顿，筋疲力尽，近段时间跑这些大小部门，别看他一副孙猴子七十二变的本领，样样神通，实际上只有他自己知道心里的苦，多少都是被逼出来的。"我他×李子迁不是天生的贱，谁不想当大爷，谁天生愿意当孙子？但是除了用头顶着、用两个肩膀扛着还能有什么办法？"

预先说好到宣传部办事儿，还特意叮嘱杨敬业一起去，结果杨敬业没来，他的理由是他不习惯参加这些场合。这能叫理由吗？还堂而皇之了。李子迁当时就想发火，谁不是从不习惯到习惯，就像小孩子吃药一样，难道说你不喜欢它的苦味就不吃了吗？那不都是被逼的吗？李子迁压着心里的火气，不仅是愤怒，还有些失望也有些气恼。如果不是因为在申报时自己一些专业术语不规范，他也不想强拉着他去，与人合作总是要相互支持相互理解的，想让他去撑个面子，多争取一些机会，结果得了个这样的结果。

自从厂子顺利开办以来，已经开始投入了正常的生产，有了一些收入，但是，俗话说：蛇有多粗洞有多大。由于规模小，销售路子尚未打开，银行贷款利息各方面还要应付，办理各种证件又去了一大笔费用，看上去一片热火朝天的场景，实际上依旧处于亏损之中。

李子迁只能不停地往外面跑，采购销售银行各部门，像只旋转的陀螺一样不停地奔波，有时候，他真感觉自己成了一只无头的苍蝇到处乱撞，还得不管哪个夹缝里有一丁点气味他都得去乱钻。而杨敬业呢，仿佛闭门的香客坐等菩萨，每天只是在生产车间埋头工作，让他出去办件事情总是一副大爷的样子，放不下他那专家的架子，李子迁单枪匹马在沙场纵横独斗，在这样的情况下，心里难免产生了怨言。

而实际上反回来想，杨敬业呢，又是干了个心安理得。李子迁对陶瓷不熟悉，纯粹的一个外行，生产完全靠自己一手抓，一个生产陶瓷产品的地方，如果没有生产说什么都是白搭。因此，当李子迁向他一遍遍抱怨，说外面的业务有多困难时，杨敬业只当是没听见，长此以往，两人心里默默生出了一道隔阂。

不久后，李子迁在一次业务活动中，认识了一个叫小雨的姑娘，小雨大学财务会计毕业没几年,人年轻漂亮,不仅聪明伶俐,又善于应酬,别看她年轻,之前在几个公司做过财务工作,算是见过大江大海的人,比较有社会经验,一张小嘴甜蜜蜜的上下逢迎,减轻了李子迁很多负担。之后,李子迁出门总是喜欢带上她,这样也好,杨敬业只图落个清静。

李子迁出身于农民家庭,和杨敬业的家就是一墙之隔,两人从小一起长大,听老一辈人说,两家人应该是同祖同根,但是,在这样的小村子里,多多少少都有血缘关系,就像一条小沟里的鱼,不断地杂交和繁殖,最终,这样的血缘关系亲的亲离的离,疏的疏散的散,最终谁也无力去探究了。

在很小的时候,李子迁就听父母说祖上是做陶瓷生意的,而且陶瓷生意做到了昆明等一些大地方,远近百里小有名气。原先家里还有很多陶货,用祖父的话说如果能保存到现在的话,可都是些稀罕的东西,只是在破四旧的时候毁了。祖父手上还留有一只陶佩,晶莹玉润,由李子迁父亲保管,据说是当初瓷坊传下的唯一宝物,可惜父亲收得紧,李子迁也就是小时候看过一眼。祖父还说,村东头的观音庙里有一个玉观音,就是祖父的祖爷爷用陶瓷做的,跟玉石一模一样,神灵活现,手法精致,形象逼真,在当时,十里八乡的乡亲们都到庙里来祭祀,香火十分旺盛,可惜也在破四旧的时候被毁了,后来做了个泥观音补上,香火都淡了好多。

祖父说这些的时候,还会指着围墙外的那棵老柿子树对他说:"老一辈人什么都没有留下,人的命比树的命贱,熬不过几个春秋,只有这棵柿子树,听说活了几百年,几代人的故事,大概只有它是个见证。"所以,从小的时候,李子迁会看着那棵柿子树发呆,柿子树已经老了,一半的树干已经被虫子吃空,露出了发黑的腐木,只有另一半还坚强地活着,每年春天结出几片绿色的叶子,孤单单地挂在枝头上,到了秋天，还会挂上几个红灯笼似的果子。

在祖父的长期熏陶下，流逝的岁月像神秘的云团，深深植于李子迁的脑海里。李子迁从小心里就有一个隐约的梦想，既然生在了那么一个特殊的地方，就应该重新把陶瓷生意做起来，把祖宗的事业继承下来，并且发扬光大。然而，想也终归只是想。可惜李子迁读书的时候，学业一直没有长进，那时候已经成立了陶瓷厂，李子迁之前没有机会接触陶瓷，直到进了陶瓷厂以后，才算是真正意义上的认识了陶瓷。

但是他对陶瓷依旧只是一知半解，因他做的是财务工作，更吸引他的是陶瓷创造的惊人收益，看到的更多的是陶瓷带来的商机，一个小茶壶卖到了上千甚至上万元，一个香炉拍出了天价，一个普通的泥罐子装上酒就可以卖出不菲的价格，他所亲眼看到的这些事实，仿佛天方夜谭一样令人迷惑，不就是一坨泥巴吗，不就是十根灵活的手指吗，居然可以创造出那么多的神奇，他在一坨陶泥里，发现了一个隐藏的巨大秘密。

所以，当陶瓷厂的改制工作开始以后，他应该是最沉得住气的一个人，他阅读了太多文件，接触了太多改制的具体工作，在这些工作里，他凭着自己的直觉不断地总结和发现，积累着有利于陶瓷发展的各种渠道。自己开办陶瓷企业，早就成了他心里一颗培育了很久的种子，所以，那天如果说是偶遇杨敬业，不如说一些话他早就酝酿已久，如春后的种子一样等待破土而出。他知道，改制对于他来说，是人生中一次重要的角色转换，一段新的旅程。

陶瓷像一幅神秘而伟大的蓝图，构织成了他绚丽多姿的梦境，这也正是他宁愿在人前装孙子的原因，他相信只要一直坚持下去，总有一天他会成为陶瓷界的大人物。

三

　　出人意料，尽管经过了一系列的波折，这次参加文博会取得的成果却空前绝后的成功。机遇，总是留给有准备的人，更何况，杨敬业和李子迁这一对蓄谋已久的搭档。这样的结果不得不让身边的人相信，人生中，会遇到许多次的转折和坎坷，但只要坚持下去，往往在一个小的节点上命运就会产生向上或是向善的改变，从而，决定一生。

　　凭着杨敬业多年来对陶瓷的研究和热爱，对于产品质量精益求精的要求，当然，还有陶工们多年来深厚扎实的功底做基础，这批造型别致，优美绝伦的陶器在文博会上的出现掀起了一轮轰动，很快就被抢购一空。而更为重要的是，在李子迁的大力外围宣传下，采取轮番轰炸的战术，通过各种宣传渠道，已经取得了不小的轰动。文博会尚未结束，已经签下了好几笔订单和合同，并且，李子迁趁热打铁，采用多种方式和这些商家形成了长期的供求关系。经过这一轮闹腾，算是正式在陶瓷市场站稳了脚跟，成绩喜人，确实大快人心。

　　接下来一年的时间里，两人马不停蹄，又是招兵买马，又是扩建厂房，一心一意把产业做大做强。整天忙得个天昏地暗，日子过得倒也痛快，两年时间形如流水，很快成了消失在眼睫毛上的一阵风。

　　在厂子里，杨敬业和李子迁依旧各负其责，李子迁靠着他的"经济"头脑，靠着他八面玲珑的个性，也靠着他在政府部门系统织就的各种关系，很快为瓷厂打开了局面，使他在公司里显出了优越位置，加上有小雨的配合，也使他能够灵活自如地安排自己的生活，生活事业可谓如鱼得水，步步高升。而杨敬业多年来始终埋头工作，殚精竭虑研制打造自己的新产品，他所制作的产品独具风格，天然脱俗，在陶瓷界声名远扬。加上他本身性格谦和，和工人们打成一片，工人们舍得为厂子卖力，大家埋头苦干，业务水平也日日得到提升，杨敬业深受职工尊敬和爱戴。

不知不觉之中，两人各自占山为王，都说时间长了，牙齿不小心还会咬了舌头，两人在工作中自然会产生分歧，如：一个合同签还是不签，一个产品什么时候上市是最佳机遇，一套产品的定价。而就在上一周，两人就为一个工人的去留产生了分歧，甚至差点翻脸。

本来对于那么大的一个工厂来说，留不留下一个工人不是什么大事，这个工人在烧成车间，当初是杨敬业踏破门槛找来的，对于炼制温度掌握得很娴熟，自有一套绝活儿。只是这个工人有一个毛病，每天下午定要喝二两小酒，如果遇上点大喜或是大悲的话，就远不止二两那么简单，喝了酒后闹点不痛不痒的小事，第二天就不能准时到岗，虽然他技术在手，可违反工厂纪律，有人在背后议论，在厂里造成不好的影响。

本来工人这块应该属于杨敬业管理，杨敬业因觉得对方是个人才，又爱才如命，倒觉得这不是什么重要的事情，只要工作上不出什么大问题，能把自己的工作按时完成就行，至于喝酒那属于个人行为，和公司无关。这事被李子迁知道了，李子迁当时就翻脸，说国有国法，家有家规，工厂就有工厂的制度，一个工厂想要做大做强，就得有自己铁打的制度和规定，任你是神仙老子，一律只能按制度管理。若是他带了这个头，以后人人效仿怎么办，也怨杨敬业书呆子，没有管理的经验。

就这样一个坚持留，一个坚持必须开除，两人都不肯轻易松口，事情陷入了僵局。到了这个时候，就不是一个工人的问题了，而是两个人的面子问题、分工问题和责任问题的细化，矛盾的激化导致好多事情停滞，两个人当场在办公室就拍桌子打板凳，最后还是小雨说了个折中的方法，让这个工人先写份保证书，算是给他一次改过自新的机会，若再犯一次就按制度处理。这场风波看上去是平息了，但两人有好长时间不相往来，见了面两人都冷着脸，只是点个头，厂子越大杂事越多分歧也就不会停止，一山不容二虎，都是你不服我我不服你，表面上风平浪静，私底下怨气横生。

这一天，职工午餐后正在休息，小雨趁空闲的时候正在整理办公桌上的文件，李子迁从外面走了进来，偷偷走到小雨身后，用手拍了一下她的肩膀，小雨没有防备，被吓了一跳，扭回头看见是他，呵呵笑着也在他身上拍了一下，两人对视一眼，目光中满是柔情和疼爱，令人羡慕。

实际上，杨敬业和厂里的职工都看得出来，李子迁和小雨的关系不一般，只是这个年头可不比80年代初，住个旅馆还得出示结婚证。所以，厂里的人也就是看看，连背后说说都懒得参与。

李子迁的老婆也是陶瓷厂的下岗职工，原来在职工食堂工作，每次给李子迁打饭的时候多打二两，就是因为这二两，渐渐地喂养出了感情，验证了那句话：想要让一个男人爱上你，首先就要拿下他的胃。下岗以后乐得潇洒自在，和一群姐妹在广场跳跳健身操，练练柔力球做些有氧运动。思想活泼，头脑简单，她对丈夫绝对信任，逢人便说："凭我老公那能耐，绝对不会让我去喝西北风。"那自信，不知谁给的。

而李子迁未满四十，正值男人风华正茂如狼似虎之际，梳着大背头，宽肩宽背，说话做事稳健而有条理，很有成熟男人的质感，这样的男人最招情窦初开的小姑娘喜欢，小雨由爱慕到以身相许是自由落体运动，反正又不破坏他的婚姻家庭，也是心甘情愿。

小雨唇红齿白地呵呵一笑，从一堆文件里抽出份资料递给李子迁，笑着说："你转运的机会来了。"李子迁没有听明白，把那纸拿在手里看，这是一份加盖了县委、政府大印的文件，文件的标题用华文中宋二号加黑体打着《关于申报云南省非物质文化传承人的通知》。李子迁只看了一眼标题，不以为然地把文件卷成筒状，拍打着手心说："这和我有什么关系？"

"怎么没有关系，你再好好读一读。"小雨端起茶杯喝了一口水，不紧不慢地说，"你是真笨还是装笨？"李子迁只好又把文件展开，细细读了一遍，似乎看明白了什么，却不得要领，抓着后脑思考了一会儿，说："当初，办理营业执照的时候，我和杨敬业商量，把这个陶瓷厂的名称定为"李义陶坊"，其实是有根源的，我们村以前有个李义瓷坊，据老一辈说，远近百里十分有名，而且，县里的史书上也有专门的记载，原来，我祖父在的时候说过，我其实应该算是他的后人，只是过了那么多年，没办法考证了，取这个名称只为了沾点吉气而已，而且，巧的是这个名称还没有人注册，我们就拣了个便宜。"

李子迁抓着脑袋边说边思考的时候，首先想到的是杨敬业，如果以他来申报的话，应该算是名副其实，当之无愧了。还没有开口，小雨似乎已经看穿了他，眼睛狠狠一瞪，说："你这死脑筋，不会绕着弯子想想，懂不懂陶瓷是次要的，谁会去根究一个老总会不会烧一把泥茶壶，关键你现在是李义陶坊的股东之一，至于传承人这种名号叫做无形资产，如果你是他的后人，有历史有渊源，有文化有内涵，李义陶坊不就坐实了吗？"

李子迁一拍脑袋，马上领悟了小雨的话，看了看周围没人，对着小雨红扑扑的脸蛋亲了一口，这才满意地吹着口哨出了门。小雨笑眯眯地看着他，一脸甜蜜的模样，在嘴里小声骂道："混蛋，看你那德性。"

四

现在，杨敬业可以坦白地承认，他这一辈子，一直是个容易上当的家伙，他对于某件事情的痴迷程度，往往会让他顾不得自己或是身处的环境，在记忆所及的岁月里，童年时，他经常被小伙伴欺负，因此，长期处于孤僻的生长环境，令他很少能够感受到成长所带来的快乐。哪怕成年后，他也免不了这样的命运，即使买个小菜这种简单的事，也容易上小贩的当，甚至在家里卖几个废旧的罐头瓶他也吃过小贩的亏。开始的时候，他觉得是自己做人实诚，后来，也对自己的智商和情商产生过怀疑。因此，做事的时候，总是会提高警惕，成立企业后，当他和李子迁之间因为一些小事发生矛盾的时候，便会在心里想，你别把我当成一个好捏的柿子。

多少年来，杨敬业一直在倾心研究一种叫做"凤凰"的陶瓷产品，他在大学期间就曾经见过这种产品，只是还没有成熟，应该说是"凤凰"产品的雏形，他对于拙朴的美有一种天生的向往，而这种"凤凰"产品之所以留给他的记忆深刻，是因为它瓷质上所带的那种晶莹的光感，哪怕是素烧也别具风格，那么多年来始终萦绕在他的脑海里，如一个透明的结晶体，迟迟挥之不去。

20世纪90年代，日本的"9·10"大肠杆菌感染事件引起了全世界的关注，病菌的蔓延之快，令人始料不及，曾几何时，波及全日本，不少地方医院爆满，一些地方甚至死了人，世界为之震惊，费去移山的精力，病魔才被扑灭。

追究起感染源多数专家认定是带菌蔬菜水果等食品所致，于是研究抗菌无副作用材料开发应用被提上日程。能否通过器具将器物中的病菌消灭成了专家学者们思考的热点，日本率先投入大量的人力、财力，着手抗菌材料及其应用的研究，继而英、美、德、意等欧美国家也开始了对这一课题的钻研。

1997年开始，原县国营企业陶瓷厂开始对抗菌瓷着手研制，杨敬业作为其中的一名成员，参与了整个研制过程。在历史的长河中，两年多时光只是弹指一挥间的事，但是对于开发者来说，却能创造出令世人惊叹的辉煌。在"时间是效益，时间是生命"的口号下，研究人员争分夺秒恨不能长出三头六臂投入研究开发的工作，经过近千个日夜废寝忘食的奋发拼搏，攻克了一个又一个的难关，终于迎来了灿烂辉煌的丰收时节，研制成功的抗菌瓷成为了令人瞩目的陶瓷新产品，受到了全国的关注。

接下来，杨敬业对自己的"凤凰"产品开始了进一步的探索和研究，他希望"凤凰"生产出来的碗具不仅综合了抗菌瓷的功能，而且出来的产品堪称一流，从外形来说，雪白如玉，薄如锦，叩之声若金石，多少年来，这项技术开发几乎成了他心里的一个梦，时时刻刻萦绕着他。

但是瓷器生产是细活，像计算机生产一样的精细。不是吗？仅生产一个碗就七十二道工序，锁链般一环扣一环，来不得半点疏忽大意。而瓷器烧成还受气温、窑温、窑炉气氛、坯体中水分含量的制约，一变百变，所谓"火中取宝"说的就是这个道理。在这些元素中，制坯原料的元素组成也会影响到产品，而瓷土矿中的这些要素及其比重又会因地理环境不同，气候的变异千差万别，要生产出好的陶瓷产品，和陶泥有重要的关系。

当杨敬业的研究进入了穷途末路的阶段，突然听有人说，在半坡村的后山上发现了大量的陶泥，这种陶泥呈白玉色，瓷粒晶莹而微量元素丰富，杨敬业听后十分好奇，立即喊上厂里几个老工人，匆匆赶往后山。他们沿着村后的山中小路往山上走，两旁松林茂密，山风吹来松林起伏着滚滚的波浪，如一面平铺的旗帜，耳边不时传来鸟儿清脆的叫声，似乎在为他们引路。

原本这是上山的小路，走不了多远，几个人已经汗流浃背，可杨敬业偏偏感觉神清气爽，不知不觉脚步越走越快，似乎有某种神秘物体在暗中默默指引。终于，在一片草木稀疏的半山坡上，当真看到了一片珍贵的白色瓷土，在正午的阳光下，仿佛天空下了一场大雪，连澄澈的天空也映得如银泽般透亮。

大家看到杨敬业来，纷纷给他让开了一条路，杨敬业走近，蹲下身子，用两指捏了一点土在指缝间捻了捻，陶土不仅白度高，质地柔软，在手指间便呈现出了黏结感，只是看得出，这片陶泥储量应该不大，用肉眼估计大概就是一亩左右，至于深度就无法估计，其实，买矿山就像赌石一样，全凭运气，杨敬业虽然有些心虚，却铁了心要将它买下。他干了一辈子陶瓷工作，还是第一次亲眼见这种白色的陶泥，而且，还是在自己家的后山坡上，简直爱不释手，欣喜若狂。他明白，像这类稀有的陶泥，往往正是因为少才显得金贵。

杨敬业仔细搜索着记忆，他想起小的时候，有一次在家里翻旧衣柜玩的时候，在一堆旧衣服里发现家中有一本祖上留下的书，是用黄色的宣纸写下的，都是狼毫小毛笔规整的记录，在里面似乎看到过关于观音泥的说法，和眼前看到的白色陶泥完全相似。只是因为当时太小，只模糊看了几页，内容也没看得仔细，偏偏记住了这个词，便断定了这便是前人所见的观音泥，后来这书就不见了。时过境迁，不知道这书现在去哪儿了，当时就返回家中向母亲询问，母亲刚做完农活回家，坐在门槛上休息，一边擦汗一边回答，说："记得是有这么一本书，以前好像也看到过，只是被你父亲藏起来了，你父亲走后，谁还能找到？你自己找找看。"话没说完，又自顾去忙手中的活儿了。

听了母亲的讲述，杨敬业大失所望，再环顾屋子，那么大的一间屋，到哪儿去找。便又回到那片陶泥面前，竟有些不知所措。经过打听，有人说这片陶山是一家地板砖厂企业购买的，杨敬业之前和这家地板砖厂有过业务联系，便马上亲自上门询问，一副势在必得的样子，想要把这片观音土买下来，地板砖厂原本对观音土没有需求，闲置也是闲置着，但看得出杨敬业很感兴趣，便皮笑肉不笑地开出了高价钱。

杨敬业后悔自己太冲动，知道自己吃亏，从小吃了那么多次亏还是不能记住教训，只是一门心思想把它买下来，无奈之际只好找李子迁帮忙，本来以为李子迁不会同意，出乎预料的是李子迁当下就打电话联系，在电话里稀里哗啦和对方聊了一通，之后，又亲自出马到门上拜访，没几天时间又多了一个结义的兄弟。杨敬业再一次佩服，毕竟李子迁谈过多次生意，确实有他的一套处事方法，懂得如何和商家打交道，没有他还真办不成事情。

本来，李子迁对那白陶泥没有太大兴趣，觉得花那么高的价钱买下来不值，但由于两人本来处于冷战阶段，杨敬业突然提出这样的要求，李子迁不好反对，再说他也看得出这白色的陶泥不是一般的陶泥，在业务方面他始终是信任杨敬业的，杨敬业对于陶瓷的眼光向来独到，但厂里一时又筹不出那么多的钱，一不做二不休，只好再跑银行，把厂里的机器全部做了抵押，加上厂里原来剩余的资产，这下好了，全部家当外加本月工人工资，换回了一堆观音泥。

到此为止，厂里已经基本亏空，之前所赚取的收益全部投入到了这次购买的观音泥里，两人再次经历了第二次的白手起家，李子迁有些灰心丧气，冷言冷语地在小雨面前念道："辛辛苦苦三十年，转眼回到解放前。"而杨敬业虽然心里还是有点虚，看着这堆观音泥，却是兴致勃勃，满心欢喜。说实话，能得到这堆梦中的陶泥，他的内心深处还是感激李子迁的慷慨相助，否则，估计他也很难拿下。

　　人与人之间的相处就是这样，磕磕碰碰是常事，重要的是别拘于小节，也要记得对方的好。两人便是这样的相互摩擦又相互心怀感激，这样的兄弟情分实在难得。

○ 第四章
流云碎光

/ 上 篇 /

一

　　远远地，正在屋子打瞌睡的慧莲，听见门外有窑工在喊："马帮回来啦，马帮回来啦。"

　　慧莲听见喊声，赶紧从床上挪下笨重的身子，套上棉鞋，踩着脚后跟，跟着一群窑工身后迎向山梁。李义出去了近十天时间，在家里，虽看他事事不顺意，出去了几天，心里却是十分的挂念，加上产期将近，更是想要有个依赖。好不容易爬到了山梁上，看见了那一群浩浩荡荡的队伍，像是缠绕在山腰间的一根彩带，随着山上的风缓慢地移动。眼神便在那长长的队伍里，仔细寻找那棕红色的高头大马，找穿着蓑衣的那个最结实的男人。等了半个时辰，眼睛都揉疼了，好不容易人走近了，再一看，那高头大马上坐着的却是个娇俏玲珑的陌生女子，而那个穿蓑衣的男人，只是牵着马走在那个女子的近旁边。一看那场景，便是让人羡慕的神仙眷侣。

　　看这样的场景，慧莲只觉一身寒气，虽然还抱着几分侥幸，但心里已经明白了三分。她胆悬着，心提着，还没问结果已经是一肚子的心酸，再看那女子，一看便知道非寻常人家的姑娘，那身装扮和气质不是一般人可以模仿的，慧莲只觉得心惊胆战。不停地在心里喊："完了，完了，男人就没一个有良心的，都快当爹的人了，居然没招呼一声，就往家带二房，不是要这现成的两条人命吗？"

陶碧被安排在对过的耳房，李义又特意安排人进行了打扫，摆上几件像样的物品，淡黄色的纱帐，每边钩子上挂了一个大红色的小香囊，淡淡的香味祛虫除湿，金黄的流苏垂了下来，水红色的缎面被窝，还特意请村里的木匠师傅打了张案几配上，配上一把嵌了白色大理石的红木椅子，又把笔墨纸砚配齐了，在这里写诗画画皆随性自然。屋子不大，虽不是青砖大瓦，但也舒适保暖。

慧莲一肚子苦水，没处发泄，披散着头发，将一盆污水泼在天井里，接着就敞开嘴巴骂，那些不雅的词汇跟着滚滚而出，骂累了，坐在井台上，看对面房间挂着的蓝色布帘子一动不动，再看李义冷着一张脸出进，不言不语，一点办法也没有，只能哭，哭完了再接着骂。三日里，慧莲不吃不喝后来干脆连床也不下，只憋着一肚子的火，一双眼睛瞪着李义，等着他给个解释，李义向来习惯把事闷在肚子里，一味地低头做事，此时此地，没法说，也没法不说。

等到了第四日，慧莲提前一个月早产，生下了一个女婴，女婴不足月，生下时只有一斤八两，哭的声音也弱，哀哀的像极野猫的叫声，夜里听起来会让人瘆得慌。好不容易到了第二天，全身发黄，李义找来村子里郎中看，说是气血太虚弱，没把握能不能养活，只交代用甘草泡水给婴儿喝，喝了两天之后，孩子更是发黄，就连流出的泪水似乎也泛着淡淡的黄光，一张小脸皱皱的，像个老人，把奶头放进嘴里，光会含着，不会吮吸，家人都觉得没指望了。李义看着心烦，回到了窑上，只有慧莲抱着孩子，逢人来家里道贺就哭喊个不停，说是家里来了挨刀的神兽，逼她和孩子的命，把过来看望的人也弄得很难堪。

本来家里添了人口是大好的事情，可如此闹腾，整个家里里外外弄得乌烟瘴气。

可没想到孩子命大，过了四五天后，那黄一层层褪去，吸奶也有了力气，哭的声音一日比一日洪亮，才算是活了下来。经历了这一番波折，慧莲更是对陶碧恨之入骨，她恨的理由很奇怪，说是陶碧的名字里带着一个陶（桃）字，而桃本是性寒之物，对于怀孕的人是最大的忌讳。慧莲因此认定这一切噩运，都因是陶碧进门惹来的，又说陶碧是她和孩子的克星。

陶碧没法回应，初来乍到找不到南北，又因慧莲是正房，而自己连名分都没有，只能低首顺眉地出进，窝在屋子里，一天到晚听不到一点声音，在这间老屋里跟鬼魂一样存在，她是有些后悔了，也怪自己做事毛糙，没留条后路。好在李义出进都要来看她，他知道她的委屈，总把好的将就着她，把吃的先送过来，有时候也把她当孩子，惯着她的性子，即使是她乱发脾气，他也只是静静坐着，一张四方脸无动于衷，竟如孩子般的天真。

看陶碧一张小脸上都是忧郁，李义便主动提出送她回去，别在这里坑害了姑娘一辈子。开始的时候陶碧是同意了，也想着离开，把自己的生活用品打了个包袱，等棕色大马拴好后，她又反悔了，心里还是不想离开李义，这个让她少女之心开蒙的男人，被他宠着、暖着、纵着是那么幸福的一件事，认识半月，竟然就放不下了。就这样，决定留下来之后，她的一颗心就完完全全地放在了李义身上。

李义不向慧莲说，实际上还是畏着她三分，但没法不向姜老汉交代。看见姜老汉进屋，便紧紧尾随而去，推门进屋，姜老汉正在吸烟筒，一小撮烟丝，明明灭灭的火光，在暗淡的屋子里若隐若现。李义尚未开口，姜老汉倒是先说了，"说吧，那姑娘是咋回事儿？"李义知道是祸躲不过，只好如实相告，只是说得很浅，说姑娘只是来这里避避风头，没说自己喜欢，但那眼神偏偏是藏不住的。

姜老汉是过来人，其实不用解释，一看便明白了三分，说："那婚娶是迟早的事儿了。"李义没有正面答话，只说是先过些日子再说。实际上，姜老汉知道李义当初和自己女儿的婚姻有几分勉强，但没想到他那么快就把第二个媳妇领进了家门。而且，偏偏是慧莲生产的时候，慧莲身子弱，整天在床上哭哭啼啼，闹得鸡犬不宁。这几天姜老汉嘴上不说，只是默默地看着事情的发展，看得出李义对那姑娘是死了心地喜欢，每天往那屋子跑几趟，就连人也精神活泛起来。

姜老汉心里替女儿愤愤不平，把半个家交到他手里，他竟然还如此放肆，说："你先到后山仙人洞反思七日，想好了再来见我。"虽是惩罚，但说明有希望，李义二话没说，当真转头就上了后山，那股拗劲，只怕是十头骡子也拉不回来了。

仙人洞就在后山上，有百十平米的洞口，只是阴森得很，没有人迹，时不时可见成群的蝙蝠飞过，黑压压的一片交织成一张网，擦着头皮飞过的时候听不到任何声音，只带着一股子擦破头皮的冷风，幽灵一样。洞里能听见水滴的声音，在寂静里听到这水声便是十分阴森空灵，石笋石柱石梯纵横林立在深不见底的黑里，若是没有一定的毅力，别说是七日，就是一夜估计也得吓破胆子。

在村子里，小孩子不听话，老人便吓唬说："把你扔到后山仙人洞去喂蝙蝠。"小孩子立马就变乖了，都知道那仙人洞的厉害。但也不仅仅是吓唬，村里向来有一条不成文的规定，但凡做事错得严重的人，必要去那里思过七天七夜，只能喝山洞里的水延续生命，不许进食。李义去了那里，整整七天时间，面对山洞不吃不喝，甚至滴水未进。小左生怕出事，去看了几次，劝他多少喝些水。李义把头扭到一边，铁了心一副誓死的样子。小左这辈子算是领教了，原来人痴情起来，比患失心疯还要可怕。

姜老汉提前听小左回来做了汇报，实际上心里也担心得很，到了第七日，李义才下山，人瘦得跟山洞里的黑石头似的，但依旧是一把坚硬的骨头，口气丝毫没变，一看就铁了心。重新坐到了姜老汉面前，姜老汉见他那样子，心凉得透彻，知道这样的事情拦也拦不住，想了想只能由着他去了。当时的男人，别说是娶两个老婆，娶三个四个的多了去，就李义这块硬骨头，姜老汉事先也看得出不好啃。

　　打好了主意，姜老汉便对李义交代："无论怎样慧莲是你的大老婆，凡事应以大为先，这瓷坊虽然交到了你的手上，也还有姜家一半，人是要有良心的，你要对得起她。"李义使劲地点头，他确实没想过要抛开慧莲，姜家当初对他们兄弟俩的收留之恩，他是一辈子不会忘记报答的。这样说开也好，那么说姜老汉也就算是同意下来了，慧莲纵有千般不愿意，终挡不住这巨大的火势，李义悬着的心终于放了下来。

二

　　这一日的夜里，月亮大好，李义一时兴起，想去窑上走走，出门穿过树林，几个窑仿佛寂寞的古堡，安静地沉睡在月色里，一池和好的窑泥，在月光下泛着油腻而透亮的光泽，树和草不像长在泥土里，倒像是从泥土里流出地皮，再沿着山坡淌下来，淌成了一地，植物饱吸空气之后，回荡着中草药的清香。无论草木砖瓦都动静起伏，像沉浮在水里，生息涌动。他走过两个窑，均烧着青蓝色的焰火，他便停下脚步，发现在窑眼处坐着一个人，再仔细看，竟然是小左。

　　李义想起香云的事情，正想找空和小左聊聊，没想到在这遇上了，真是上天的有意安排。近段时间，李义经常在外面跑生意，一月有半月在外面，他出门后，窑上的大小事情基本上由小左打理，小左每天忙出忙进，反而人的精气神也从骨子里长出来了，比起之前开朗了许多。

小左听到了脚步的声音，回头也看见了李义，挪了挪身子给他腾出坐的地方，两人擦肩坐着，前方是茫茫夜色，便有些伤感。小左说："看见你带回来个姑娘，慧莲可愿意？"

李义没有回答他的问题，把烟筒抱过来，闷声闷气吸了两口，吐出烟雾，才说："你迟早也该成家的，一个男人不能没有女人，男人有了女人，才有家才有依靠。"小左听后只冷冷一笑，说："就我这样子，做梦都算是过分了，哪还敢近女人，讨了人家还不是等于害了人家，我不做没良心的事。"李义便打住话题，说先不说这些，便径直说了香云的事。小左听后有些愕然，说自己不能行那事，那姑娘肯答应？李义说："这个你不用担心，实际上，人最哀莫过于心死，若是当真看破参透了，便也没什么可留恋的了，香云也是苦命的人，若能与你为伴，两个人多少也好有个照应。"

听李义这么说，小左觉得有道理，以前没往这方面想过，如今一想又觉得是好事，以前在宫廷里，因为太监和宫女很多，为了寂寞而互相安慰，大家私下恋爱，意思说不能同床，只不过相对吃饭，互慰孤寂而已。还有一个原因，宫中值班太监不能在宫内做饭，每到吃饭时间，只能吃自带的冷餐，而宫女则可以起火，于是，太监便托相熟的宫女代为温饭，久而久之，太监与宫女结为相好，被叫做"对食"或"菜户"。起初的时候，都是偷偷摸摸的，渐渐地没什么好隐瞒，也就公开了。

再说，李义自从有了慧莲又有了陶碧，回来几日都没时间看看小左，小左本来就不合群，也没个说话的地方，早就感到了自己的孤独寂寞。但毕竟心里还是有些恐慌，又说："就怕她看不起我。"李义拍拍他的肩膀，语气温和地回答："先见见再说。"这事就算这么定下来了。

下次，李义再到昆明的时候便带上了小左，两人顾不上身体的疲劳，便直奔满堂春。小左见了香云，见姑娘端庄得体的样子，和自己想象的有所差别，原来以为青楼女子大多俗气、傲慢，没想到香云一身素衫反而十分耐看，实在有些意外，哪还有理由谈喜欢或不喜欢，只怕姑娘看不起自己。

而香云，在这种地方滚打几年，早是什么样的人都见过，一点也不忌讳。一双娇媚的眼儿把小左上上下下打量了一番，看上去虽然瘦弱，但是这年轻的后生生得清秀，黑眉大眼，那粉白的肌肤比姑娘家还要胜出三分。之前听李义说过，说是小时候患了疾病，没有行房事的能力，那也倒无大碍，自己一心想着离开这地方，不就是怕做那事吗？早想着寻个清净之地，如今遇上小左，算是正合心意。当下，看两个人默默点头，李义便和老鸨做了交易，虽然这次花去了几年的积蓄，为了小左，李义也是甘心情愿的。

一切办妥，李义终归还是留了一手，做了几年生意，积累了一些经验，毕竟只是萍水相逢，不了解底细，想着既然出了那么多的银子，也该让香云立下字据，若是以后有什么非分之想，或是有过分的举动，需先还清此次付清的银两，否则将告上公堂。香云倒是没说什么，拈了一支小毛笔过来，顺顺畅畅写下了字据，写完后，自个儿低着头又默默读了一遍，生怕有什么地方没说清楚，看上去极为仔细，觉得没有差池了，这才折成方块，递与小左保管。

窑上自从有了女人，就更加热闹起来，女人们不时地说说笑笑，红衣罗裙一闪而过，窑上就无端地多了一分生气。金莲的孩子已经有两岁了，虎头虎脑的小男孩长得特别可爱，取名叫喜岁，这小毛孩子调皮顽性，本来是爱好吃的，如今又生出来一件爱好，就是喜欢遇见穿着鲜丽好看的,定要凑上身去要抱一抱,亲热一番,逗得女人们疼爱极了,一个个轮着抱他。

金莲带孩子过来看父亲和姐姐,渐渐地和陶碧特别谈得来,陶碧便在自己的屋子里备了茶和瓜子,金莲来的时候,几个女人便躲在屋里做针线活儿。说来奇怪,自从陶碧来了以后,整个村里的女人们都忙开了,又是织布又是刺绣,天不亮织机就踩得"吱吱"响,梭子像欢快的燕子,沿着织布上下翻飞。每到黄昏时分,田地里的农活做完,女人们点上油灯,无论老幼,一个个都扎起了花绷,埋起头,拈着针,大气不敢出,一穿一送,小孩子的围裙,女人的鞋面,老人的袖领,绣的多是茶花、鸟、鱼或祥云图案,简单又耐看。据说,那图案多是出自陶碧的手。

现如今,窑上又多了香云,香云带了一把古琴来,也搁在了陶碧的屋里,大家这才知道,原来香云弹得一手好琴,那古琴的声音悠然缥缈,在山谷里回荡,让整个村子里的人都养了回耳朵,听一遍不过瘾,还要再听一遍,村里无端多了一种说法,说是李义的窑坊里住了一群仙女,女人们听后呵呵笑,觉得日子就该那么活泼泼的才舒心。

这边大家热闹成一群,那边却苦了慧莲,她孩子小,出不了屋,常常一个人在屋里唉声叹气。有一次陶碧特意去看她,又被她用扫帚撑了出来,说是陶碧一身的晦气,别沾染给孩子。陶碧无奈,但见孩子可怜,赶在秋季前,给孩子做了一身水红色的小棉袄,用的虽是自己织的土棉布,却在前襟上绣了一朵朵藕色的小花,甚是乖巧可爱,还给孩子做了一双虎头鞋,特意用陶泥烧成四个小纽扣做成虎眼,让村里人都开了眼界,说那么好看的东西怎么舍得穿在脚上。陶碧不敢送过去,央金莲带了过去,慧莲还以为是金莲做的,别提有多高兴,金莲折身出来,心里却为陶碧抱着委屈。

几个女人窝在一间屋子,话题渐渐多了起来。香云刚从窑上回来,端了一口水喝，用手托着下巴，叹息道："这陶器真是奇怪，原本就是山上的一捧黄泥，取回来和上水，拌来拌去地搅匀，渐渐地有了韧性，就可以拉成自己想要的形状，可以千姿百态，又用火炼，烧制成器物，过千万年也不会损坏，终于知道女娲补天为何不取铁，不取石，偏偏要取泥了。"

陶碧说："这只是看得见的，还有看不见的呢，那才是神功。"金莲问："比如哪些？"碧陶说："人，本来就是造物的神，你看盘古开天，混沌中分出上下黑白，又比如大禹治水，世间方才水陆分明，正是因为有了人的改造，才有了清明黑白的世界。"香云说："那盘古和大禹究竟是人还是神？"陶碧答道："人，本来是神。神，本来也是人，看这陶货，泥本是开工之物，无形无状，人却给它定了模样，就说那小小的一把茶壶，杯口杯盖都是严丝合缝，哪一点不沾着人的巧心思，握在手心里，大小都有用处，人不就是成神了。"

大家不禁唏嘘叹息一阵，虽然不是十分的明白，但知道陶碧说的定是正确的，都说陶碧冰雪聪明。此时，天已经暗沉下来，暮色涌进了屋子里，几个人才收拾东西各自回家去了。

等李义从窑上回来，欣喜地跑进屋，告诉陶碧，说是钟先生来了回信，从怀里取给她看。信上说，陶碧父亲派来的人没找到姑娘已经走了，意思大概是说那么大个姑娘，莫名其妙就跟个男人跑了，身子肯定也是不干净了，路都是她自己走出来的，既然她愿意这样，就由着她去吧。钟先生在信末还特意说了几句体恤的话，意思大概也是说，若是两个人确实有此情意的话，那也不必负了春色，定要珍惜良宵美夜才好。

李义读完信，又收到了钟先生这样的话，先前有的负担也解开了。只是陶碧，突然间想起父亲，那么多年的养育终归是有感情的，不免有些思念，眼眶现出了红色，忧郁的样子让人又爱又怜。李义将其拉进怀里，轻轻抚摸她那薄纸片一样纤细的身子，那一夜，李义留了下来，和陶碧正式行了夫妻之事，经过这一夜，李义方才知道，什么才是男人真正的快活。

三

乌泥变宝贝，窑门出黄金。就这么一日过一日，不知不觉就到了夏至，李义和陶碧，小左和香云，都先后行了夫妻之礼，办了婚事，窑上的喜事便一桩跟着一桩地来，就连屋门外的老杉树上，也时常停着几只喜鹊，喜鹊向来便是和人亲近的鸟，就跟先知一样，每日天不亮，就开始大声地鸣唱几句，在院子里摇晃着走路，以示祥报。然而，自古以来，岁月是波峰和谷底的交替，平静的日子里，总会跳出来那么一些不尽如人意之事。

话说，小左和香云成亲以后，一直是和衣而卧，夫妻俩相敬如宾，相互爱慕，加上小左会体贴关心人，对香云总是特别周到，香云也乐于享受，日子过下来相安无事。可这香云毕竟来自于风月场所，过惯了风花雪月的日子，之前她的身边从来没有缺少过男人，且多是达官贵人，突然间这样闲下来难免有些不习惯，觉得这样的日子清淡如水，寡淡无味，渐渐地心里有了怨言。而更为关键的是，她对睡在身边的这个男人发生了好奇。这个好奇一来，事情可就不那么简单，好奇是个无底的洞，若是想知道那幽深的没有尽头的秘密，就需把脑袋钻进去才能探个究竟。

一日，趁小左入睡后，香云悄悄将手指移至其胯部，一摸，竟然是空空的，小左也惊醒了，突然从黑夜中坐起了身子，一脸无辜地瞪着香云。香云被吓了一大跳，随之"哇哇"大哭，瞬间跳下床，没穿鞋子，像患了失心疯一样哭喊着向门口奔去，刚好和闻声而来的李义撞了个满怀。李义唤了她的名字三声，依然无效，像是还深处于噩梦之中，唤之不醒。李义急中生智，抬起手，一掌拍在了她的脸上，她愣了一会儿，这才如梦初醒，苍白着脸停止了嚎声。

李义问究竟何事，小左没有说话，只是做错了事般地脸涨得通红，目光低垂，整个人怔怔的，像失了魂。再问香云，香云哭哭啼啼扭扭捏捏了一阵子后，用手指绞着手帕，把手帕扭成个死结，这才开口说："他到底是男人还是女人？你当初不是说他小时候患了病吗？可他压根就没有那个东西，不相信的话，你让他扒开裤子给你看一看。"

李义无奈，这事儿说起来还不好启齿，他在屋里抽了一会儿烟筒，直到那女人的哭声越来越小了，他才把烟筒放到一边，说："这事儿到此为止，香云，我们事先说得清楚，你应该知道当初要你来的原因，你自己也立下了字据，若是今天的事传了出去，或是外面对小左有什么议论的话，你自己最好从什么地方来，就回什么地方去，我们不会留你。"

李义的话音未落，香云又是一阵莫名其妙地哭哭啼啼，说："你现在让我走，我孤身一个女子，能走到哪儿去？"说完这话，方才明白自己的处境，倒不是人家不让走，而是自己走投无路，反而有些怕了。心里又是一阵莫名的心酸，哭着道："你们只管着自己，天漏了还有女娲来补，可谁来补我心里的这块缺呢？"没人答话，直到她的声音渐渐小了，李义才叹了口气，起身回了自己的屋子。

经过了这趟波折，香云倒是安分了一段时间，因李义把话说在了前头，她自然也不敢造次，可时间长了，她那藏不住的本性又如雨后的春笋般，用黑泥都压不住地冒了出来。

香云自十二岁进入满春堂，练就了一手好古琴，如今，在整个窑上是人人爱慕的，那如行云流水的声音宛如碧波般在层层叠叠的山峦上荡漾，让宁静的窑山，在白雾弥漫的清晨仿佛置身瑶池仙境，也让山上每一个粗野的窑工们都凝神倾听，更让他们对这个神秘的女人想入非非，但他们都知道，这是小左师傅的女人。想，终归是想，也就是想，但不敢近身。

　　这天，香云正在屋子里弹古琴，听到了外面有打井水的声音，她以为是陶碧，正想找她借个绣花的花样，头发都没来得及梳理便欢喜地喊着名字，掀开门帘奔了出去，出门一看才知道，原来是个新来的小窑工。这个小窑工姓许，名叫许宝，许宝十七八岁的年纪，据他自己说，家里还有个老父亲，因为他们本地遭了旱灾，便流浪到了这里。

　　许宝虽然年轻，却能说会道，有一张极巧的嘴巴，又因走过一些地方，也结交了不少人，学到了一些东西。虽没进过学堂，却无师自通，有点少年老成，手长腿长，身体极为修长挺拔。因小左看他聪俊，招来做了学徒。这个年纪的孩子是初生牛犊，野性十足，不按规矩出牌，他可没想过香云是他的师母，小左是他的恩师。他只是在窑上，日日听那悠扬的琴声，那声音一起，他便如同掉了魂，挠人心扉的声音早就让他如痴如醉，所以那天清晨，当他再次被琴声所吸引的时候，他便以打水为由，悄悄来到了天井里。

　　当他取桶的时候没想到香云会出现在这里，香云原本就来自于风月场所，虽到了这小村，举手投足间褪不去那份妖艳，凌乱的头发掩盖不住雪白的肌肤，婀娜的身姿更是万种风情。许宝顿时就看呆了，眼神直直地落在香云身上。香云发现自己认错了人，用指尖蒙住口，目光轻轻一躲，又忍不住折转身子偷偷看一眼，目光交会的刹那，脸一红，赶紧微微一笑，又想折回身回屋里去。

　　就在这时，许宝突然轻声喊住她："嫂嫂，能否借你的银针一用，我的手上扎了颗刺。"香云点头，便回房取针，递给他用。清明的阳光下，他抬着银针挑刺，眉头锁紧，口唇紧闭，分明还有几分孩子模样，香云细细打量，那年青稚气的脸上，有一种脱了俗的干净，尽让香云莫名地爱慕。

一来二去，两人的交往越来越密切，都是在一个窑上，哪有风吹草动，还有看不见的道理。两人的眉目传情已经开始有窑工们议论，小左拿不定真假，也不便声张。这一日，黄昏过后，小左从窑上回家，见门虚掩着，正要举手推门，就听见了屋子里有说话的声音。小左停住脚步，听那一男一女快活的笑声一浪高过一浪，心里便凉得跟泼了水似的，明白了三分。他停下脚步，盯着自己的影子迟疑地看了一会儿，脚步重得跟灌了窑泥一样，他看着地上自己被夕阳拉长的影子，如稻草一样地在风中摇摆不定，不知道自己是如何离开的，准确地说，是被那声音逼着逃开的。两个人的声音偏偏不肯停下，被风托着，追了他很长一段路。

他在后山上，盯着那道门，在落山太阳的刺目光线中，不知道过了多长时间，看到那个男人把门拉开一条缝，闪了出去，他才重新拖着沉重的双腿回屋。香云正坐在床头做针线活，看见他回来，倒是平静得很，像是什么都没发生。小左坐到了檀木椅子上，倒了杯茶水，把杯子握在手中，水在杯子里轻轻晃动，仿佛受了惊吓，需要足够的时间才能平复。他说："你是不是很喜欢他？"香云没吭声，连眼皮也懒得向他这边瞟一下，她知道小左那面团似的柔软的脾气，正是因为知道，所以才任她捏任她使唤任她撒气。

再说，对于小左的问话，她基本没放在眼里。小左又问："为什么？"她没出声，把银针放在头发丛里擦了擦，继续手里的活儿。小左提高嗓音，再问："为什么？"

她这才不情愿地把针线活儿放在一边，语气生硬地回答："因为他是男人，而你不是，他能给我的快活儿你给不了。"小左的心像被什么狠狠扎了一下，那种痛从心里渗透到了脚心，他知道有些东西是自己生命里无法改变的，命运在最初的时候，取走的不仅仅是他雄性身体的一部分，而是支撑他身体的一根肋骨，是他必须一生背在身体上卸不掉的耻辱，让他永远不能直起身子说话。

他给不了自己，也给不了香云，他在思考片刻之后，才说："如果这样的话，你跟他走吧，我不留你们。"这倒是出乎香云的预料，她没想过要离开这个地方，她看不起小左，但小左又是她唯一的依靠。小左虽然少了一样东西，但是能给她安定和幸福，相权衡之下，她当然愿意选择小左。她知道自己对他狠，狠得没有道理，却克制不住自己。

许久，她轻轻咳嗽了一声，终于说出了那个藏在她心底许久的秘密，她的声音突然软了下来，说："你就饶了我吧，我是喜欢他，但我也离不开你，我和他好，只是想要他能给我一个孩子，一个女人不能没有孩子，因为你给不了我，一个我自己的孩子，也是你的孩子，是我们共同的孩子，我们疼他，把他养大成人，这是我这辈子最大的心愿了。"小左痛苦的脸在她泪水模糊的视线里渐渐地淡去，明明知道是个错误，他却没法回答她，他就坐在那里，如石蜡般的脸上没有任何表情。香云便又接着往下说："等有了孩子后，我会好好跟你过日子，会让他走，有了这个孩子，我们的家就圆满了。"

小左站起身往屋子外走去，他走进一片芦苇地，看到夕阳把大地染成了一片血红色，他就站在这片血红里，看见自己的身子在茫茫的芦苇丛中，像大地生长的一个流血的疮疤，耳边仿佛还响着香云的话，好多事情他没有办法改变，命运是一只巨大的手掌，残酷地一次次将他拿起，又一次次将他摔在地上，摔得支离破碎。

俗话说，妻妾不共戴天，这一妻一妾从来就没有和谐过，慧莲横看竖看，总是看陶碧不顺眼，故意找着茬地为难她。慧莲躺在床上装病，一病就是半个月，非要陶碧过来伺候，烧水做饭，下田摘豆，要她抱着孩子站在床前不说，大事小事都得听她使唤。陶碧原来没做过这样的活儿，无奈人在屋檐下，哪能不低头。煎汤熬药的十多日，好不容易药熬好了，端到床前却不让走，说是要等凉了才能喝，陶碧只好把药放回去，不小心把滚烫的中药泼在了自己手上，当场就烫起了一个血红色的水泡。慧莲捂着嘴呵呵笑着说："看吧，老天爷真是长眼了，不用我动手也有老天惩罚，真是罪有应得。"那笑别提多得意了。

陶碧毫无选择地磨着自己的耐心，不知道挨了多少慧莲的责打，方才一点一点学会了如何伺候病人。一旦学会了，就成了顺手的活计，对谁都贴着心，时常把李义也当成了病人，照顾得特别周到。李义把这些看在心里，知道自己欠了陶碧，只是有苦说不出，对于慧莲他是没有办法的，只能让陶碧自己绕着点，不要去招惹她，有时，故意找借口把陶碧带到窑上，渐渐地对慧莲更加冷淡。

慧莲原本就心窄，又把这一切恨在了陶碧身上，以为是她在后面说了坏话，告了小状，李义才这样对自己。陶碧夹在中间左右为难，对于慧莲她是敢怒不敢言，而对于李义呢，她心里清楚，就是说也等于是白说，她知道由不得他。这样的日子仿佛就是走羊肠小径，只能往前，没有退路，糟糕的是还左右都为难，处处提着小心。

渐渐地，陶碧反而喜欢到窑上了，把一头黑发往后束起来，换上了粗大的布衣，腰上扎根布绳，干净利落，学着男人做活。陶碧最喜欢的还是往陶坯上刻字，她原本就有写字的功底，而刻在陶坯上，那字的形状便更加生动，笔锋也更加凸显，又有了立体感。陶碧甚至还自创和发明了一些字体，比方说一个圆，是日头的意思；一个半圆，则为月亮；一堆墨点，围在圈里，是米；水是横下来的"川"字，最为形象。这样的字像画不是画，说字又不是字，拿到了市场上，人们都拿着猜，好奇怪的创意，有种无端的乐趣，很受人们的喜欢。

之前，女人们大多不上窑，自从陶碧带了头，几个女人便相约到窑上，把绣花时的样品也带了上来，画在了陶器上，游鱼、水草、牡丹、凤凰，绣花用的花样，原本就干净整洁，被画在陶上，更显生机勃勃，天真烂漫。虽然生活平淡清苦，但她们在陶器上作画又充满了新鲜的快乐。李义瓷坊因此而名声大起。这下陶碧更有了信心，整日地待在窑上，和李义一起日出而作，日落而息，真正成了令人羡慕的恩爱夫妻。

很快，慧莲的孩子也满一周岁了，在家里摆了两桌宴席，请了村子里有名望的几位老人来家里给孩子庆生，这孩子生得乖巧伶俐，黑头发薄嘴唇，让孩子抓周，小嘴一挪一挪想了半天，抢了只布老虎抱在身上，死活不放，真是天大的胆，逗得一屋子的人笑个不停，说孩子比武松还要厉害。有人问李义孩子叫啥名，得给个吉利些的。

李义正想给孩子起名，便请学堂的先生给看看，来来去去几回无非是花、兰、云、草之类的，看来看去都不太满意，最终还是陶碧一语道破天机。她说："不如就叫荣儿吧，这孩子是老大，以荣当头，若再往后，孩子们依次按荣华富贵排名，暗示兄弟姊妹团结在一起，家和万事兴嘛。"

"这个建议极好。"李义大笑着说，"那就是说我今生最少要养四个孩子，我这家才能荣华富贵凑齐。"大家笑归笑，热热闹闹的一番话又给荣儿周岁的生日添了喜气。

四

至于香云，事情的败露是在一个阳光晴好的午后，金莲从山上砍柴回来，当她背着沉重的柴垛，沿着山路往回走的时候，绕道去芦苇地里想捡些干柴，突然看到在芦苇丛中地里有两个人的影子，金莲本能地停下脚步，向着两个黄色的影子轻轻挪动脚步。然而，茂密的芦苇丛随着风晃动，不时遮住了她的视线，当她听到了轻轻的喘息声时，听见了许宝的声音，他在呢喃中仿佛在说："只要快活，哪管我们还有多长时间，反正我这辈子是离不开你了。"这下金莲算是看清楚了，原来是许宝和香云在野地里媾和，正是尽兴的时候。

金莲吓坏了，赶紧捂着"噗噗"乱跳的心口回到家中，她左思右想，终没有两全其美的策子，觉得这事还得请人帮忙。她首先想到的是应该告诉小左，可往细里一想觉得不妥，小左平日里那么柔弱的一个人，突然间知道了不知道会急成什么样子。又想了想是不是该告诉慧莲，但很快否定了这样的想法，作为姊妹，她最清楚姊姊的脾气，早就是唯恐天下不乱了，这事要乱起来还了得，闹不好会出人命。思来想去，最终决定还是告诉李义，他毕竟是当家的，做得了主，横竖由他来处理。

当天，李义就知道了这件事情，当时，村子里有条规矩，若是女人不恪守妇道，要捆到庙前进行体罚，挨七十二下刺鞭，这七十二鞭完了之后，基本上就算是残废。他阴沉着脸，把小左和香云都叫到了屋里，香云一看李义的脸色已经有几分心虚，中午行事的时候，明明看见了一个身影从山路一闪而过，待要细看的时候又不见了，正在纳闷，想必已经暴露。李义问香云："当初立下的字据你都还记得吧，我也曾经提醒过你，你不听，反而为所欲为，把事情滚雪球似的越闹越大，闹到了现在让大家都收不了场，既然已经到了这步田地，我们只有到公堂上见了。"

之前，香云也考虑过，如果事情败露就跟着许宝逃生，可一想，哪有勇气跟许宝走，那小子是什么人，吃了上顿不知下顿的穷小子。她知道依李义的脾气比不得小左，没那么好应付，连忙双膝跪下，一把鼻涕一把眼泪，边哭边说："你就饶了我吧，这事儿是小左同意过的，不相信你问问他。"

说着把求救的目光看向了小左，李乂被弄得一头雾水，看着小左脸上的反应。小左在沉思片刻之后才说："事已至此，就让他们走吧。"香云又是一愣，知道小左不追究体罚自己已经是开恩，心里一阵酸楚，十分后悔。现在小左让她走，反而不愿意，上前一把抱住小左的腿，说："你当初是同意了的，我也和你说明白过，我就是想要个孩子，有了孩子，我就再也不会见他，和你好好过日子，你怎么这么狠心呢？"边说边呜呜地哭着。

小左没再说话，整个屋子都安静了下来。李乂怒气未消，便问小左："当真不再追究，就这么算了，岂不是便宜了她？"小左想了片刻，抬头时也是两眶泪水，终于重重地点了点头。

第二天，李乂给了许宝一些盘缠，将他打发走了。

接下来，便是一段平静的无风无波的日子。事已至此，香云处处敬着小左，对他心存感激，又过了一段时日，方才恍然大悟，她曾经也琢磨过，和许宝交往了那么长日子为什么一直没有身孕，直到那天晚上她才想起了在满堂春的时候，老鸨儿每天都要让她们喝的汤药，那汤药又苦又辣，喝下去连肚子都辣得生疼，说是为了避孕，不影响身体，当时都是相信的。喝了药后月事总是越来越短，长时就一两天时间，以前图个干净没注意，现在想起才知道那药的厉害，想必是生育功能都已经破坏了，不会再有怀孕的能力。

想明白之后，香云心怀内疚，对小左更是贴心，小左对自己的宽厚和容忍，对自己的大度和体贴，世间还有什么样的男子可比。可作为女人，香云想要个孩子，此生才有依托，看来是无望了，人变得心事重重。如今，两人同病相怜，此生能够遇见也算是天作之合了。

过了几日，黎明刚刚破晓，村前破庙前突然传来孩子的啼哭声，说是有人丢了个奶娃在那里，香云一听，十分心动，说哪有这样的巧合，想是观音可怜他们夫妻，送了个娃娃来，便要前去抱回，把想法说给了小左，小左迟疑了一下，似有心动，又去找李义商量，过了一顿饭的工夫方才回来，只说是不要了，让香云断了念头。香云急了，说："为啥不要，这可是好机会。"见小左不出声，只是吊着脸吸烟筒，便自作主张急着寻了去，这一耽搁孩子已经被人家抱走了。

此后，香云心里便有了主意，想着到邻村抱个没人抚养的初生儿回来，便寻了个机会把心里的主意和小左说了，小左这才说了那天和李义商量的结果。主要担忧的是抱回来的孩子，村子里迟早有闲话说，等孩子长大了，总会要寻自己的亲生父母，即使无处可寻，心里也会生出疙瘩，只怕养不家，将来找自己父母去了。李义说了，我们瓷坊的孩子，将来要继承的是瓷坊的香火，要让这香火代代相传下去，因此，一定要慎重。小左拍了拍香云的肩臂，安慰说："再等等看吧，有合适的机会再考虑，也不急在这一时半会儿。"香云听明白了，也理解了小左的担忧，只是鼻子一酸，眼泪管不住又落了一地。

这年末，李义请了工，将原来住的老房子重新翻新，分东房和西房，东房分给了慧莲，西房则住着陶碧，中间的天井又用假山围了围，那假山屏风似的把整个老房隔成了两个不同的院落，两个女人有了距离，彼此见面的机会也不多了。又在后墙外建盖起了一个小的四合院，一大堂两耳房，虽然小，却精巧细致，让小左和香云搬了过去。从此以后，各家有各家的院落，自己扫自己的门前雪了。

下篇

一

　　进入春天，正是万物萌动的季节，陶瓷厂背后有一棵柳树，大概已经有几十年树龄，树干粗大，枝叶遮天，树皮斑驳得如层层硬黑色的磷壳，而那垂下的枝叶却十分茂盛，如长发般在风中舞动。一阵风过，天空到处弥漫着鹅毛状的飞絮，初看似雪，定睛凝视方知那在阳光中漫天飞舞的是一团团柳絮，有的飞上枝头，有的飘落在地，还有的不知不觉被风带远了，从此，落地为尘，无迹可寻，把这个春天弄得多了一分情意绵绵。

　　正午一点以后，职工们多数正在休息，除了几声鸟儿清脆的鸣啼之外，整个厂区显得空旷而安静。杨敬业没有午休的习惯，得到了观音泥后，整个身心投入到了"凤凰"产品的研制和开发中。最近，听同学说江西那边的"凤凰"产品已经取得了成功，听到这个消息，杨敬业全身毛细血管都为之一振，真是得来全不费工夫啊，若能以观音泥来开发制作"凤凰"产品，那将是陶瓷界的另外一番轰动，也将是杨敬业陶瓷生涯创造的再一个神话。

听到这个消息，杨敬业就有点坐立不安了，人还在厂里，心已经飞到了江西，决定赶紧安排时间到江西和老同学探讨一番，于是，联系了大学时的几个老同学，都是在陶瓷界小有名气的大师级人物。虽然此行没有定胜的把握，因为烧制过程中，还会因为地区、气候、水分、环境的影响产生千差万别，但是，"凤凰"的成功已经是最好的暗示，只要有成功的经验，离产品成功的距离就不会太远了。

看书累了，杨敬业走到窗前，看了一会儿窗外漫天飞舞的柳絮，感觉有些困了，摘下眼镜揉了揉眼睛，正在这时，从门外走进来一个人，再定睛一看，原来是李子迁，杨敬业转身回到办公桌前坐下，李子迁不请自来，一歪屁股坐到沙发上，自己倒了杯茶水，喝了一口。

"瞧吧，兄弟还是兄弟，没有兄弟这个厂也撑不下来。"李子迁开口，单刀直入的这句开场白仿佛戳了一下杨敬业的软肋，真是验了那句话，蓦然回首，感慨万千。两人自从有了摩擦了后，李子迁好长时间没到杨敬业这间办公室聊天了，杨敬业笑了笑，扔了包烟在他面前，又径自走到茶柜前，拿了一筒铁观音出来给他换了茶，杨敬业一直喜欢喝普洱茶，觉得那味道醇厚，回味甘甜。可李子迁偏偏喜欢喝铁观音，说那是唇齿留香，余味悠长。因此，去年杨敬业到福建参加一个博览会，特意给李子迁带了几罐地道的铁观音回来，因为他常过来这边聊天，自己的茶柜里也专给他备了一份，拿出来才发现，塑料膜都还在，居然还没开封，这一举动，好像冥冥之中一直在暗中等待李子迁的出现。

双方的心里都有些温热，这一举一动都是极熟络的，只有神交已久才会如此熟悉对方。想起两年前刚办厂的时候，经常这样一坐就是一整天甚至一个通宵，完全没有疲惫和睡意，说不完的话题。那时候，厂子刚刚建成，像幼儿学走路一样处处提心吊胆，虽然有诸多困难，但共同的梦想总是能让他们在对方的身上找到力量，得到安慰，看到希望。两年时间的患难与共，经历了多少的周折，眼看厂里有了起色，却不知不觉把兄弟关系搞得生分了。

"这有什么奇怪？几头牛关在一起还会擦破皮呢，越是亲近摩擦越多，相互理解了就行。"杨敬业温和地笑了笑，顺手把茶罐合上，一句话缓解了彼此心里的隔阂，杨敬业说着，也给自己点了一支烟，把椅子转了一个方向，对着李子迁，看上去是要好好聊一番了。

"对啊。"李子迁一拍大腿，说，"我就欣赏你身上的这种义气，义气是江湖好汉中的最亲兄弟，水浒中的英雄好汉，虽然杀人放火是家常便饭，但唯一不违背的就是义气，咱们兄弟那么多年了，不说义气了，那是情分，还有什么是心里存不下的，我性子急，平日里做事鲁莽，你别和老弟我计较。"看杨敬业脸上僵硬的线条渐渐回暖，李子迁悬着的心落了一半，端出他那一张职业似的笑脸，关心地问："怎么样？你的'凤凰'产品有没有什么进展？现在是什么情况？对那东西我还真不懂。

"等'凤凰'产品成功之后，肯定是独一无二的。你想啊，一个陶瓷制品，看外表薄如蝉翼，敲打有金石之声，素烧之后有天然的釉面光泽，且带抗菌功效，还耐高温，这样的产品可以直接到国家专利局申报专利了。只是现在产品还不成熟，听说江西那边有了新的进展，我打算下周过去看看。"杨敬业回答。

李子迁大概听得痴迷了，也被感染，对于陶瓷方面，杨敬业说一他从来不说二，听他这么说，没想到"凤凰"产品有那么大的魅力，情绪瞬时高涨，过了半响才说："那我通知小雨，提前给你订好机票。"

两人又聊了一会儿，已经到了上班时间，工厂里陆续有工人进入车间，声音开始嘈杂起来，杨敬业看到张路穿一身灰色运动衫，因为个头高，走在两个工人身后反而显目，便对李子迁说："原本，厂子刚建的时候，没打算请张路，没想到他来了以后，倒是给厂里带来了较大的收获，不仅手上的技术过硬，人也实诚，让他负责拉坯车间的生产，给我减轻了很大的负担，他对工作认真负责，制作的产品在市场上也很受欢迎。"

"这个人，是不错，年底给他多分红。"李子迁也往那个方向看了一眼，表示认可，目送三个工人进了车间大门。

吸了两根烟，聊到了最近市场上的需求，李子迁说："现在社会进步了，人们对于艺术品的认识也提高了，在市场上，越来越重视文化品牌的魅力，前段时间我参加一个展销会，一把看上去很普通的小茶壶，只要壶底打上了某某工艺大师的名字，那壶就可以卖出翻倍的价钱。到我们展位购买产品的顾客，都要看一看有没有打上'李义瓷坊'的字样，生怕买了假产品，我是痛心疾首地发现文化品牌在市场上越来越被人重视了。"

"这是好事啊，看来，当初选择'李义瓷坊'这个名称是正确的。"杨敬业笑了笑说，当初办理营业执照注册时，两人为了注册名称没少争执过，甚至还到外面请测字的师傅看过，都被一一否定，最终突然想起了半坡村曾经有过红极一时的李义瓷坊，经过反复商议，便以此名定了下来。

想到这里，杨敬业便说："可遗憾的是李义这段文化历史虽然县上史书有记载，好像只有两句话，就是'某县半坡村建有李义瓷坊，陶瓷产品远销到昆明等地'，其他的就没有了，我们俩作为半坡村的人，作为李义的后代，其实，应该借李义这段历史把'李义瓷坊'重新做大做强，让它重现曾经拥有过的辉煌。"

"对，实际上，历史书上的记录只要有这一句也足够了。"李子迁兴奋地一拍大腿，说，"近段时间，县委正在通知申报省级非物质文化传承人，我正想申报呢，作为半坡村的后代，这是义不容辞的责任。而且，我小的时候就听祖父说，我们家确实是李义的后人，家里还有个祖传的宝贝呢，等改天我带过来请你看看，听说是李义亲手制作的，等我回家再问问我父亲，看家里还有没有其他什么东西可以证明。"

"好主意啊。"杨敬业当场就同意了，变得兴奋起来，说，"放心吧，历史是无法更改的，只要申报成功了，我们李义瓷坊就名副其实，咱们村的李义瓷坊也就继续发扬光大，下面的历史就由我们来书写了。"

李子迁想了想说："只是可惜，家里还真没留下什么东西了，我记忆里只有祖父曾经的口述也不太完整，可惜祖父前几年过世了，前些年又是土改又是'文革'，父母都搞怕了，知道的一点点东西都不敢说，生怕再惹祸上身，想要再去寻找这段历史还真不容易。"

"别急，慢慢来，再回家找找看，总能找到些有价值的东西。"杨敬业缓缓地回答。李子迁信任的目光看着杨敬业，说："到时候，你得给我参考参考。"杨敬业说："放心吧，咱弟兄的事都会尽力的，更何况，这是关系我们整个厂发展的大事情，我们都要做到物尽其能。"

这时候，正好有人在外面叫李子迁，李子迁答应着往门外走去，杨敬业起身给自己也倒了杯茶水，看了看窗外，满天柳絮还在飞舞。时光，仿佛枝头上的叶子，在风中轻轻摇晃着。

二

从陶瓷厂到半坡村大概有十公里的路程，这段路因为修建的年代较早，因此，路面大坑小凹，比较颠簸。李子迁心急火燎，本来想开公司新买的微型车，车钥匙捏在手里，结果找了半天，小雨才赶紧出来说，车子还有一套钥匙，中午被驾驶员开出去送货，现在还没回来。

李子迁等不及了，像无头的苍蝇在院子里走了一圈，又在车间里找了一个工人的五羊摩托，跨上便往家疾驶而去，摩托车疯狂地鸣叫着爬上了柏油马路，下坡的时候听见风灌满了他的耳朵，此时，他也听见了那辆运载水泥的卡车按响了喇叭，想赶紧刹车，由于用力过猛，尚未停止行使的车子失去了重心，随之沿着路面连人带车向前方滑去，李子迁感觉自己像一道白光，随着惯性滑出去了二十米左右的距离，脑子里几乎一片空白，当时吓得魂飞魄散，以为怕是连性命都保不住了。

　　过了几秒方才醒转过来，左右看了看，路上没有车也没有行人，只能坐在地上看被自己带出了几米的血迹，他咬着牙齿站起来，又撸起裤腿检查伤口，大腿外侧拉开了一条口子，除此而外身上很多地方都擦坏了一层皮。他对着天空缓缓舒了一口气，喃喃自语："还好，命还在。"

　　李子迁重新骑上了摩托，腿部传来的疼痛令他咬牙切齿，他一路吁着气一边骂着脏话，摩托依然沿着柏油马路飞奔而去，半个小时之后回到半坡村。他先到卫生院草草包扎了伤口，进门的时候他那一脸伤残的样子把父母吓了一跳，追着问他发生了什么事，李子迁只回答说"没事"，再问便不说话了。一个人在屋子里走来走去，母亲看他行为古怪，好奇地跟在他身后，夸张地说："你这是第一次来我家啊，好像什么都没见过似的，找什么，我给你拿。"李子迁依旧不语，甚至连房梁上也端来凳子，踩着爬上去用电筒照着看个究竟。

　　吃过晚饭以后，李子迁才打了电话给小雨，告诉她自己受伤的经过，把小雨吓得捂着嘴巴半天不敢相信，李子迁又说，这几天不会再到陶瓷厂了，需要在家养养伤，又交代了小雨几桩近期要办的事情。放下电话，李子迁又是一声叹息，自从陶瓷厂开办以来，还真没给自己放过一天假，这倒好，可以有个借口闲下来了，可人闲下来，心却一刻也静不下来，他无奈地拖着一只伤腿往前走，肩膀被一条伤腿扯得一边高一边低，在屋子里来回走动，把这间上百年的老屋里里外外上上下下地打量了一遍。天黑了，吓得他母亲打着手电筒跟在他身后，直对着他嚷："你要找什么东西，我给你找，你休息一会儿。"

接下来，李子迁每天沿着自家的老屋不停地散步，边走边东看看西看看，甚至，会蹲在那棵老柿子树前对着树发呆，一蹲就是半个时辰，好像那棵腐烂了一半的柿子树上也藏着秘密。就在散步的过程中，他有个惊人的发现。虽然他家的屋子和杨敬业家的屋子隔着厚厚的院墙，而且，中间也有一条窄长的巷道，但是仔细看来，从墙壁的新旧程度和墙壁遗留下来的结构来观察，可以看得出，这些隔墙是后来加上的，之前的院子应该呈"品"字形结构，至于为什么加上院墙就不得而知。这么说得出一个结论，也就是说他和杨敬业之前的祖宗应该是一家人，只是被后辈们拆拆补补，一个宽大的院落被分割成了许多的小院子了，这个发现让李子迁很是兴奋。

李子迁再次央求父亲把那个陶佩给他，父亲开始没有同意，经他反复追讨，这才打开柜子，取出陶佩递给了他，并且一再地交代："这东西传了好多代人，破四旧时，家里撬了三块地砖埋进去才保住，对于我们李家来说，有非同寻常的意义，所以，一定要收好传给后人，完成祖辈的心愿。"

他把陶佩拿在手里反复地看，只看出它的精致和特别，又发现了几个小孔，看上去有点像笛子，便把下唇贴近小孔吹了一下，出乎意料陶佩竟然发出了悠长的哨音。哨音一起，整个世界似乎安静下来，那婉转的声音像长风吹过山岚的呜咽声，又像铁锤摩擦地面，还像石头从山坡上滚落，带着金属的质感，坚硬而洪亮，辽阔而深沉。

李子迁又向父亲询问，得到的答复是模糊的，依旧还是老三篇，也许父亲确实不知道。但是李子迁不想放弃，一整天，他拖着一条伤腿在村子里转悠，只要遇见七十岁以上的老人，他都会走上去递根烟，和他们拉家常，便试图打听他们口里知道的历史。这样，经过几天的收集和整理，李子迁基本上得到了结果。

李义瓷坊的遗址虽然在半坡村后的山坡上，那是李子迁他们小时候经常去玩躲猫猫的地方，只有几个窑洞和一地的碎瓷片。但是，通过老人们讲述来看，李义家的房屋确实就在杨敬业和李子迁家所住的地方。按照老人的说法，李义瓷坊有两个东家，一个姓李，一个姓左，他们是结拜兄弟，但始终以兄弟相称，不分彼此，亲如一家，和睦相处，之后子孙满堂，家富殷实。

只是如《三国演义》之说："天下大势，分久必合，合久必分。"在子子孙孙的后辈延续中，因家庭发生了矛盾，把院子又重新分开。之后又遇到土改，斗地主富农，这样的富商家庭成了重点批斗的对象，一个大宅院，被再次进行划分，隔来隔去，再也找不到了当初的痕迹，树倒猢狲散，后辈们也就散开了。还有一位老人说道："我听我的祖父说过，但不知真假，李义在临死前曾经用观音泥做了一个陶佩传给后人，村里有人亲眼见过，说只有手持陶佩的人，才是李家真正的子孙。"

这条信息对于李子迁来说十分重要，等杨敬业来看他的时候，他便把自己所收集的信息统统告诉了杨敬业，并且将那只神奇的陶佩拿给了杨敬业看。杨敬业当时的直觉里仿佛想起这样的陶佩家里好像有一个，现在应该在乔芬手上，想起那次因为太匆匆，没有看清楚就被乔芬抢走了，又听李子迁说这样的陶佩只有一个，他当时没和李子迁说实话，却反复在心里琢磨，突然想到为什么明明亲眼见了两个陶佩，难道其中一个有假。

因为没有确凿的依据，一向做事慎重的杨敬业不便随便发言。而且，那时候杨敬业对于申报传承人这件事情也没放在心上，他一心钻研的是他的"凤凰"产品,只任李子迁自己折腾,申报这件事如果不是李子迁整天在他耳旁念叨,他根本就不会主动过问。

现在,杨敬业有足够时间好好研究这只陶佩了,他把它拿到灯光下对着灯光仔细看,素烧的陶面没有上釉,却腻如羊脂,细如蝉羽,甚至对着光的时候,可以看到细密的光孔,经年累月,时间打磨上去的光泽要更为晶莹透亮。又用放大镜观察了很长时间,细密而精致的花纹都是细功雕刻上去的,仿佛江南的刺绣工艺,工笔精细,淡雅朴素。

这时候,李子迁突然想到,之前在李义陶坊的遗址里,发现过一种吹鸡,有小猫、小狗、鸟等造型,大小和这个东西差不多,会不会这个陶佩就是属于吹鸡的一种类型,做给小孩玩的。杨敬业听完后又看了一会儿,最终还是摇了摇头,否定了李子迁的想法,他说:"这不是一个普通的小玩意,从它的制作工艺来看,制作它的人是很下了一番功夫,单看那一面雕花,没有几十天的工夫做不出来,你听那哨声,也不是简单的乐器。"

李子迁点了点头,表示同意他的看法,说:"可惜现在找不到人会吹这样的乐器,要不,我明天找个懂民间乐器的师傅请教请教。"杨敬业回答:"虽说中国的古典乐器都有相通之处,可又各有其独到的地方,像这个陶佩,市面上从来未曾见过,估计很难找到,无论何种乐器,都有自己独特的操作方法,只有制作它的人才知它的脾性,或许制作它的人是要以这个陶佩向后人暗示什么。"

现在,经过一番仔细观察,杨敬业基本可以清楚地得出结论,这只陶佩绝对是用观音泥做成的,而且至少有几百年的历史,也就是说在几百年前,他们的祖先已经开始发现并且使用观音泥,做出那么一只工艺独特,造型优美,音域辽阔的陶佩,不得不对他们的先祖产生深深的敬意。杨敬业的结论更坚定了李子迁是李义继承人的说法,杨敬业满腹心思都在"凤凰"产品上,也没往深里想,这事由李子迁自己去处理了。

得到了肯定的答复,李子迁兴致勃勃,只想等腿伤养好以后,开始进行资料的搜集,尽快进行申报。

三

由于李子迁受了伤,厂子里不能没人主持工作,杨敬业的江西之行只能继续往后推迟。

这一年,正是全国上下宣传文化建设的一年,从中央到地方都把文化建设抬到了桌面上,文化是民族的血脉,中华民族有上下五千年历史,五千年的历史创造了璀璨的中华文化,而璀璨的中华文化又维系着中华民族的绵延发展。随着政策的落实,城市开始创建文明城市,县城开始创建文明县城,社区开始创建文明社区,乡村开始创建文明乡村。做文明人,办文明事,文明是人,文化却是根。

广场上,马路边,工厂里,办公区都贴上了文化建设的要求,县委政府的发展方向定下了"文化兴县"的四字方针。历史再次掘地三尺被刨了出来,一幢老房子被贴上了某某名人的故居便坐等升值,上百年的老屋得到了重新修缮,景区的一根柱子挂上对联号称楹联文化建设,各个地方早就沉没了多年的"古五景""古六景""古八景"被重新刨了出来,被赋以了新的内涵,志书史料被懂文化的、挖掘文化的、重写文化的翻烂了棱角。历史被重新塑造,历史被重新改写,历史也被重新定位。

正是在这样一场浪潮中,非常戏剧性地,李子迁的申报居然成了全市瞩目的焦点。本来，申报是件很平常的事，县城里有个记者，是市里下来的驻地记者，在小县城里已经潜伏了两三年的时间，也没做过什么特别大的新闻报道，算得上是个被埋没的人才。记者听说这件事情后，也就是抱着完成工作任务的心态把它写成了一篇百把字的小文，报到了市里的日报上。

没想到的是，第二天这篇报道就见报了。小县平日里安安静静，无风无浪，顶多就是政府工作信息多一些，突然出了这么一个人物，便引起了大家的关注，人们纷纷把这段历史搬出来津津乐道一番。记者见此情景，便想借机再炒作一下，又到李义瓷坊进行了一周的采访，洋洋洒洒写下了三千余字的人物专访，从各个角度拍下了一组似真亦幻的图片，还有李子迁手持陶泥的特写，配上文字，以纪实报道的形式，很快发在了报纸上。

就是在这样的情况下，李子迁的申报在小小的县城，真成了平地起春雷，小地方出了大人物，就像小庙里住着个大菩萨。他的资料报上去没过几天，广播、电视、新闻、媒体一拥而上，记者如神枪手一样将镁光灯、镜头、笔头统统对准了李子迁。李义瓷坊，当初在史书资料中不被人注意的两行字瞬间成了热议的话题，原来，这个县城还藏着那么一段鲜为人知的历史，半坡村经常有记者蹲守，都快成了记者村。那几个年纪上了七十岁的老人，不得不把那天向李子迁说过的话，向不同的人再重复十多遍，直到后来，只要麦克风再对准他们的时候，不用记者开口，他们已经反射性开始重复，于是，这段资料就有了更为翔实的记录和书写，也补充得更为规范和完整。

小城出名人，相关部门不得不重视，过了几天，县文化局敲锣打鼓来了一群人，在那片破窑烂瓷的地方筑起了围墙，立起了青石碑，上面用金水烫字显目地刻上了"省级文物保护遗址"的字样。然后，他们的目光又瞄谁了李子迁和他们家周围的那几间老宅院，住建部门很快参与了进来，他们用皮尺、测绘仪、水平仪把这间老屋子上上下下量了几遍，又用相机从各个角度拍了又拍，旁边做记录的小姑娘写完了好几摞记录本。经过几天的考察，最终，这几幢老宅被确定为古建筑群落。

李子迁家老屋的门头，原来便是用椿木雕刻的，有四个小的檐角，下面刻有牡丹、鱼和云纹等图案，大门进去又是横着的一个照壁，挑檐搁置于梁头上，隔出一块小的风水宝地，因为年代久远，看不清楚画的是什么，成了暗淡的青灰色，却是古色生香的韵味，如今被钉上一块印有"县级文物保护遗址"字样的铜牌。一位戴眼镜的工作人员深感抱歉地对李子迁解释："先挂县级的吧，市级的还得往上一级一级申报，争取年底前挂上吧。"

之前，日日在这屋子生活，每天出进，李子迁没觉出它的好来，只觉得屋子太老，太陈旧，一心想着要到县城里买商品房，买别墅，现在一听才知道，原来睡那么多年，都睡在了摇钱树下了。赶紧客气地向工作人员端茶敬烟，依旧赔着一脸的笑，这回，那笑容是从心底真心实意莲花般盛开出来的，整个脸上的肌肉都在颤抖。他在心里略微地估算了一下，到了那时候，他就可以让老爷子在家门前支张书桌，抬方小板凳，坐在大门外收门票了，参观一次五块，听说故宫参观一次至少八十的门票，够便宜了吧。哈哈。

腿伤恢复了，但是，李子迁成了风口浪尖上的人物，每天要挖空心思应付各种采访和申报，工厂里的事情他没有时间管理，杨敬业的江西之行只能一再往后推迟。

李子迁这个传承人的名号，杨敬业还真没放在心上，顶多就是纸糊的帽子，你李子迁从来就喜欢那种俗气的光环，那你爱戴就戴上吧，反正手艺在我手上，我无所谓。只有当李子迁被记者追得连上厕所的时间都要不停地看着秒表时，杨敬业才会得意地呵呵一笑说："看看吧，看看吧，好端端的人，偏要惹一身骚气，这就是你李子迁的最大喜好。"

在这样的强势攻击下，李子迁走路腾云驾雾，两腿夹风，连说话也开始飘飘然，每句话讲完后都会情不自禁加上"呵、啊、啦、呀"等后缀词，有了县上某些大领导的派头。李子迁仿佛迎来了生命中的第二个春天，他的大背头越发往后梳得光滑水溜，腰挺得直了，背就使劲往后仰，油肚更往前腆起来了，他膨胀起来的样子让他整整胖了一圈。原来，因为经济拮据，陶瓷厂的大门开得小，就两扇红漆铁大门，现在两扇门敞开都不够他过了。所以，他又特意通知小雨，到建材市场找两个人来，把门换了，要更大的，要不锈钢的，要在门前装上一对石狮子，还要嘴里含着珠子的。

为了证实只有自己是李义陶坊的唯一继承人，李子迁还特意把陶佩用一根红线拴了挂在胸前，走路的时候，陶佩晃来晃去敲打着他的左心房，当有媒体来采访的时候，李子迁就伸手拉一把红线，把陶佩隐隐约约亮在外面，让所有的人都能看到那短暂的一眼，若想要再细看，李子迁会赶紧捂住胸口说："得了得了，这是宝贝，看一眼就行了。"陶佩简直成了他身份的象征。

这只陶佩自从亮相于公众后，确实引起了社会各界的关注，一些老音乐家、老艺术家、老陶瓷专家都慕名而来，只为一睹陶佩的芳容。老音乐家们把陶佩对着嘴吹来吹去，一个孔一个孔地吹，吹得外国式的胡子都往上翘了，还是没有搞明白它的乐理，只说那声音太美妙了，仿佛天籁，那几个孔肯定有用。

在这些老艺术家中，只有一位老艺术家说，他曾经在江西参加一个会议，看过一场规格很高的艺术表演，也曾经见过一个类似的东西，是黑色的，似铁非铁，中间圆，两头尖，吹出的音乐摇动山河，十分辽阔，和这个陶佩有几分神似。听完老艺术家的话，李子迁只是笑了笑，那和自己有什么关系，无所谓了，毕竟大家没见过，不便妄加评论。

陶佩成了一个谜，悬浮在人们的议论之上，各种猜测各种议论，如云团般笼罩着。

事情的改变是在这天上午，杨敬业从车间出来，双手沾满了陶泥，衣服上也落满了灰尘，这段时间由于李子迁还处于高热之中，杨敬业只能一个担子两头挑，整天忙得晕头转向。他回到办公室的时候，李子迁正在接受一个记者的采访，背对着他，正在和一个漂亮的女记者聊天，这个女记者沉着、冷静、温和，是一个第一眼就可以带给男人不一般的视觉享受的年轻女子。

"请问，你是李义瓷坊的唯一继承人，是吗？"

"那还需要怀疑吗？陶佩只有一个，继承人就只能是一个，这个问题可以忽略不问了。"李子迁大言不惭地说。

"那么，你现在经营的瓷坊灵感是否来源于李义瓷坊，它们之间有没有什么联系？"

"李义瓷坊是我们家祖辈传承下来的产业，尽管前些年搞合作社被迫停产，但是几百年来，它始终如血脉在一样在我们身上流淌着。我从来没有停止重建它的决心，作为李义瓷坊这项陶瓷文化的合法继承人，我毕生在努力的目标就是把它重建起来，完成祖宗的遗愿。所以，才有了现在的李义陶坊，实际上它们之间是一脉相承的。"

"但是，我听说你实际上对于陶瓷没有太多的研究，能谈谈你对陶瓷的理解吗？"

"我是陶瓷文化的传承人，也是李义陶坊的董事长，你觉得我有必要亲手去捏出一块泥巴来才能证明我的实力吗？照你这么说，汽车制造商的老总要亲自参与每一辆汽车的安装，方便面公司的老总要炸一夜到天亮的方便面，卖土豆片的老板要削干净每一粒土豆吗？真正懂行的人是做好研究和管理。而我做的正是这项工作，我可为学校的学生提供学习的场地和机会，可以安排人进入工厂学习手艺，难道这些还不够吗？"

李子迁眉飞色舞说话的时候，掸了掸裤腿上的灰尘，又挪了挪屁股，把背挺得跟板凳一样直，他说话的时候，刚好转回头看见从门外进来的杨敬业，赶紧对他挤了挤眼睛。杨敬业边洗手，边微微皱了皱眉头，就像张嘴说话的时候猝不及防飞了一只苍蝇到嘴里，吐不出来，也咽不进去，卡得难受。他突然朝李子迁走了过去，向那位漂亮的女记者伸出了双手，女记者一愣，但还是礼貌地伸出双手和杨敬业握了握，并且，主动自我介绍说："我是《南方前沿》报社的记者，叫我小帆就可以。"

"能给我一个你的联系方式吗？"杨敬业说。"当然可以。"女记者从包里摸出一张名片递给杨敬业，说："我早就认识你了，听说了你是有名的陶瓷专家，以后还有很多问题向你请教呢。"

李子迁赶紧站起来问杨敬业："你要她名片做什么？"

"你觉得我喜欢美女也要向你解释吗？是不是还应该给你一个合理的理由？"杨敬业似笑非笑地回答，说着把名片揣进了兜里。

"哈哈，天下的男人都是一样的，我还以为你只对泥巴感兴趣呢。"李子迁在桌面上点着手指，灿烂的笑声把整间屋子都装满了。

四

杨敬业是一位陶瓷专家，我们不妨先来看看词典中关于专家的解释，专家：是指在学术、技艺等方面有专门技能或专业知识的人。

多少年来，杨敬业把自己深深地埋入到了对陶瓷的研究中，这项工作使他对于某件事物会达到一种孤注一掷的忘我状态，当他投入到一项工作的时候，会废寝忘食，会张狂，会不知身处何境，会歇斯底里。同理来说，他爱就会爱得死去活来，恨就会恨得铭心刻骨，他对你好会舍得把心掏出来喂给你，他若翻脸，就是十头骡子也拉不回来。这可以说是他的性格，也可以说是几十年学习生活的积累造成的伤害，就像带在身上的一个病灶，虽不疼不痒，但如果得不到治疗，便成了身体内部的不治之症。

同时，杨敬业还是一个书生，书生在社会这个生存环境中是最单纯的一类人，他们在文字中寻找乐趣，"文革"时期把书生称为臭老九。臭老九从何而来？在中国历史上，元政府依职业性质把帝国臣民划分为十级，官、吏、僧、道、医、工、匠、娼、儒、丐，一向在中国传统社会最受尊敬的儒家知识分子，竟然被划分到社会的最底层，比儒家最鄙视的娼妓都不如，仅只稍稍胜过乞丐。其实连乞丐也比不上，因为乞丐的人身安全是有保障的，知识分子则随时有生命危险，政府一不高兴就拿他们的脑袋开玩笑。因此，作为书生这个群体中的一员来说，杨敬业有比别人更高的傲气，同时，也有比别人更为敏感的自卑。

问题就出在这天下午，杨敬业下班后正在收拾东西，刚要走的时候张路走了进来，两年以来，两人的关系非常要好，看见张路，杨敬业就猜出他一定有什么事要说，等杨敬业收拾好东西，两人就一起向门外走去。

瓷坊修建在一个半山坡上，有一条垂直的大路直达二级公路，路两边种植着香樟树，青绿色的叶子覆盖出一路的阴影，这条大路上有地板砖厂、塑胶厂，还有水泥厂，来往拉货的车辆较多。两人边走边聊，一辆拉砖的大车擦着他们身边飞快而过，差点撞到了杨敬业身上，张路赶紧拉了杨敬业一把，杨敬业吓得一身冷汗，惊魂未定，半天才连忙说谢谢。

两人便沉默地走了一段路，张路突然说："听说，李子迁的传承人是一种无形资产，比有形资产还更具有价值，就像玉石和黄金一样，都是稀奇的宝贝，可听上去是黄金价格高，实际上黄金有价玉无价，而无形资产的价值和玉石就是一个相似的概念。"

"你从哪儿听来的？"杨敬业的身体仿佛被点了穴位，轻微一颤，停住了脚步，金边的眼镜框，反射着夕阳粉红的光泽，看上去目光很亮，有一种难以形容的神秘。张路把手插进衣服口袋，先呵呵笑了一声才说："工厂休息的时候，小雨经常会和我们在一起玩，我们无聊时会聊天，有时说漏嘴也会聊些敏感的话题。"

"她怎么说？"杨敬业艰难地从嘴角挤出一个笑容，眼睛看着张路的嘴巴，很想从那里再听到一点信息。看得出张路是早就准备好的，不等杨敬业再问，已经准备好了回答，说："听上去，两个人各占百分之五十的企业资产，但如果，其实一个占有了这笔无形资产，那他对这份资产的无形资产实际上就是有百分之百的产权，可想而知，那就是两个完全不同的概念了。"

张路接下去似乎还说了什么，杨敬业一句都没往耳朵里放了，他加快步子往前走，把张路远远甩在路上。确实，这句话提醒了杨敬业，他的后背起了一身冷汗，太大意了，读了那么多年的书都白读了，无形资产几个字在他心里落地生根。他现在最需要的是一个安静的环境，把那些陶瓷研究扔到一边，好好撸一撸自己断电般的思维。

他想起那天明媚的正午，李子迁来他办公室，两人聊着多么愉快的话题，原来他给自己挖了那么大一个坑，而自己却把他当成亲兄弟，真是对他杨敬业智商的侮辱。他又想起李子迁回半坡村养伤，他在那边挖空心思收集资料，而自己却像个弱智儿童一样，关在瓷坊拼命干活儿，还有比这更大的讽刺吗？他又想起了李子迁手中的那个陶佩，自己给他研究了半天，得出的结论最后成了他炫耀的资本，成了他战胜自己百无一害的利器。最后，他冷冷笑着对着天空喊："杨敬业，你脑残啊，当真就傻到被别人卖了，还帮人数钱。"

"但是，李子迁，你的戏演得有点过火啦。"他又自言自语。

天已经晚了，太阳落下山，吃过晚饭的人又开始出门了，沿着湖边散步，金色的夕阳安宁而静谧，人们边走边聊天，一天的日子就快结束了。可杨敬业似乎才刚刚醒来，他像一个参加晨练的人，就这样沿着湖边走了一圈又一圈，他的思维在不停地转着，还有两个月的时间就到年底了，他明明记得传承人的申报工作将在年底结束，他要如何才能挽回这个局面。

陶佩。杨敬业突然想到了陶佩，而且，当他想到陶佩的时候，他的眼前突然一亮。很快，杨敬业就出现在了哥哥杨爱业的家里。

杨敬业突然出现的时候，杨爱业正在看一部电视剧，这部冗长而繁杂的电视剧他已经看了快一周还没结束，他不想再浪费时间，却又很想知道故事的结果，因此，电视虽然开着，实际上，人却在打瞌睡。

杨敬业坐稳没多久，就直接进入话题，让杨爱业再把那只陶佩给他看一看。杨爱业说："上次不是告诉你了，那东西给了乔芬，一直是她收着，我都不知道放哪里，得等乔芬回来。"

"好吧。"杨敬业别无选择，只好坐在那里陪杨爱业看那部无聊的电视剧，又聊了一会儿天，喝了一壶茶的工夫，乔芬就回来了，一条碎花的长裙，小指上挂着包，一脸的快活。看见杨敬业，点个头算是打过招呼，就想往自己屋子里去，被杨爱业叫住了。

听说杨敬业是为了陶佩而来，乔芬有些吃惊，她始终记得杨敬业说过，那东西现在很值钱，生怕杨敬业打什么主意，一惊一乍地询问，"就是看一眼啊，看了要还我。"

"可以。"杨敬业不耐烦地回答，乔芬进了卧室，不一会儿就把那只陶佩拿出来递给杨敬业。杨敬业重新把陶佩握在手心里，此时此刻，他更能确定这只陶佩和李子迁的陶佩绝对是同出一炉，而它们唯一不同的地方是五个小孔开的位置稍稍有所不同，实际上不仔细区分根本看不出来。李子迁手上的陶佩，小孔开成一个直排，而这个陶佩的小孔，看上去是直排，但仔细看又有着波浪起伏的形状。

　　正看得入迷，趁杨敬业不备，乔芬再次把陶佩一把抢了回去，捏在手里，生气地说："这个是我的东西，你别想打什么主意。"

　　"能不能把这个东西借我用一段时间？"杨敬业说。"不能。"还没等杨敬业说完，乔芬干脆地回答，又说，"万一你做个假的来还我，我岂不是吃亏，我又不懂。"

　　"那我向你买，总可以吧。"杨敬业再次恳求。乔芬的身子已经消失在了门背后，门后传来她硬邦邦的一句话："这样的宝贝，你买得起吗？"

　　杨敬业有些失望，真后悔当初向乔芬说了这个陶佩的价值，实际上，这个陶佩的价值也只能在懂它的人那里才能体现出来，对于不懂行的人来说，也就只是个陶器。看这情况，再说什么都是徒劳了，只好默默起身告辞。

　　杨爱业送他出门的时候，他再次对杨爱业说："你一定要想办法把那陶佩弄给我，它对我很重要。"看得出，杨爱业也很想帮一帮他，可自己老婆的性格他最清楚，只能一脸为难地说："你又不是不知道乔芬的性格，你如果不和她提钱我还好说，她听见钱就可以不要命了，为了钱可以六亲不认，我拿她真没有办法。"

○ 第五章
月华清场

上篇

一

　　开了春后,天就回暖了,燕子们又开始衔来新泥,在屋檐下做窝,翘起的屋檐下,那燕子衔来三寸长的树枝,一根根地垒起,再衔来泥糊住,结实又精巧,挂在壁上像一个半球形的小竹篮,简直是神工造化,叽叽喳喳的热闹着,似乎在提醒着村里的人们,新的一个年头就要开始了。

　　这一两年,这个坐落在半山坡的小山村倒是举世太平,因为偏僻落后,反倒没有官兵侵扰,只是消息要来得晚一些,偶尔有一两个过路的逃荒人,善良的村民们也是尽能力地施舍些吃物,大体可称得上风调雨顺。朝代早已经进入了大清国,按照满洲的风俗全都剃了头发,这地方却是慢了好多年,这才刚刚开始,剪去了长头发,后脑勺是凉的,后背是空的,你看看我,我看看你,好像都不认识,干脆找来个瓜皮小帽护着脑袋,好了,日子新鲜着呢。朝廷没有大工程,徭役赋税略减轻了些,民生得以将养生息,百业逐渐兴旺。于是,李义一家也增田开肆,窑业和农业两头并进,家业逐渐地兴旺发达。

偏偏陶碧的身体却日行消瘦起来，不思饮食，也懒得到窑上去走动了，整日地就想窝在床上，一张清瘦的小脸更是发黄。李义着急，赶紧请村里的郎中过来看，郎中看了舌苔，又把了脉，说是脉象滑动，估计是有喜了。这下可好，一家人高兴得不分南北了，李义差人到附近的集市买东西，净拣着陶碧平日里爱吃的买，米糕、小枣、甜饼、酸梨，可陶碧都咽不下，只说是口中泛酸，又听郎中说，怀孕头两个月反应大的都这样，主要是身体不适应，反应一阵子后就会过去，不必惊慌。

李义的心稍稍安稳了些，但依旧提着小心，去窑上一会儿要转回来看看，真算得上是鞍前马后地陪伴了。那时候，慧莲肚子里带的第二个孩子已经六个月了，看那恩爱劲，心里的醋坛子都打破了。说："自己带了两个孩子也没这样糟蹋人，真是作怪。"这话传到了陶碧的耳朵里，陶碧无奈，只能偷偷流眼泪，那份委屈在李义面前都是不敢说的。

陶碧没有了说话的地方，香云就成了她贴己的人，这几日精神不好，窝在床上，香云每天都来陪她，两人先后来到这个地方，嫁的又是那情同手足的哥俩，相互间更能体恤对方，这份难得的情谊真是胜似姐妹，对别人没法说的就捡着和她说，提个头彼此就能明白。两个女人在屋里有一句没一句地说话，就跟屋檐上的燕子一样，边说话边打发时间。

前几日，香云听说陶碧有喜了，真是既高兴又难过，高兴的是陶碧这好姐妹就该当妈了，母凭子贵，那可是大喜的事儿啊。再想想自己便是诉不尽的凄凉，经历了一番折腾，终没落得个好结果，想想来日无后，是什么指望都没有了。陶碧见香云一脸的心事，十分担心。问："姐姐这是怎么了，怎么气色那么差呀？"香云说："妹妹这可好了，往后有了孩子，多少是有个指望了，哪像我和小左，将来怕是连个戴孝收尸的人都没有。"听那香云的话语,已经是说不尽的凄凉了。

陶碧不知原委,拉过香云的手说:"怎么那么想呢,我不也同样等了一年半载了吗,该来的总归会来的,不必发愁。"谁知话音未落,香云已经是眼圈一红,那个中的缘由当然不便跟陶碧细说,那是真正的有苦说不出,还没开口已是满脸泪水,没等陶碧再问,只擦着眼睛匆匆告辞而去。陶碧目送她孤苦的身影消失在门外,留下了门口照进来的一片白晃晃的日光,心中莫名生出几分不舍和怜惜,同是天涯沦落人啊。

先前是一个敞开的天井,只因慧莲总是处处为难陶碧,李义便学着钟先生的样子,在家里造起了园林景致。院子中间用山上找来的钟乳石立了个假山,这样,两个女人各自有了独立的院落,不必日日碰见。假山立在中间,山上种了些水杉水草,下面做了个水塘,引了远处的山泉水,水很浅,却很清冽,拨开上面的水草,成群的小鱼忽悠儿地散开,在池面上搅动起了一圈圈的涟漪。假山的尽头有一道院门,平日里,方便两个院的人来回走动,这样的院中套院的格局,可以叫做是暗通贯连,表面上是一户人家,中间隔开,私底下又是连着的。不知李义是花了多少心思,方才想出,可见对陶碧是用了心的。

不知不觉中,荣儿已经两岁多了,黑头发在脑袋左右扎了两个翘翘,又用红缎子扎成了蝴蝶,一双眼睛又黑又亮,粉红的唇腮。每天晨起的功课,便是到陶碧这里来学认字,她管陶碧叫小娘,虽不是小娘所生,却和小娘天生的亲,进门总是奶着一张小脸,要先亲一亲,抱一抱,那热乎劲儿惹得周围的人都羡慕极了,说这才像是亲生的。

陶碧先按了个红枣在孩子小嘴里,孩子挪着嘴巴细嚼慢咽,小眼睛在屋子里滴溜滴溜直转悠,似乎小娘这里总有些新鲜的玩意等着,最后落在了陶碧的肚子上。翘着一张清甜的小嘴说:"小娘的肚子里有个小小人。"陶碧来了兴致,早就听说孩子不会说谎,眼睛隔着肚皮也能看见真东西，便逗趣地接着问荣儿，说："那告诉小娘是小弟弟还是小妹妹。"荣儿小眼睛一翻，直直看着陶碧说："是个小弟弟呢。"说着扭了扭小脑袋，又接着说："我有两个弟弟啦，我见我娘肚子里的也是小弟弟。"陶碧心里高兴，倒真心地希望是个儿子，将来好给李义做下手，继承家业，继承陶业，晚上就把这事儿告诉了李义。

二

这段时间李义一直愁眉苦脸，像是在寻思着什么事情，陶碧早看出来了，只是苦于没有机会，一直没问。现在，一盏清油灯下就那么两个人，正是询问的好时机，陶碧拿起做了一半的小孩子衣服，将它摊开在腿上，开始穿针引线，正想开口，没想到陶碧还没问，李义突然从床头挪下了屁股，跪在了陶碧面前，陶碧被吓了一跳，赶紧起身，慌张地问："你怎么了？"

李义似乎很为难，连说话的声音都在颤抖。他说："其实我不说，你应该看得出来，我和小左算是出生入死的兄弟，这些年来，小左处处顾着我，如果没有他，窑上的生意不会那么顺利。当然，这种情分是没法计较的，现在我有了荣儿，很快你和慧莲又要当妈妈了，我看小左他们两口子这样子，实在是可怜，我想帮帮他。"

听到这里，陶碧依旧莫名其妙，她想起那天香云的眼泪，想必其中还有什么隐瞒。便问道："你我本是夫妻，究竟想说什么就直接说吧，何必行那么大的礼？"李义知道话题到了这里是掩不住了，说："这事原本不想说的，现在也就只有你、我和香云知道，因为知道的人越多，对小左越不利，他已经够可怜了，我希望他不要再有任何的心理负担，想让他能像个正常人一样生活。"

听到这里，陶碧似乎已经明白了几分，她早就感觉到小左这个人有些奇怪，又以为是自己多心，所以没往深处想，现在听李义这么说，便皱起了眉头，仔细听着。李义便如实说了小左的经历，甚至说到了香云和许宝的事情，那些辛酸的经历有着太多的坎坷和无奈，陶碧听得直掉眼泪。

李义说完后，把头垂得更低。说："本来小左和我是不分的，我的孩子也是他的孩子，他的孩子同样是我的孩子，我为什么要费尽心思打这个主意，是因为村里的人说话多么难听，窑上的人又在背后议论，没有个孩子，也许小左和香云将一辈子也不能过上正常的生活，而且，小左的瓷坊现在越办越好了，将来又由谁来继承？"

他看了看陶碧的脸色，已经够苍白了，要残忍就干脆一次性残忍到底，一次性疼个干净，咬了咬牙齿接着说："还有一个原因，实际上也是我的私心，虽然小左现在名下有两个窑，实际上也是咱们瓷坊的，从来就没分开过，小左也是这么想的，若是他们抱来外人的孩子，孩子长大了，终归知道自己不是亲生的，万一要回去找自己的亲生父母怎么办？我们瓷坊的家业不就流到了外人的头上了吗？"

李义的目光紧紧地停在陶碧的脸上，那种祈求的目光让陶碧呆立了几秒钟的时间。"你究竟想怎样？"陶碧问。李义没有回答，但是陶碧那么聪明，她太了解李义了，似乎很快就想明白了，她冷笑着问李义："你不会是想让我把我的孩子送给他们吧。"李义停了停说："你一直是个明事理的人，我只能找你帮我，慧莲她不会明白，但是，我知道你能懂，你也能理解。"

说实话，这件事情太突然，陶碧根本没有来得及思考，她在沉默半晌后突然放声笑了起来，她说："你也太信任我了，我只是个人而已，你别把我想成神仙，把自己的亲生孩子给别人，我做不到。"李义重重地点了几下头，他说："我知道对你不公平，我也仔细想过，孩子虽然给他们，实际上还在我们眼前，虽不叫我们父母，但也是我们的孩子，有什么区别？而我们呢，这个孩子没了，我们明年还可以再生，我们的未来有的是希望，可他们没有。"

许久许久，陶碧推开了李义的手，说："你可真会算计啊，你以为我的孩子是用你窑坑里的泥巴捏出来的吗？那是我们的骨血啊。"她推他的时候，被银针刺了一下手指，一滴血落在了棉布上，那血珠渐渐散开，在白棉布上开成一朵小花。

陶碧从来没有如此伤心过，不知是对李义失望还是对自己失望，或许是对未来那种未知产生的巨大恐惧。那夜，她整夜地未能入眠，总是看见一个小男孩在自己面前奔跑，穿着红色的肚兜，光着屁股，跑的时候，前面的小鸡鸡甩来甩去，可是，一阵风刮来，这个孩子突然就不见了。陶碧一次次被惊醒，吓得一身冷汗，竟不知是梦里梦外，第二天就病倒了。

陶碧病倒在床上，便只有香云来照顾她，香云心细，把鸡肉煮烂了，捣成碎块熬进小米粥里，又一勺一勺喂进她的嘴里，给陶碧补身子。还不见好，更是着急，又说是不是天气渐渐热了，陶碧上了火，跑到山坡上摘了酸梨子回来加上红枣炖给她吃，说是清热祛火，想着法子地给她调理身体，那是全心全意地为她好。陶碧虽躺在床上，心思却是一刻也没停过，何止李义和小左是兄弟，她和香云又何尝不是姐妹，在这个偌大的世界里，不都是一样地疼惜着对方关爱着对方吗？

冷静之后，她开始仔细回想那天李义的话，他从来没向她开过口，求过她，他一定是下了决心才说的。陶碧原本善良，想着若是这孩子能救一对可怜的夫妻，那也是孩子的造化，更何况有些事是命里注定的，好像也只有这样的结果是最好的成全。

几天之后，陶碧答应了李义。

话说小左这几日正在窑上忙着呢，经过他的创造，窑上先是烧制了一批刻有龙浮雕的陶壶，龙是民间的吉祥之物，结果，深得人们喜欢，刚出窑没多久就被抢光了，用钟先生反馈回来的话说，那样的创意在云南算是较早的。有天晚上，小左入梦，突然梦见了以前在长生殿时看护的玉观音，那观音仿佛变成了真的，既能说话还会走动，一脸慈眉善目，普度众生的模样。小左睡醒，眼里心里老想着那观音的样子，他一次次在心里揣摸，想着要模仿做一个，放在村前的庙宇里，让村里的老百姓也有个敬香祭祀的地方。

所以，当李义来找小左的时候，小左几乎是走火入魔地正在揣摩这个事情，两人回到家中，香云上了茶水，李义让香云不要离开，自己有话要说。香云上完茶便抬着茶盘立在那里，李义端起茶杯喝了一口水，才把他和陶碧决定的事情讲了出来，他说：“这事我们慎重考虑过了，但是，你们也要考虑好了，无论是男孩还是女孩，都不得反悔。”

小左和香云一听，当场就跪下了，说：“这可使不得，使不得，孩子是你们的心头肉啊。”李义说：“孩子我们还会再有，但这是我和陶碧的第一个孩子，你们也知道这个孩子对于我来说有多重要，所以我才过继给你们，是希望你们能好好地待这个孩子。你们有了孩子，也算是了却我的一桩心愿。”此时此刻，似乎不必再多废话，大家心里都已经明白了接下来该如何做。

这天晚上，小左带上香云，双双来到了李义和陶碧的房间，俗话说："大恩不言谢。"小左明白李义的心意，这份情只能深深地埋在心里。他想起来那尊玉观音，那些茫茫长夜中帮助过他的人，他相信，他所遇到的一切都是神的指引，玉观音的模具开始在他的脑海里成形。

很快，村里村外，窑上窑下，就有人在议论，"李东家的小媳妇怀孕啦，左师傅的媳妇也怀孕啦。""怎么那么巧啊，就是，真是有缘人啊，将来可以打亲家嘛。"各种议论潮水般卷来，"左师傅原来真的是个男的呀。""那当然，否则怎么会有小孩呢。""可我以前怎么看他那样子不男不女的呀。""那你就不懂了，左师傅那是生成观音的模样了。""那观音是男的还是女的？""观音虽现女身，而非女人，是故佛说，一切诸法非男非女，菩萨不分男女，但大部分时候化显男身，但是观世音菩萨为了让众生容易接受，常常显化女身来普度众生。""哦，原来小左师傅是个大好人呀。""那还用说，你没看他天天在窑上对长工们多好呀。""也是啊，长工们有时候欺负他，都没见他发过火，那是菩萨心肠啊。"

于是，围绕着这样的议论，就有村里人看见陶碧和香云那两姐妹手牵手走在村子的小路上，两人一起去赶集，挺着一样大的肚子，撑着一样开了花般发福的圆臀，用手拄着后腰，一样的粗实和强壮，一样的小心翼翼和卖力。买了千里香的二两麻花，又买了胡婆婆的三两酸萝卜，还买了五月仙的蜜桃，她们用手抬着，都是边走边吃，真是害娃娃的婆娘馋死人的货，让一群小孩子跟在后面流了一路的口水。

三

这年八月刚过，半山坡起了一场百年不遇的大风夹雨，仅仅半个时辰，村里茅草房的屋顶被掀走了好几个，百年的大树被连根拔起，农田里的农作物被刮倒在地，村里的男人女人都纷纷奔向了出事的地方抢修去了，屋里只留下了老人和孩子。

看外面的风止住以后，陶碧把院子上下检查了一番，好在家里没有太大的损失，这才安心地回到自己屋子，赶紧关上门，刚刚那风摇雨打的声音犹在耳畔，想起来还令人胆战心惊，正想躺下休息一会儿，听到东院传来奇怪的一声闷响。她敛声屏气听着，好像又安静了，但心却不太踏实。大概过了几秒钟，又传来一声更大的响声，这次她听明白了，原来是慧莲哭喊的声音夹杂着荣儿的哭声。

不会有事儿吧。陶碧在心里想，赶紧拉开屋子门走了出去，荣儿的哭声更响了，好像在和母亲说着什么，陶碧走了过去，推开门一看，被眼前的一幕吓呆了，原来是慧莲快生了，疼得坐在地上不会动弹，看上去羊水破了，地上流了一摊血。陶碧赶紧走上前去，想把慧莲扶起来，慧莲没有办法配合，陶碧自己也挺着个肚子使不上力气，试了几次都没成功，急得不知如何是好。

不能再耽搁了，干脆跑到院子里大喊，喊了好一会儿，才来了隔壁的一个婆子，陶碧让她去请接生婆，那婆子说，村子里只有一个接生婆，刚好今天的大风把她家茅草屋顶掀飞了，正在请人修理呢。陶碧只好和这个婆子一起合力，才把慧莲弄到了床上，又让婆子帮忙看着慧莲，自己去找接生婆。

正在这时，慧莲似乎清醒了过来，用手一把抓住陶碧，嘱咐她："你自己也是有身孕的人，走路要小心。"陶碧心里一热，轻轻拍了拍她的手，说："没事，坚持一下，我去去就来。"说完向着门外小跑而去。等接生婆请到家的时候，李义也回来了，又赶紧准备热水、汤药，夫妻俩不知不觉忙到后半夜，子夜时分，慧莲顺利产下了一个男婴，足有八斤八两，哭声洪亮，长手长脚，一张小脸还没长开，透着粉红的水色，甚是喜人。高兴得李义对着天空大声喊："我的华儿来了。"

经历了这场波折后人也开明了，就像是经历过生死的人，对于世间那些鸡毛琐碎的小事便不会再计较于心上，只想一心一意地活着。慧莲和陶碧就好像无端地换了个人，关系突然间缓和了起来，本来嘛，屋子里就没有几个人，相互体恤着，日子才会过得顺当。

香云来的那年，在院外种了棵柿子树，原先只是捡了根枝条用泥土压在墙根那里，那树真是见长，没几年工夫，已经翻过了墙头，枝叶挂在了门头上，染了一墙的绿色，春上成树，入秋便挂果，一场风过去，果子落了满地。那红彤彤的果实挂在枝上的时候像灯笼，落在了地上又成了绵软的糖球，入口即化，含了一口糖稀似的。村里的人可新鲜呢。所以，大人孩子一窝蜂地来拾熟柿子。此时，喜岁拉着荣儿也来了，喜岁长得结实，刚刚六岁有了几分小男子汉模样，捡了柿子自己不舍得吃，往三岁的荣儿嘴里塞，倒是亲亲热热的兄妹。

地上的柿子都拾尽了，香云又用竿子打树上的，打不尽，端了方木板凳来垫上，爬上去立着，举着竿，昂着头，简直是高兴得忘了形状。陶碧说："好好的果子还没熟透呢，你打它岂不是可惜了？"香云呵呵笑着便罢了手，说："你的早给你留下了，够你吃一年了。"陶碧这才明白，原来早就收下了一批青涩的果子，存在陶泥罐子里，叫做敬柿子，等入了冬后取出来，刚好合口。这就是制陶人家的好处，用陶泥罐子储存食物，在当下的环境里也算是一种奢侈，可瓷坊有的是陶泥罐子，这就是瓷坊女人们的福分。

慧莲立在一旁看着，先是看着，没说话，后来突然开了口，说："我怎么看香云都不像个害喜的婆娘，虽然是老大的肚子，可身手怎么就那么灵活呢，那柿子一打一个准，就没打空过。"陶碧赶紧帮着腔说："她就这样，天生的一个野性子，快当妈的人了，就从来不知道收敛。"香云听了，才知道自己失态，赶紧停了手。那之后，走路做事都提着小心，倒是比陶碧还小心得多。

院子里开始有了婴儿的啼哭声后就热闹了。华儿平安出生后，陶碧也开始重新收拾自己的屋子，把案子上的大方砚、素瓷笔洗，青釉香炉重新地清洁了一遍，收了起来。案子摊上的尽是些针头布脑，该入冬了，给荣儿絮了件新棉袄，又做了两双小冬鞋，都用的是大红缎面,做得小巧精致。感觉到了胎动,用手轻轻捂了捂肚子,胎动已经是越来越强烈,这孩子力足,每动一下都扯着娘的心,陶碧用手感受着孩子的身体,想着不久以后,他出生就将有自己的新父新母,到了那时候,大概就连多抱一抱的机会都没有了。

　　日子,虽然是起起落落太多波折,但也是花团锦簇地往下过着,人世在一年一年的轮回中翻着花样。转眼已经是深冬,这地方好几年没下雪,今年冬天,随着冷风的侵入,居然下了一场薄薄的小雪,漫山遍野地罩上了一层薄雾,松枝上挂成了银色的雪球,贴地的草皮盖上了一件绒绒的棉衣,那池塘的颜色似乎比往日里要暗了些,晨起时,那水面上起了一层薄薄的冰块,荣儿用手指按下去,就是一个破破的小洞。

　　雪,在这个地方是吉照。

四

　　小雪过后,天空就有了三寸的暖阳,陶碧端了一把竹椅,在院子里晒太阳,眼睛半眯着缝,穿过天空清朗而明媚的阳光,不一会儿,倦意就来了,昏昏沉沉地想要睡去。慧莲抱着孩子刚好路过,看见了,让她小心着凉,快回屋子去睡,说完,便抱着孩子进屋了。陶碧一边应着,想要起身,身子却倦怠得很,没有力气,头昏昏沉沉的就想要睡去。

　　等李义回来的时候已经是黄昏,又喊她吃饭,这才坐起了身子,也就是喝了几口热汤,就把碗放下了,看上去困得厉害。李义扶她进屋里床上,脱了鞋子,拉开一床丝绵薄被盖上,又接着睡了。到了后半夜，开始腹痛难忍，赶紧喊人去找来接生婆，又请了郎中，郎中把了脉说："正是因为气血太虚，才会如此嗜睡，得赶紧抓些汤药来补一下身子，这生孩子可是大力气活。"当下开了一个方子，差人去抓药。那边接生婆回话说，宫口已经开了一寸，使不上力气，孩子出不来，卡在了宫口处，全场人都乱了阵脚。

可是从后半夜到了第二天天明，疼一阵歇一阵，挨到了第二天黄昏时，又舒缓起来，直到入夜方又紧凑，喝了参汤，稍恢复些，几起几落，一直没能太平，又折腾到半夜，说是疼得厉害，人弄得筋疲力尽，昏昏沉沉，说着胡话，弄得厨房一连烧了两天的开水，方才诞下了一个大胖小子。

这边孩子刚落地，那边就听见有人来报，说是小左媳妇也快生了，接生婆这边刚息了手脚，两天两夜没合了眼，刚松了口气，正困得慌，睁着一双混浊的布满红血丝的眼睛询问要不要过去，那边又传来回话说："不用了，已经请了邻村的接生婆。"接生婆这才脱了口气，前脚出门，李义抱起孩子就往后门去了，陶碧半梦半醒之间听见了那脚步声，顿觉肝肠寸断，对着天空哭喊了一句："我的儿啊，娘对不起你啊。"又昏睡了过去。

第二天，村上有人议论，说昨天夜里李义瓷坊是双喜临门啊，一夜两个媳妇生下了两个大胖小子。就有人补充说："瞎说，李东家的小媳妇生了两天两夜，遭了难产，孩子生下来后半夜就死了，今天晨起，还有人遇见李东家刚从后山埋了孩子回来，一脸的悲伤。"又有人说："小左师傅家的男孩倒是健康，又胖又大，真是吉人自有天相啊。可惜啊，小左师傅的媳妇没有奶，今天从东村头请了个奶妈，刚刚带回了家。""怕是小左媳妇不肯给孩子吃奶吧，怕走了身材，听说有钱人家的媳妇都不兴给孩子喂奶的。"很快，村子里各种议论迭起，实际上，议论也是推进事实成形的最好药剂。

可怜的是陶碧，自胎儿落地后，流血就不曾停过，又请郎中先生来过几次，开了几味收敛补血的药，煎汤服下，似无大用。流血虽稍稍停了下来，就是不止，人一日日消瘦下去，又听郎中说，一定要吃云南白药，附近买不到，李义只好亲自到了城里，又配了几服散药，和水服下，才稍稍有了些安稳。

这天晚上，李义进了门来，陶碧突然睁开昏沉的眼睛，拉住李义的手，虽是寒冬，屋子里生了火盆，比较暖和，可那双手却冰冷似无血。李义低头，见她手背上毫无血色，指甲都枯白了，眼睛直直看着李义，像是有好多话想说。李义想听又不敢听，目光直直看着陶碧，逐渐地温和下来，逗孩子般地微微一笑。陶碧眼睛一酸，一颗泪珠管不住又出来了。李义说："免得看你心疼，干脆再抱回来。"陶碧赶紧地止住了泪水，把挂在睫毛上的泪水给生生地压了回去。说："又不是儿戏，这一步迈出去，哪还有收回脚的道理？"两个人都不再说话了，只是把手紧紧地握在一起。

李义走到台前点了蜡烛，温柔的烛光氤氲地浮了起来，装了整间屋子，李义的影子被投在墙上，放大了两倍，陶碧抬起眼睛看他，李义的脸苍老了许多，黑汪汪的脸膛上不知何时蓄了须，眼睛泛红，容貌有些改变，怕也是几天几夜没有睡好了。

半月后，小左媳妇下得了床，时常抱着新生的婴儿过来串门，硬要把孩子放在陶碧床头，陶碧硬着心将孩子推了回去。香云又说要请李义做孩子的干爹，还给取了个名字，就叫"龙儿"，又说孩子夜里睡得香，能吃，真是乖，陶碧见了孩子，粉嫩的男婴，长得健康结实，用手指摸了摸他粉缎似的小脸，想抱一抱，又放弃了，见了这一面后，似乎是心放下了，自己的身体也渐渐好了起来。

经常地，几个女人抱着孩子来陶碧屋子里玩，有一天，金莲抱过龙儿逗着玩，龙儿尚未满月，还没长开，小脸皱皱的，一脸的酒红色，金莲逗着孩子看了半天，突然惊讶地说："这孩子，怎么看都像香云呢。"慧莲便也抱过来接着说："我倒是觉上半段像小左，你看他那眉心，都是宽宽的，留着缝，下半段像香云，小嘴巴薄薄的，真是好看。"陶碧和香云对看了一眼，又把目光移到了孩子的脸上，不说不觉得，当真是有几分神似。

看大家同意，金莲就接着说："有人说了，孩子和父母是有缘分的，有的孩子天生的像极父母，是前世就做了母子，这辈子故意找着来呢。"慧莲接口说："那还用说，听老人们说，前世和今生只隔着一道阴阳界，界河上有座桥，桥上坐着一个孟婆，专给人喝迷魂汤，喝完了孟婆的汤就把前生的事情都忘了，但有的孩子还是会回来找自己的父母。"

"还有这回事？"陶碧先前听人说过，现在再听，就更信了这个故事的真了。金莲接了口，说："当然是真的了。"说到了高兴处，兴致来了，把孩子还回到了香云的怀里，这才拉开嗓子接着往下说："关阳洞那一带曾经出现过一件奇事，说是有一户人家的小孩，生下来就会说话，还说自己祖上姓柴，说父亲是哪年上山砍柴时从金钱木上摔下来死的，家里太穷，母亲看日子过不下去，寻了三回死，哪年投了村外的黑龙潭。开始的时候，许多人不相信，去问老一辈，当真坐实了有那么些事情，就连他爹和他娘死的日子和坟地都对上了呢。"

"真的？"几个人同时发问，都不敢相信世间还有这等奇事。金莲抹了抹嘴接着往下说："当然是真的，后来请了位老法师来看，说是原来这孩子是错过了，漏喝了孟婆汤，所以，今世寻来找他的亲人。老法师走后，就有村里人说，那孩子根本不是没喝汤，而是妖孽，留不得，你们猜结果怎样。"

几个女人听得呆头呆脑，都是吓坏了，一个不敢接口，金莲卖完了关子，还在兴头上，咽了咽口水，这才接着往下说："其实，这样的孩子是弄不得的，那户人家听了周围人的意见，想着这样的孩子难养活，孩子还没出月呢，找了一根绳子来，活活把孩子勒死了。"

"啊，怎么可以这样？也下得了手？"几个人都不肯相信，说是这样太残忍。一个个眼巴巴瞪着金莲的嘴，等着结果，金莲看一双双亮晶晶的眼睛都朝向她，情不自禁拍了拍腿，接着往下说："那是当然，那么小的孩子弄死了，肯定是要受老天惩罚的，老天一发怒，灾难就来了。那一年，关阳洞那一带整年没下一场雨，粮食没收到一颗，到了第二年开春，接连下了几场暴雨，山上发了大洪水，把整个村子冲到了山坡底下，人和房子被和成了一堆稀泥，半个村的人都死光了，那户人家全死于这场滑坡，一个都没能留下，就是遭报应了。"几个人不禁又是一阵唏嘘。

看看天色不早了，几个女人相继带着孩子离去，陶碧熄了清油灯，独自睡在床上，心里仿佛还在想着刚才的话。大家都说孩子长得像小左夫妇，想必是有理由的，或许这孩子天生的和小左夫妇有缘，前世的缘分未尽，今世来寻，世间不是常有这样的传说吗？否则，怎么偏偏会有如此的巧合？既是如此，自己成全了他们也算是天意了。

又过了几天，是龙儿满月的日子，李义特意提早征求陶碧的意思，说是小左夫妇已经让龙儿认了他做干爹，那陶碧也就是干娘了，孩子满月是不是也应该表示表示。陶碧想了想说："我姑娘时带过来了一只银镯子，要不送过去给孩子戴上，也讨个喜庆。"李义说："那可是你贴身的物品，你也舍得？"陶碧一笑说："有什么舍不得的，就用那个吧。"

两人高一句低一句地说着话，那语气都是淡淡的。陶碧说着推开窗，天空碧蓝，早就挂了个艳阳。

下篇

一

"无巧不成书"这是祖上人总结下来的规律。又比如说,"雪上加霜"说的是所有的坏事一件一件凑在了一起。除此而外,还有"祸不单行""福无双至""多灾多难""避坑落井"等等,都在叙述着人们在遭遇之中外加的遭遇。

杨敬业的老婆向来是个不关心窗外事的人,对于她来说,就是现在天上掉下个大饼在她面前,她顶多用脚扒开,或是绕着路走,不要挡住她去路就行。对于她来说,她生活的全部就是能够平静地过好日子,在学校和家之间来回奔跑,在这种奔跑的同时,把自己一分一秒的时间纽扣一样填进去,像螺丝钉一样把生活镶嵌得整齐,在她眼里也可以叫做完整,她认为这就是生活。所以,对于她的丈夫杨敬业,他们就是两个在大海上航行的人,而婚姻,就是一张船票,将带他们抵达同一个地方。

这样一种无风无浪的日子,或许不能用安逸、幸福、美满的词汇来形容,和浪漫就更不搭边了,但是可以称为平静和圆满,对于寻常百姓的婚姻生活，平静和圆满何尝不是生活的最好状态，尽管平静这个词接近于平庸平常，但至少还有圆满，没有太大的风波，这张船票依旧可以带他们抵达远方。

就在今天，小县城发生了一件奇怪的事，像一枚轰炸力十足的手榴弹在小城上空引爆，所有街头巷尾站着的、坐着的、躺着的、吃着的人都在议论这件事，故事的大致经过是这样。

有一对新婚不久的小夫妇，男的刚刚考上了单位，女的暂时没有工作，喜欢到街头的小茶馆打点麻将熬时间，应该说是十分美满的婚姻了。办完喜事后，家里还剩余一些存款，妻子就想买辆小汽车。现在买汽车的年轻人，大凡都有这样一个规律，如果手上有三万存款，就想买五万的车价；如果手上有五万存款，就想买十万的车价。这样，这点剩余下来的存款明显不够她买一辆心仪的小汽车。妻子开始打起了主意。

年轻的妻子经常到街头的小茶馆打麻将，一来二去在那里认识了几个新的朋友，几个人互称姐妹，妻子和她们聊天的时候就说了自己的想法，几个朋友就给她出主意，说可以先把你的存款拿来，我一个朋友开公司，急着用钱，每个月按百分之三十的利率付给你，半年后，你如果想买五万的汽车，可以买成五十万。妻子不相信有这样的好事，但这几个朋友说得很真诚，只差没拿人头担保，说不相信的话，你可以先拿一部分试一试，妻子就同意了，拿了五千块钱想试试水有多深，当时想着收不回来就算了。

确实，一个月后，妻子得到了惊人的回报，她既惊又喜，以为自己找到了一条很好的发财渠道。但是，她知道这样做要承担风险，不敢把这件事情告诉老公，只是一个人私底下做的，想赚足钱后再给老公一个惊喜。不久之后，在一次次得到回报之后，便失去了防范之心，把所有的存款借给了这个朋友，回报就像滚雪球一样令她惊喜不断。

但是，她手头上没有更多的现款来投资了，之后几个朋友又给她出了一个主意，让她把房产证借给那个朋友抵押，会产生更高的回报，妻子有些心动，又怕丈夫不同意，就偷偷把房产证带出来，想着先抵押半年就要回来，半年，足够她买辆心仪的小汽车了。而就在半年后，听说这个朋友把她的房产证抵押给了一个私营的融资机构，欠下了大笔的借款，带着钱跑了，她才一下子傻眼了。

她自己的钱被卷走了，融资公司天天找她催款，她不敢向丈夫说，心里又愧疚难担，在走投无路的情况下，她留下了一封信，在某个清晨，穿一条白色的纱裙，像一只白蝴蝶一样从自家十四层楼的屋顶上飘落下来，刚好落在公园的草坪上，她的身边有一棵巨大的合欢树，那个阳光明媚的午后，还有鸟停在上面唱歌。

当丈夫赶到的时候，年轻貌美的妻子已经气绝身亡，听周围的人说，她落地的时候，居然还坐起身子看了一眼。她刚刚怀孕，身体里带着一粒小小的生命的种子，地上的身体已经完全成了一摊模糊的血肉，丈夫没有流泪，他在冷静办理完妻子的丧事后。在一个夕阳无限美好的黄昏，提着一把寒光闪闪的斧头，冲进了小茶馆，经过十分钟的追杀，他的战果是杀死了三个，重伤两个，算是替妻子出了一口恶气。

人们议论纷纷惊悚异常，小县城里的人谈起这桩事情都会谈虎色变，他们在聊天的时候加上了各种想象，以使故事更加离奇完整。茶馆离杨敬业的家不远，就街头和街尾的距离，整个黄昏，救护车和警车的声音轮番轰炸，鸣笛的声音如寒光闪闪的利刃划开了苍蓝的天际。住在这条街的人们，耳鼓神经被这种声音折磨了一个下午，渐渐地在这种声音里只过滤出绝望和一种来自于神经末梢的呐喊。

这个黄昏，陈晓丹一直站在窗口看着街头发生的事，看警车和救护车如甲壳虫般飘移过街道，看乱哄哄的人如蚂蚁般围拢在那里，看人们脸上的同情和兴致勃勃，这场意外之灾引起她内心的惶恐，谁会知道灾难何时降临。她突然想起了自己的房产证，因为它不像户口本、电费本和水费本那样使用频率高，已经很长时间没想起家里还有那么一本证书，她赶紧走进卧室，从床下拖出那只重新落满了灰尘的老木箱，所有的东西原封没动过，唯独房产证不见了。

陈晓丹惊慌失措，可想而知，一个从未经历过世事的小学老师，像养在茧里一只白白润润的蛹，突然间感觉到了大难临头的那种绝望，那样的情景简直不堪设想。

因此，当杨敬业掏出钥匙打开门的时候，陈晓丹几乎像一只垂死的鸟般一下子扑到了他的身上，她絮絮叨叨地询问：“你把房产证弄去哪了？”杨敬业边换拖鞋，边用一只手不耐烦地把她推开，坐到了沙发上，才回答她：“你瞎嚷什么，我的房产证是抵押给银行，银行是国家正规的金融机构，和街头巷尾那些放水的王八蛋是两回事。”

"那钱呢。"陈晓丹还抱有一丝丝侥幸。

"钱全部投在了瓷坊，我和李子迁各占一半。"杨敬业没好气地回答。

"可他们贷款的公司也是金融机构啊，也有营业执照啊。"陈晓丹一头雾水，尚未从中理出头绪，这些政策太庞大太宽阔了，她一头撞进来，摸不着边际。

"性质不同。"杨敬业回答，他只想草草应付过妻子，求得安宁。陈晓丹似乎相信了，她站起身走向厨房，走了一半突然停下身子，目光直直逼着杨敬业，怀疑地说：“你和李子迁一人一半？鬼才相信，那报纸新闻天天都在放李子迁的瓷坊，他不是李义瓷坊的唯一合法继承人吗？就没见过你的一个影子，你算什么呀？杨敬业，你的钱都是投去打水漂了吧。"

"李义瓷坊是一段历史，我们不过是借用了这段历史，继承人只是一种名称，对外宣传的一种方法，和瓷坊是两回事情，知道吗？"杨敬业只好耐着性子解释。

"鬼才相信，那是你一厢情愿把它们分开了。你没看见，李子迁被采访的时候都是把它们合拢在一起，你这脑袋，都被书本塞满了，居然还敢贷那么多银行的钱去和人合伙做生意，死到临头都不知道啊，你是要逼着我从这楼上跳下去吗？"陈晓丹边哭边说。

不得不承认，陈晓丹说的话确实有道理，反回来看，连陈晓丹这样性格的人都能一眼看穿其中的问题，如果杨敬业还要继续装作不知道的话，可就有点说不过去了。

看杨敬业半天不出声，只把眉头拧紧成一个死结，陈晓丹就更紧张了，她重新折回身子，眼泪像打开的水龙头一样关不紧，淌了一地，她摇着杨敬业边哭边喊："你快点把房产证拿回来，你就不管我们一家的死活了吗？你还有没有一点脑子？你把这个家放哪了？整天在外面跑，拿不回一分钱，还欠下那么多的钱，这日子怎么过下去啊。"

窗外，一辆警车的声音再次滑过，压住了陈晓丹的哭声。杨敬业无力地坐在沙发上，心里开始发毛，脑子里有一阵阵的轰鸣，他看着妻子哭得泪水模糊的脸，整个世界发出一种陷落的绝望的声音。

二

街上的水泥路面在烈日下蒸腾着一股热气，伫立在街道两边人家的屋檐把路切割成两种颜色，阳光直射的一半是白色的，躲在屋檐下的另一半是暗色。杨敬业就在街道暗的一边走，有人和他打招呼："杨科长，你这是要去哪儿？"杨敬业挥了挥手，好像听见了，又好像根本没听见。

他的两只脚平稳地踩着步子，踏出去的时候一脚高一脚低，把他的身子拉成倾斜的形状，可能是他平时走路的习惯，让他看起来很不精神，像刚刚大病一场。街道被无形中拖长，也许他根本没有打算要去什么地方，只是把走路当成一种目的。街道两边的房子，路上的行人，过往的车辆，纷纷与他擦肩而过，他毫不避让，好像什么都看不见，目光呆滞而无力，如一条长长的舌头，湿漉漉地落在地面上。

这周以来已经是第三次来到杨爱业的家，开始的时候每次都抱着希望，后来那希望越缩越小，小成了心尖上的一点蜜糖，舌头还没舔就消失了。杨爱业失去工作以后，没有了时间的管制，加上身体不好的原因，整个换了一个人，性格变得越来越拖拉，总是一副不急不缓温吞吞的样子，好像看淡了红尘，世事万物与他无关，那种可怕的孤立主义。

当杨敬业每次火烧眉毛地对他说："你一定要帮我，想办法把陶佩弄来，我这边急用。"杨爱业总是迟疑地说："等等嘛，乔芬捏得太紧了，你知道她那性格，你越是逼她她就越是不给。"

等等，这是多么无期的等待。杨敬业冷笑着算是回答，哪还有时间继续等下去，无奈之下，只好把事情的来龙去脉讲给杨爱业听，希望他能够理解，这只陶佩此时对于他来说有多重要，陶坊现在在市场上小有名气，已经成了一份不薄的资产。而现在，李子迁占据了它整个的无形资产，那杨敬业的一半产权无形中就缩小了。现在，只有陶佩能证明李子迁不是唯一的继承人，让这条疯狂的新闻从此停止下来。

他曾经仔细地想过，唯一能够制止李子迁，来挽救整个事情的失控状态，只有那只陶佩，只要另外这只陶佩出现，各种议论将不攻自破，那是李子迁手上的一张王牌。

可杨爱业在听了以后，只是淡淡地说："那也不一定吧，万一这种陶佩还有好几只,只是我们暂时没有发现,再说这样一只陶佩又能说明什么呢?电视上都说了只有一只,说不定我们这只是假的呢,你就别费那功夫了,我可不想因为这事和乔芬闹出太大的矛盾。"

杨爱业说的时候,目光看着窗外,在空地上跳来跳去。杨敬业突然明白了杨爱业,他虽然是他的哥哥,但是,他也有私心的时候,那是父亲传给他的,他凭什么要转给弟弟?而且,最近一段时间媒体的炒作让他们看到了这只陶佩的价值,他们夫妻把陶佩当成了无价的宝贝,都不想失去它,杨敬业此时提出这样的要求,无疑是横刀夺爱了。

当杨敬业看明白了这一点以后,他感觉到了事态的严重,更感觉到了自己的孤立无援。抱着侥幸的心理,杨敬业提前等在乔芬回家的路上,堵住了她。他直接说:"你要什么条件都可以,我都可以答应你。"乔芬挑起眉毛回答:"对于一个家传的宝贝来说,你觉得什么条件合适呢?"这样的问话马上把杨敬业的话题堵死了,可他还是试着问:"如果给钱呢?"他知道她爱钱如命。乔芬笑了笑说:"你真会开玩笑,你能给多少钱?"杨敬业被问得愣住了,他除了银行的贷款,能有多少钱?

杨敬业越是逼得紧,乔芬就把陶佩保管得越紧,这就像一个恶性的循环,杨敬业在逼自己的同时,无形中也逼紧了乔芬,乔芬越是防备着杨敬业,杨敬业越是出其不意出现在她面前,让他们不知不觉中各自为营,在心中为对方拉起一根无形的警戒线。

乔芬没什么文化,平时就是个粗枝大叶的女人,她唯一的爱好就是买大红大绿的花裙子,化浓艳的妆,涂桃花色的口红。除此而外从来不看电视,也不关注新闻,吃饱穿暖了就行。但是,这天她刚好路过一家电器商店,里面的电视正在播报新闻,乔芬只是偶然一回头,就看到电视屏幕正中坐着曾经和她在一个工厂的李子迁,她知道李子迁和杨敬业合资开了一个瓷坊,生意好得不得了。李子迁正在说话,手里紧紧握着那只陶佩，让它若隐若现地出现在大众眼里，往往只是那么一闪，陶佩便配合地泛起了神秘的光泽，还有一大群艺术家坐在周围，他们的话题自始至终都在讨论这个陶佩。

她看得说不出话来了，只感觉喉咙的地方被堵了一团柔软的东西，冷静几秒以后才发现，原来是因为自己太激动导致气血不通，需要找个地方冷静一下自己膨胀的思维。联系几天以来杨敬业的频繁上门，杨爱业时冷时热的表情，难怪了，一向清高得不拿正眼看她的杨敬业，近段时间居然低三下四地一次次找她，就为了得到这只陶佩，可想而知这只陶佩的价值。她没等新闻播完，一路小跑着往家奔去，心里反复喊着的只有一句话："我发财了，我发财了。"她把下半生命运的转折全部押注在了这只陶佩上。

现在，杨敬业打算放弃了，他沿着街道走，走得浑身无力，阳光明晃晃打在他的头顶，汗水沿着发梢流了下来，好不容易才回到了陶瓷厂那间办公室。他给自己倒了一杯茶，让温暖的茶水在他的咽喉间慢慢地扩散。

正是下班时间，工人们纷纷离开工厂，张路正要出门，看到他的办公室门还开着，好奇地走了进来。"你怎么还不走？"张路问。杨敬业正想找人说话，一把拽着张路，"走，出去喝两杯。"没等张路回答，拉着他就往门外走。两人在路边打了一辆出租车，出租车一路狂奔进城，到了一家小饭馆，三杯酒下肚，胃暖了，眼睛也湿了，心也热了。

被困了好几天的心情，像一只被装在玻璃瓶里的酒虫子，被闷得憋屈也烧心。此时，借酒浇愁，内心的苦闷和烦躁，统统脱口而出。他边喝酒边捶着桌子说："没想到自己最难的时候，连亲人也不帮自己一把，那还算是兄弟吗，亲兄弟啊。"他说他不是要那只陶佩，只是借用而已，好让一些事情水落石出。可为什么他们不信任他？哥哥不帮他，嫂子躲着他？"最好笑的是，我自己最好的朋友，那个比王八蛋还王八蛋的李子迁，我那么信任他，他居然挖空心思地想害我。"杨敬业不停地喝酒，不停地干杯，把世界喝得在他的面前一片混沌和狼狈。

当他再想将一杯酒灌到肚子里的时候。张路拦住了他，他用手按住他举起的杯子。张路胸有成竹地说："或许我可以帮你。"

杨敬业迟疑了一下，随着手指轻轻抖了一下，酒被晃到了杯子之外，确实有些意外，然后，杨敬业问了一个完全不相干的话题："你和她这些年一直还往来，你们究竟什么关系？"

"那倒是没有，不过她的性格我清楚，如果我找她的话，可能比你有效果。"张路说话的时候，蛮有把握地笑了笑。

是啊。杨敬业脑子里很快想起多年前，那个黄昏在小树林看到的场景，那个场景现在只是想想依旧让他有些恶心，但是，此时此刻，他又隐隐期待着张路和乔芬之间还有某种紧密的联系，对于他来说，现在的首要之急是尽快拿到陶佩，至于其他的，暂时先放下。

"你有何打算？"杨敬业问。

"那还得想一想。"张路坦白地回答。

三

国庆节临近，街上的欢庆标语红布条幅随处可见，大红灯笼挂得小县城喜气洋洋。大超市小店铺里聚集着比平时更多的妇女和老人，节日里商家使出来各种促销手段，都有不小的诱惑，没有人会放弃这种优惠。因此，妇女们看完这家看那家，货比三家之后，篮子里总是被各种瓶子和塑料袋塞得满满的，忙得不亦乐乎，这样一种随处可见的喜气，给人们麻木的日子又点缀了几分节日的快乐。

乔芬挎着篮子挤在人堆里，超市今天的活动是一元钱一个的鸡蛋，买十个鸡蛋可以优惠一元。乔芬扒拉着手指算了算，可惜每人排一次队只可以买十个，要是可以一起买100个就好了，那就可以省下十元钱，十元钱不是又可以买十个鸡蛋了吗。

乔芬这些年卖摇摆机赚了些钱，可她是个大手大脚惯了的人，不会算计，口袋里有一分钱，她一定要花出去两分，因此，日子还是过得紧巴巴的。超市开始营业了，前面的喇叭声突然响起来，人群又是一阵骚动，前面一个老妇人的脚被踩了，在队伍里救命似的大声叫喊，不停地骂骂咧咧，后面的人听见叫骂声，又有一阵小小的兴奋，踮起脚尖想要看个究竟。乔芬排在队伍后面，用手推着前面的人群，自己又被后面的人推着，差点没被队伍挤出来，整个人失去了重心，跌跌撞撞的差点摔倒，赶紧抓住旁边一个人的衣袖才站稳。趁机总结出了一条经验，以后来超市，绝对不能穿高跟鞋。

好不容易买到了十个鸡蛋，那就不是鸡蛋了，而是成就感和自豪感。乔芬提着十个用塑料袋封好的鸡蛋往外走，低着头，人太多，怕挤坏了，用两只手紧紧护着鸡蛋。眼睛没看路，不小心撞到一个人怀里去了。

"没长眼睛吗？要死啊，走路不看路，你以为大清早的出来观光旅游啊。"她边骂边抬起头，愣在了那里，看到的是多年没见的张路立在她的面前。他穿着黑色运动衫，人比之前微微胖了些，虽没有了曾经的年轻，却更有了成熟男人的厚重和富实。

"哦，我以为是谁呢，你怎么也在这里？"她有些不好意思地笑了笑，撸着额前被撞散的头发，目光落在张路脸上。张路看着她，多年不见，他的目光依旧温柔，嘴边带着她始终熟悉的笑容，说："你来买鸡蛋，我来买牛奶，约好了似的，鸡蛋加牛奶倒是很好的早餐哦。"张路笑着说。

乔芬跟着笑起来。"呵呵，你这性格一点没变，你牛奶买到了吗？"张路把两只手放在胸前搓了搓，抹了把头发，才说："不买了，没有我要的那个牌子，我女儿只认那个牌子。"

"哦，那要不要到其他地方再看一看？什么牌子？要不我去给你看看？"乔芬说。"不看了，走了，人太多，太烦。"张路干脆地回答，话没说完自己掉头往外走，乔芬只好跟了上去。两人并排走到了街上，找了个人少的地方站住，乔芬还想说什么，嘴张了张，一时间找不到话题，几年没见，真有些生分了。张路对她点了点头，先告辞说："我还上班呢，就先走了。"

乔芬看着他，还想找着说点什么，又问："我听说，你现在是在李义瓷坊工作？"张路笑了笑，他在笑的时候总有一种惨淡的忧伤，说："混日子呗，混口饭吃，家里总得养活。"

乔芬不再说话了，依旧是看着他笑了笑算是回答。看张路走远了，又穿过人群追上去，对他喊："要不留个联系电话吧，几年没联系了。"张路翻了翻口袋，找到了一支笔，没有纸，从口袋里掏了个烟壳出来，想把烟壳撕开。乔芬说："不用了，用这张吧。"说着把超市的小票递了过去，张路把电话写在上面递还给她，说："看你过得好，我就放心了，联不联系不重要。"

女人，天生是多愁善感的动物。简单的几句话，把乔芬的心弄得疼了好一阵子，只觉得眼睛里有一种温热的东西漫上来，她使劲往回咽，咽回到肚子里，连心都是酸的。

看着张路离去的背影，在人群里高大而挺拔，乔芬的心里五味杂陈，像是自己不小心丢失了一样心爱的东西，好不容易找回来，已经不属于自己了。爱情是种很奇妙的东西，有句话说"当时只道是寻常"，确实这样，当初得到的时候不知道珍惜，后来失去了，才知道他的不容易，可惜再也回不去了，想，只能想出满心的惆怅和伤感。

当初，乔芬爱张路真是爱得死去活来，张路在工厂里有一门好手艺，又年轻英俊，是好多女孩子喜欢的对象。可惜因为家庭条件不好，一直没谈上合适的对象。乔芬人长得漂亮，出生在贫穷家庭，两人相爱后都觉得很贴心，算得上是无话不谈。可乔芬是真的穷怕了，穷了前半生，不想再继续穷后半生了。所以，当乔芬提出分手的时候，张路几乎没有思考也没有说半个挽留的字就同意了，他能理解她的心情，他支持她，是希望她能嫁得更好。

现在想想，如果当初张路的家庭没有那么多的意外，现在一定会水到渠成，她肯定不会选择杨爱业。

有人把结婚解释成："结婚就是头昏，是被爱情烧得昏头昏脑的两个人从此像树上的果子一样结到了一起。"这样的解释也有道理，婚姻是一个人一生一次一辈子的大事情，都说姑娘家要慎重，可越是慎重越找不到头绪。乔芬为了自己的未来，痛定思痛，忍痛放弃了张路，曾经以为是明智之举。

其实，这么多年来，张路在她心里始终有着不可替代的位置，尤其当她嫁了杨爱业之后更是有了深刻的反思。杨爱业死气沉沉，没有追求，把日子过得像桌子上的灰尘一样，你不动它，它按部就班落在那里，可以麻木不仁地存在着。那是真正的情感上的或是精神上的贫穷，现在乔芬才算是领会了，精神上的贫穷比物质上的贫穷更加的厉害，更加要人命，更加的令人崩溃和绝望。

一个女人，只有当她真正步入婚姻之后，才会体会到生活的不易。原来还指望杨爱业那个有无限美好前途的弟弟，在必要的时候拉他们一把，婚后才算领教了，除了自己以外，永远别指望别人来帮你。更何况，那个闷头葫芦杨敬业，也就是个整天只会低头做事的货，狗屁的专家，还不是说下岗就下岗了，唯一比他们强了一点的就是下岗时间比他们夫妻推后了一个月。

杨爱业下岗以后，生活更是糟糕，年纪轻轻整天躺在家里不出去找工作，把身体不好当做了挡箭牌。身体不好？乔芬冷冷笑了一声，身体不都是被逼出来的吗？谁是天生的老当益壮啊？

处于这样的家庭情况，注定两个人躺在同一个枕头上，却各怀心事。每次，当乔芬十分委屈的时候，当她的精神崩溃到极致的时候，就会把张路拿出来想念，张路这个名字，像是捂在她手心里的一粒舍利子。不仅被捂得暖暖的，更成了她梦里的幻想和精神上的寄托。

乔芬神思恍惚地回到家中，杨爱业才刚刚起床，穿着皱皱巴巴揉得像白菜叶子一样的睡衣，紧紧地裹在身上，发黄的面料让人产生一种陈旧不堪的坏情绪，脚上穿着乔芬穿旧了的棉拖鞋，一头稻草似的头发，全部往后脑勺堆。

"你整天就知道睡觉睡觉，能不能干点其他的？"乔芬的坏情绪再次爆棚，杨爱业只当没听见，睁着一双萎靡不振的眼睛，只管往卫生间去了，斜靠在门框上，半仰着头，两手朝前解开裤子，一阵尿液落地的声音清脆地响了起来。对，多么恶心，他吃饭从来不洗手。他上卫生间，从来不关门。

一切都是那么正常，又是那么的不正常。乔芬的心，像一张被揉皱了的卫生纸，撑都撑不开。她希望，哪怕是杨爱业站起来和她大嚷一顿，或者痛痛快快地打上一顿，都要比这样的结果强一百倍。她在心里喊，杨爱业，你还算不算是个男人？

四

尽管经过了一系列的磕磕碰碰，不得不说。李义瓷坊的营业产值比起往年还是翻了两番，取得了前所未有的业绩，这个成绩让厂里所有职工都欢欣鼓舞，当然，其中也包括李子迁和杨敬业。可想而知，一个刚刚起步两年的小厂，在市场竞争如此激烈的情况下，能开拓出一条属于自己的路子，足以说明他的实力和魅力。

如果现在想要把贷款还一部分的话，应该说没有问题，只是之前的厂房又进行了加盖，花去了不少资金，可还是不能满足生产的需求。话又说回来，在租来的土地上建设自己的厂房，明显不是明智之举。李子迁又是一番内外协调，提出在郊外看上一块土地，是政府招牌挂的项目，土地依山傍水，附近有几亩桃园，空气清新而价格便宜，当然，说到最后他不忘记翘起大拇指补上一句："如果不是因为里面有熟人，怎么可能？而最为重要的理由是，如果想要把'李义瓷坊'这个牌子做大的话，一定要有自己的土地，才能一步步积累自己的资产。"

实际上，杨敬业早就有过这方面的打算，工厂办到这一步，买土地办厂是迟早的事情，只是因为心里有了疙瘩，杨敬业便不置可否，一再推迟。加上陈晓丹整天逼着要房产证，只要杨敬业踏进家门，陈晓丹便像念大悲咒一样地重复，杨敬业被逼得很烦，只想先把钱还了，把房产证拿回家，好趁早把家里的火灭了。

再说，实际上闹到了这一步，杨敬业心里已经开始默默打着自己的主意，首先是李子迁不仁，他才不义。他开始在心里做最坏的打算，琢磨想把自己那份股权退出来，再另外办一个小厂，自己打理。经过了两年的打磨，杨敬业已经看到了陶瓷市场的商机，也积累了一些经验，得到了一些人脉。他心里有谱儿，好多商家实际上都是冲着产品的高质量而来，凭着他和工人们的感情基础，这批技术工人只会跟他走，至于李义瓷坊，那只是一个虚有的名号，如果他现在抽身走人的话，李子迁就是抱着他那传承人的招牌，想必不一定能办得下去，就算是办下去，生意肯定要大打折扣。

被这样一耽搁，李子迁看中的那块土地被一家化工企业拍去了，李子迁痛心疾首，心疼得不行。杨敬业听说后，也有些后悔，而就在这块土地流产后的一个月，国家出台了严格控制土地规划的文件，国家强制规定了不得随意更改土地用途的执行标准，尤其是不得占用农田开办工厂企业。这块土地在一个月的时间里，价值莫名其妙翻了两番，这是一次惨痛的教训，这个教训又让杨敬业不敢轻易动手。

为了庆祝公司取得的成绩，还是按原计划办了一次小的庆祝活动。说是庆祝活动，也就是把所有的职工召集拢了，开一个会吃一餐饭喝一些酒而已，图个高兴。

接到通知，小雨提前做好了准备，陶瓷厂的职工向来按照分工不同，都是分成两股势力，以办公室、财务、食堂、后勤为主这一块的自觉随着李子迁、小雨这一边，而制陶工人那一块的自然又基本上随了杨敬业、张路这边。一个工厂分为两个帮派，怎么看也没个好势头。

会议开始，没想到空旷的厂院里居然黑压压的坐了一片，原来，不知不觉厂里已经有了那么多人，平日里分散在厂子的各个角落不觉得，现在聚拢倒是把杨敬业吓了一跳。正在发愣，李子迁凑到他的耳朵边说了一句：瞧瞧吧，咱们的队伍有力量，三年后，这样的数还得翻一番。杨敬业有些愕然，没想到的是这感觉又和李子迁撞在了一起。

会议由小雨主持，然后由李子迁和杨敬业分头讲话。会议没有开始前，小雨就有些为难，在为他们俩究竟由谁先讲话大伤了一阵脑筋，做办公室工作的，最怕的就是会议安排工作，大小事情都得考虑周全，如今两人实力相当，当然不能让谁占了谁的风头。

可李子迁这段时间早就心花怒放，被媒体炒得有些飘飘然，一门心思都围着传承人的名号转，三句话离不开本行，完全没注意自己的言行。加上本来也没什么文化，平时说话跟踩着泥滩走路一样，高一句低一句的不着调，还没等小雨的话说完，自己就把话筒抢过来说："我们李义瓷坊有悠久的历史渊源，传承人的事很快就会被批下来，等年底申报成功以后，我们的厂就是有文化有历史，有传统有实力的陶瓷厂，不愁我们的商品卖不出去。所以，我们要鼓足气，把我们李义瓷坊的产品做大做强，把它的名气打响。"虽然说的句句精彩，但是没有实质，台下掌声寥寥，空洞乏味。

这边，杨敬业倒是谦虚，等李子迁一篇高谈阔论结束了，率先带头拍起巴掌，然后，才简单地说了几句话，就说："产品出了成绩，是弟兄们的努力，和大家的苦干实干是分不开的，今后的方向，考虑把工厂做大做强的同时，明年的工作重点也要考虑职工的切身利益，想法把职工的福利待遇提高起来。"

瞧瞧吧，多得人心，话没说完，台下已经是一片热烈的掌声。杨敬业满意地用眼角扫了一眼李子迁，他正在喝着铁观音，春风得意的他根本没察觉到自己势单力薄的局面。

会结束后接着就是工作餐，按照往年的惯例，都是杨敬业、李子迁、小雨、张路几个管理岗位坐一张桌子。等李子迁拿出领导的派头和职工握完手，一路喊着杨敬业的名字进来时，杨敬业已经和几个工人坐在了另外的一张桌子上干杯了，喝得热热烈烈。李子迁愣了愣，有些尴尬地摇了摇头，只好就近找了张桌子坐下，依旧笑得一脸肌肉松弛。

虽然是一顿丰盛的晚餐，其实，吃得别别扭扭，喝了两杯之后，李子迁主动端着酒杯过来敬了杨敬业。杨敬业勉强端起杯子应付了一下，也就是舔了舔杯子，弄得李子迁有些下不来台面，杨敬业嘴上不说，但李子迁还是看出来，问题可不是他想的那么简单。

吃过饭后，李子迁送小雨回家，汽车开上马路，风从车窗口灌了进来，小雨的长发被风掀起，真是一个美好浪漫的夜晚。李子迁心里想着事，杨敬业冷冷的眼神让他摸不着头脑。便把车子开到郊外，和小雨议论起来，说怎么最近杨敬业老是怪怪的，总觉得有什么地方得罪了他。小雨呵呵一笑，说："这你还看不出来，杨敬业再笨也看得出你这传承人的名号，对他是一种威胁呀。"

"那怎么可能？当初申报时他是同意过的，还和我一起商量呢，出了好多点子。"李子迁不相信。小雨用手戳了一下他的脑袋，说："事物都是发展的，当初申报的时候，你又想过会有今天这个意外的局面吗？"

李子迁一拍脑袋，说："也是啊。"倒是不着急，哈哈笑了几声，又说，"这些臭老九就是小心眼，又吃不得亏，他把我多好的一块土地弄流产了，我都没说什么，他还拖着一张尿泡脸，做给谁看呢。"

说完，没等小雨开口，发动油门，开出去半公里，又把车子停在了山道上，和小雨做了一回露水鸳鸯的事儿，这才开开心心把小雨送回家。

○ 第六章
霜冷岁寒

上篇

一

话说这一年，许多地方都遭遇了干旱，除了几场连土地都没弄湿的小雨外，只有一个恶狠狠的太阳整天挂着，那是真正的天干地晴啊。太阳用荼毒的焰火亲吻着大地，黄土地上一条一条地裂开了口子，一阵风过，半坡的泥土弄得漫天风沙，山上那上百年的老树叶子都枯黄了，变成一堆枯枝倒在了地上，就别说地里的庄稼了。五月天刚过，刚刚翻青的庄稼已经成了一堆晒干的枯草，田地荒下了，世间就成了一片苍凉。

天气一透热，地上的蚊虫鸟兽就作怪了，原来被蚊子叮一口，顶多就一个小包，现在不仅有了蚊子，不知哪来的，还多了种小黑虫，体形比蚊子小，飞的时候也听不见声音，等发现的时候，身上已经是拳头大一个包块，又疼又痒，三天都消不掉。原来藏在稀泥里的蛇、蚂蟥、躲在树叶子里的虫子全没了藏身的地方，跟晒干了似的，直挺挺地躺在大地上，山上的动物到村子附近找水喝，天不亮看见两只野猪，在水塘那一带转悠，定是渴极了，才会往人多处寻来和人争抢。

除此而外，还有看不见的，像细菌、病菌之类，这样的天气，像一个温热的闷罐子，特别适合它们的生长，一阵热风吹过，可以蔓延出去几十里地。

水是万物的源头，没有了水，山坡就成了一堆黄土，原本塘里蓄下来的水差不多见底了，得先管人喝的，几户人家干脆出门逃荒去了，没有水和不了泥，窑上停了工，长工们辞的辞走的走，村子里渐渐露出了萧败的样子。

谁也没注意到，村子里出现了一个疯老头，不知从什么时候从什么地方来，在村子头用树叶搭了个小棚住下，白日里，端着个破烂的泥碗沿着村子挨家挨户地要饭，到了晚上，就栖宿在那树叶搭成的小棚里，有时候，给他饭食的人多和他说两句话，他也不回答，一味地弓着腰点头，不知是接受还是不接受，一张又老又皱的脸上，寻不到任何表情。

这几年以来，姜老汉儿把窑上的大小事情完全交给了李义，自个儿落个轻松自在，偶尔到窑上走走，捡着干点轻松活计，多数时候就在村里瞎转悠，渐渐地，和这疯老头儿偶尔还有了交往。只不过这样的交往，也就是仅仅限于他问的多他答的少，半坡村这样一个闭塞的小山村，平日里很少有外人，村里人接触不到外面的生活，对于外面来的人或事都透着新鲜。姜老汉没事儿找事儿，一来二去，渐渐地就和这个疯老头熟识了起来。

疯老头自己说不清楚从什么地方来，只说是很远很远，走了究竟是十天还是半个月也无从知晓，又问他你们那地方缺不缺水。说是不缺。姜老汉生气了，说："不缺水还往外跑，看来是真疯了。"又问，"你为什么要来？"他说他们那地方遭了灾。又问是啥灾呢。说是死人。死人不正常吗？

停了半天，疯老头一双混浊的小眼睛转来转去，才回答说："死的人堆成了山，尸体都被码起来，码在村子前的场地上，埋不完的尸体就用火烧，烧完以后再撒到河里喂鱼虾，没几天河道都堵死了，村里的人全都往外跑，几百户人家的村子没半个月都空了。"

姜老汉不相信世间还有那么凄惨的事情，说这疯老头儿别看他疯疯癫癫，还真会讲故事，讲得跟真的一样。又问他："那家里还有些什么人？"回答说："都没有了，全死光了，就剩我这把该死的老骨头还留着。"姜老汉又问："那家里人都是怎么死的？"疯老头吸了吸鼻子，眼睛瞪得赤红，那苍老的声音像是爬了一条条裂开的干缝，半天才说："不一定啊，睡着睡着就死了，或是走着走着，突然就倒下了，身子往后一倒，通体发烫，青鼻青脸，全身不停地抽搐，不需要几个时辰，鼻子眼睛流血，然后就死了，连汤药都来不及喝。"

那惊悚，听得姜老汉直摇头，又分不清是真是假，说这疯老头儿可真有意思，他编疯话编什么不好，偏偏要编死人的事儿，尽是吓唬人。

姜老汉虽是这么说，却偏偏一副好心肠，说是人老了不遭人待见，看那疯老头可怜，吃饭时总把自己碗里的匀一口，给那疯老头留着，时不时地也跑到那树棚子旁边，听那疯老头讲疯话，不管真不真，只当是故事听，就这样，时间很快过了二十多天。

这天，慧莲做了面耳朵，黏黏糊糊的一大碗，姜老汉见了，便匀了一小碗说是端给疯老头吃。早上端去的时候，疯老头还挺精神一个人，中午再见的时候，便咳嗽加剧，呼吸急促，还以为怕是受了风寒，有人家还寻了一小包黄裱纸包好的散药给了他，叫他赶紧吃下去，到了黄昏的时候，疯老头就开始大口大口地吐血，不出一个钟头就没气了，死时，脸黑得跟窑泥似的。

听说疯老头死了以后，姜老汉还找了村子里两个年轻后生，贴了床草席子，将他裹起来，送到后山上埋了。当时他还让慧莲给他烧了一把黄钱纸，说都是可怜的人，既然落脚在了咱们村里，也送送他吧，渐渐地忘记了这件事情。可过了两天后，那天送疯老头上山的一个年轻后生突然病倒了，早上才听说病倒，下午就死了，死得蹊跷，竟然跟疯老头一模一样。姜老汉在心里一直寻思这事情，觉得有什么地方不对，突然间两眼翻青，只叫了声："天啊。"就倒在了地上，被旁边的人扶了起来，姜老汉使劲推开旁边的人，说："你们都不要过来，不要碰我。"

村民们觉得奇怪，再问为什么，姜老汉用带着哭腔的嗓子尖声尖气地对着大家喊："那疯老头得的是瘟疫，我以前就听人说过，这病会传染，一传十，十传百，几百人的村子可以死光啊！这么说疯老头说的都是真话，只怕是传染开了，我们一个村子都保不住哇。"

当下村里的男女老少都慌了神，对于"瘟疫"这个词，之前是听说过，一知半解，只知道怕，却不知如何防备，全都没了主意。也不知那病跟着疯老头，幽灵似的在村子里潜伏了那么长时间，谁知道究竟藏在哪里。都把目光看向了姜老汉，问该怎么办。姜老汉慢慢地定下神来，他经历的事多，此时反而冷静下来，说这段时间村子里人少，接触过疯老头的人不多，后山仙人洞有百十米宽，但凡接触过疯老头的人都到后山避一避吧，不要把这病再在村子里传播开了。

姜老汉话音未落，村子里呼啦啦站出了一二十个人，男女老少都有，其中，就有姜老汉和慧莲，姜老汉和疯老头走得最近，而慧莲则是给疯老头送过几次饭。有几个村民先前同意了，走了几步停下了脚，说凭什么就我们遭这罪，要死大家死在一起。说着就往人堆里钻。

看情况不妙，李义只好带几个人上去强拉，当下把他们绑了。几个人返回来盯着李义，说："姜老汉和慧莲都有过接触，你天天和慧莲睡在一起，就敢保证自己身上没沾上那鬼魂一样的东西？"其他的人一听觉得有道理，所有人的目光同时落在了李义身上。

实际上，这段时间因为长工们都辞走了，李义只能自己守着窑，很少有时间回家，现在大家目光盯在他的身上，他知道自己不带这个头，今天的事情就得闹大，为了保住村子，为了剩下的人能够活得更安全，已经别无选择了。李义挺了挺身子，把目光看向陶碧，对她说："照顾好家里。"陶碧正被这突如其来的事情吓得失神，没来得及回答，李义自己带头，往后山去了，剩下的一群人，见李东家都往后山去了，自然不敢再多话，排成一条长队，纷纷上了山路。

村里人又砍了些干草干柴送上山去，让他们住得舒服些。谁也不知道这鬼魂一样的病到底有多厉害，看也看不见，摸又摸不着，自己身上有没有沾上，周围的人有没有，总之是谈"虎"色变，都小心提防着，又不知道该如何防，把头用布包上，留下了鼻子和眼睛，住进了山洞里，说不定早上还看得见日出，黄昏时一口老血，已经上了黄泉路。

因此，住进山洞里的都是一脸的苍白，整天唉声叹气。还有几个孩子先前和疯老头追闹过，实际上是他们用石子砸了疯老头，被疯老头一手一个擒住过，现在也无端地成了嫌疑，还是安置在了村子前的观音庙，村子里上上下下瞬间是一片哭声，几里外都能听见的凄惨。

二

原先，村子里都是姜老汉说了算，如今，姜老汉和李义一走，整个村子就散了架，剩下的村民们一合议，便把小左师傅推了出来，说小左师傅人善良，又是一脸的观音相，只有他能定得了这局面。实际上，小左本来懦弱，听见李义出了事，一瞬间真是连寻死的心都有了，整个人期期艾艾的，一脸哭相，只想着要随李义而去。但仔细往下想，李义这一走，扔下那么大一家子人，几个女人和孩子，不能没有人照顾，现在，村子里的人又找上来，小左一咬牙，提醒自己要挺住，要对得住李义，要帮着他把这个家撑起来，等着他回来。真是难为了小左，他那一口气，真真正正是凭着义气和良心给逼出来的。

  仙人洞离村庄少说也有五里地，那么一大群人住在后山上，首先送饭就是一个问题，若是各家送各家的，那肯定不行，加上村子里闹了干旱，有几户人家早已经揭不开锅了，但是住在洞里的人不能不管。小左跑到了五里地外请郎中抓药，郎中说这辈子没见过那么吓人的病，不知道该开什么方子好，小左一听，备感沮丧，那就是这群人只有等死了。

  村子里一下子少了那么多人，加之荒灾年月，困难连连，从村头走到村尾，也不见几个人，相互见了面，又不敢多说话，生怕被那怪病给缠上了，一个个提心吊胆，让剩下的人心里也空得发慌。在这个村子里，李义瓷坊经商多年，算是有钱的体面人家了，经过一年的灾荒家里勉强还有一些存粮，一口井虽然出水见少，但勉强还能应付。家里一下子少了三个人，陶碧不得不撑起这个家，又担心那三个住进山洞的人，不知道有没有被那鬼魂似的病缠上，整颗心都提着，接连几天不能入眠。虽然嘴上不说，看着几个孩子整日在屋里生龙活虎地闯出闯进，心里依旧担心，万一姜老汉和慧莲染上的话，这几个孩子和自己估计也在所难免，再难，也得先保住孩子。

  思来想去，为了防止传染，先把几个孩子统统关到了小左家的后院，不许与成人接触。喜岁和荣儿稍大，照顾着华儿和龙儿，几个孩子开始的时候不愿意，哭喊了一阵子，渐渐地没了力气，适应了下来。再说这龙儿和华儿，虽出生只相差三四个月，打一出生，性格上却是千差万别。

先说龙儿,生下后母亲无乳,就从邻村请了个乳母,乳母身体粗壮结实,原来生个丫头,满月时患了疾病死了,乳母便把所有心思都花在了龙儿身上,日日夜夜暖在怀中饲喂,当成了自己的孩子,真是比起亲生的还要贴心,奶水丰盈醇厚,把龙儿的身体催长得修长结实。

小孩子有奶便是娘,跟谁都亲,不仅有亲娘香云事无巨细地照管着,偶尔也到隔壁婶子家串门,婶子陶碧知书有理,和她说话细细暖暖的,就像听树上的鸟唱歌,更重要的是,她的嘴里,有说不完的四书五经,论理纲常。龙儿的一双黑眼睛,又明又亮,有吸收不尽的日月温露,有吐不尽的天地芳华。对于这个孩子,陶碧自是十分喜爱,又因私底下有骨血之亲,怕露出破绽,和孩子相处极为谨慎,对他要求也相对严格。龙儿却是天生的好脾气,任她发再大的火,即使是冷着脸,这孩子转个身又是一脸笑意盈盈地迎来。有时候,陶碧也会忍不住,把那小身子搂来胸口上,摸着他那两拃长的小身体,单薄而温暖。

又说华儿,从小被娇养,过不来粗糙的日子,还不会说话呢,一条舌头已经十分会尝味,能辨出好吃歹吃。盐放重放轻了,是糖是醋,鱼肉里没剔干净的一丁点细刺,用舌头一搅就推出来了,真是食不厌精,脍不厌细。陶碧好心提醒,说惯不得了。慧莲只管好玩,占着窑上日日有进项,也不在乎孩子吃的这一口儿,说孩子聪明,天生的富贵人家的命。

到了该认字的年纪,便让荣儿背着去,荣儿本就生得细瘦单薄,把华儿背在身上,虽说两个肩臂压得沉沉的,背上却有一股温软的亲热,处处呵护着,照管着,尽着心地疼这个弟弟。华儿无论大小长幼,喜欢贴着黏着,让他随荣儿去学堂念书,不晓得有多少不乐意,一家人多少言语哄着去了,不一刻工夫,又哭着回来。念学后更觉出了分晓,龙儿聪明好学,而且懂事。华儿却心不在焉,学业迟缓,毫无进展。

现在，四个孩子关在一起，龙儿喜欢缠着喜岁，学他摇晃着脑袋背《三字经》，两人甚是配合，写字画画，自有乐趣。还在院子里用箩筐支起个架子，下面撒上米粒，等过路的雀儿过来觅食，一拉绳索便可罩住。再用弹弓，盯住墙头，或是那棵老柿子树的枝头，遇上过路的鸟儿雀儿，拉弓弹石，两人的玩法多了去，虽然院子窄小，时间却打发得快。

可华儿不同，打小被宠惯了的，突然不见母亲，哭喊要脾气摔东西都使出来了，总是无端挑出是非，一会儿喊热，一会儿要去茅房，一会儿说木芯子刺了手，总之，一刻也不消停，需腾出一个人手专心照管。这又苦了荣儿，可怜也就是小小年纪，偏偏被逼出一副老成得当妈的落魄样儿，鼻尖上总是沁着汗珠，全心全意地伺候着弟弟，忙得小鼻子上总是湿漉漉的挂着汗粒，好像知道自己的鼻子生得好，故意沁出汗珠，锦上添花，惹人心疼。

三

一切收拾妥当后，此时孤军奋战的陶碧，昨日还那么灿烂的脸，今天是一丝喜气都没有了，瘦成了一轮影子。然而，在走投无路的情况下，这名普通的小女子，又显出了一般女子少有的胆识和智慧，先是把香云和金莲，还有村里的几个年轻媳妇召集来，说："后山洞里住着的，都是咱们一个村子的人，也是我们的亲人。他们之所以上山，是为了保住我们，他们有仁，我们要有义，让他们住在山上要穿得暖，能吃到热乎乎的食物。"

看几个女人纷纷点头表示同意，陶碧又说："我们家现在还有一点余粮，今天开始，就先在我家开伙，大家有米出米，没米出力，每天做好饭食给他们送上去，能坚持一天就先坚持一天吧。"

听陶碧这么说，几个女人又回自己家里凑了些粮食送了过来，人多力量大，小小的院窝瞬间热闹了起来，淘米的淘米，洗菜的洗菜，还有干脆背起箩筐到后山挖野菜，天刚刚亮开整个天井就被这些女人忙碌的身子占满了。等饭做好了，小左已经差了两个人等在那里，送饭的人按照事先的交代，都得把头用布包起来，以防传染。临时出门陶碧突然跳出来，说是要跟着去，手里提个大包，大家一看就明白，她这是要去看看家里的三个人，看到这情形，金莲也要跟着去，只好把几个孩子一起交代给了香云。

虽然听上去路程就五六里地，走起来才知道，原来山高坡陡，那仙人洞又在崖子边上，到了午间时分才到。洞里的人早就等不及，都嚷着饿了，站在洞口张望着，见了人来，赶紧把盛了饭食的木桶拎进去。

陶碧站在洞口张望，见李义一个人靠着角落发呆，顿时心疼得不行，不禁声泪俱下地喊了一声，李义听到，奔跑过来，却又不敢靠近，只能隔着一段距离止住了脚步。虽是日夜思念的人，近在咫尺却不能挨近，真是辛酸悲喜五味杂陈，一时间竟不知说什么好，只是隔着那么远的距离，默默地掉眼泪，又相互说了些宽心的话，虽是说了，心情却格外沉重，明白生死由不得人的道理，左思右想，虽然伤感，还是提前把后事交代好。李义便说："万一真有了什么事，两个孩子你若是能带就带上，回老家去。若是不能带，就自己走吧，我李义这辈子最对不住的人就是你了。"

听李义这么说，陶碧只能强装笑容，说："孩子和我是不会分开的，永远只会在一起，等着你们回来。"说话的间隙，慧莲见了陶碧，还没开口又是一脸泪水，赶紧凑上前来，询问孩子的情况，陶碧只能依依相告，孩子们健康正常，已经将他们隔到了后院，不与外界接触，不会有事。慧莲听完，方才放下心来，说："万一我回不去了，你一定把两个孩子当成自己的，荣儿从小跟你惯了，我放心，只是华儿，从小被宠得娇气，我现在是后悔也来不及了，有什么事情你多担待些，让他成人。"

听她这么说，似乎已经对后事做了交代，金莲听不下去，只顾跑到一边抹眼泪，又看见了姜老汉，几日不见，又是苍老憔悴了许多。陶碧说："孩子我会照管好的，你们尽管放心。"慧莲看金莲走远，这才说："其实我早看出来了，龙儿是你的孩子，你那么善良的一个人，把家交给你，我也安心了，以前为难了你，可千万别和我计较。"

"不会的，咱们姊妹一场，都是情分。"陶碧摆了摆手，此时此景，说什么都是生分了，看看时辰差不多了，这才唤过金莲，一步一回头地往山下走去。

事情的发展比起预料的还要迅猛，听第二天送饭的回来说，昨天晚上，山洞里有个人在高烧几个小时后突然吐血而死，接着又有了两个人相继出现了低烧的症状，看情况估计也活不过今日。没几天时间已经死了三四个人，疫情发展之快，真是令人措手不及，令人瞠目结舌，若是继续这样下去还了得，村里人的性命也难有把握保住。

没几日，东边后山上又添起了几座新坟，新落成的黄色土包格外惹眼，到了黄昏，那一带总是火光闪烁，纸灰飘飞，哭声阵阵，那些失去亲人的幸存者，买了黄钱薄纸，备了姜水米饭去祭奠亲人，看到这惨景，村里的人们总是唉声叹气。大家围聚在一起烧纸时，微风拂动衣襟了，额头被纸灰擦着了，火燎着手指了，都被认作是死者来认亲人的举动。别的女人哭哭啼啼，陶碧却异常平静，只望着漫天离地轻飞的纸灰，说了句："这世间的阴阳都颠倒了，冬天没下白雪，春天倒下起黑雪了。"

经过这事，小左反而变得沉稳起来，虽然面容没变，声音仍跟从前一样，颤巍巍的，但做事和性格上却起了较大的变化，做事拿得了主意，心里也有了章程，村子里上上下下张罗，一刻不敢耽搁。看这事不能再拖延了，便赶紧派人把事情的进展报到了衙门。但那时候官府衙门也是一片混乱的局面，满清王朝刚刚确立了政权，地方政府尚未确定实权，虽派了两个人下来，只草草地说，必须把这个地方戒严，疫情不能再往外传了。

第二天，来了一群官兵模样的人，把半坡村这个地方团团围了起来，这个原本敞开的大布袋，被死死地用官兵缝了起来，几百人的小山村被装在了这个布口袋里，不得露头了。

这下可好，不管是洞里的还是村里的，更是六神无主了，尤其是庙里的几个孩子，因为看不见父母又着急又害怕，哭得撕心裂肺，父母不忍，天天躲着掉眼泪，趴在门廊往里看。有的说嘴苦，要带点糖果或是炒豆。有的说没啥玩的，拿个弹弓来，捡一包石子，打房檐上的鸟。还有的要瓦片，说想在地上画画。反正什么情况都有，父母们只能是应着他们。好在坚持了十多天后，这群孩子倒是相安无事，这才放回了家中，各自随了自己的父母。

情况糟糕的是山洞，过不了几天又能传来死人的信息，死的情况都很离奇，就不再一一重复。这时候，家家户户的积粮已经基本上吃空了，便想着方法往粥里掺杂粮。秋季的时候，玉米收了回来，连棒子挂在了屋檐底下，倒映着一屋子金灿灿的黄色，既好储存又容易保管，到了缺粮之日，把玉米磨成面，掺进了粥里或是直接洒水和白米同蒸，口感也是极好，可玉米毕竟是杂粮，清肠子的油，吃进去不多一会儿就饿了，和没吃一样。

又想起了红薯，红薯与稻米无异，同是天工开物，对于土地也不挑剔，与麦米各为一半江山，往往稻麦歉收，而红薯还在，煮食或熬粥，聊解饥馑之苦痛，藤蔓还可饲养家畜，来春又是猪羊满圈，五谷丰登又一年。于是，也把红薯掺进了粥里，之外，还有南瓜，洋芋。都是可以藏在泥土里隔年保管的物种，可见，泥土才是储存人间五谷最长久的粮仓啊。

四

　　人，都是被逼出来的。一向文弱的小左，一想到李义和村民们还被困在山上，竟然不顾自己的死活，带上村里的一群汉子，早就拿了豁出性命的架势，抄起家里的棍棒，决定和戒严的官兵拼个你死我活。双方打成了一团，一个蒜头鼻子，小眼睛的官兵终于站了出来，又说让大家先回家等两日，事情还得禀报到衙门，传来传去又过了五六天时间才算是有了回音，官府同意给三百斤粮食，多少先掺和着应急。

　　这个时候，是最危难的时候，也是所有力量必须凝聚在一起方能突围的时候，大家同心协力地想办法，尽管灾难来得深重，让死亡成了时时占领制高点的恐慌，但大家相互搀扶着坚持着，死的人走了，留下的人更紧密地抱在了一起，渐渐地整个村子形成了一股强劲的力量，一日日地坚持了下来。

　　早上刚打开门，就看见一只乌鸦站在门前的老榆树下，一声比一声叫得凄凉。香云听得心烦，捡了个石头扔过去，那乌鸦跳了跳身子，声音反而比先前还大了几分，气得香云直跺脚。说："这样的日子，闹得人心惶惶，什么时候会是个头啊。"金莲正在做饭，深深叹气，说："这几天又死了好几个，米都可以省了。"本来还想加一瓢的，想了想又放了回去。

陶碧说:"那就做干些,让活下来的多吃点,才有力气。"金莲无端叹了口气,说:"原来这世间最难的事,竟然是等死。"这话一出口,就戳中了所有人的心,若要死,就死个痛快,只是被这种巨大的恐慌折磨着,真是比死还要难受。说完又各做各的事了,几个女人的话越来越少,整个小村的上空,都被一层忧郁的空气笼罩着。

每日入夜,陶碧定会站在院中,举头观月,见半轮月轻轻浮出云端,又悄悄藏于云后,总是无端地叹息一声,说:"明日估计又是一个晴晌之日,若还不见风,还不见雨,怕是连人也难得好好生息了。"

又过了一段时间,就在本地某镇,忽然风言风语,说来了一个神和尚,就栖在衙门外的一棵大柳树下,逢人便念"阿弥陀佛"。据说一老妇七十好几,脖子下方生了个葫芦似的瘾袋,当地人也叫"大脖子",足有两拳宽,颜色暗黑,每日晨间无碍,到了黄昏大地热气蒸腾之时,就疼痛难忍,甚至是伏地号哭。家里人听见来了神和尚,权当是死马当成活马医,请这和尚看了。和尚抓住那怪体,用手轻轻摩挲半个时刻,也有人解释说那是打通筋络,又开了几味药,一周之后,老妇居然病情好转,一时间整个小镇传得沸沸扬扬。之后,每每有人问病,若不是很重,不由分说,从地上抓一撮土,以香灰调和,嘱咐病人回去煮服,三日则愈。

小左等人刚刚听说,尚准备去寻,衙门里传来消息,说是已经寻到了解除这场瘟疫的配方,有说是请了有名的郎中,又有一说是那神和尚开出的妙方,结果不得而知。只是第二天,用马拉了一车中药来,让村子里的人自己熬了喝,喝了两天后觉得情况好多了,山洞里的情况也相对稳定了些,大家都以为看见了希望,心情好了起来。

可到了第五天,却意外传来了慧莲死亡的消息,死的人只托人带个口信,怕再传染,都没来得及备下棺木,只能赶紧就地草草掩埋了。

听到消息后，陶碧在家里挂起了白绫，让孩子们戴上了白孝，想着好歹送她一程。慧莲就这样孤独地走完了她的一生，给她烧黄钱纸的，或许是她永远也不会想到的她曾经最恨的人陶碧，或许这就是人世的因果轮回吧。

死的人走了，生的人依旧生死未卜，当恐慌如风卷残云般袭来，又渐渐地退去，人们在这样的几起几落中，被反复磨砺着，渐渐地也就麻木了。随着时间的拖延，山洞里的人情绪反而稳定许多，面对这样的情况，大家也想开了，反正该死的总归要死，能活下来的也不必瞎愁，大家在山洞里偶尔也说几句笑话，托人给山下的亲人带几句话，而村外的官兵早就把守不住了，纷纷撤了回去，这样的情况坚持了一个月后，情况稍微稳定，山洞里还剩下的十多个人，基本上已经确定没有危险，才逐渐返回家中，又过两个月，整个村子相安无事，这才松了口气，一场灾难算是彻底过去了。

和疯老头有过密切接触的姜老汉能活着回来实在出乎意料，好像有神灵护佑，安然无恙，想不到的是慧莲年纪轻轻反而走了，这场瘟疫的生死没有落下任何规律，真是造化弄人啊。姜老汉从口袋里掏出一个东西递给陶碧，说是慧莲临走前让他转交给陶碧的，陶碧打开外层的红布，里面包着的是一只银色镯子，中间有凸起的小鱼图案，弯弯的月牙似的身形，精巧的鱼鳞清晰可辨，鱼侧面印了个小的"福"字，用小圆圈围起来。看到此物，姜老汉方才说，这是慧莲唯一的一件首饰了，是她母亲临走前留给她的，现在交给了陶碧，可见其对陶碧的信任。陶碧听后睹物思人，又是一阵悲伤。

那天晚上，陶碧夜里做梦，居然梦见了慧莲，上身穿蓝色夹布衫，下穿黑色棉裤，一双黑布鞋，都是焕然一新的，手里持一段五丈左右长的白绫子。站在那里看了陶碧好一会儿，才说："我这就走了，往后每年七月回来看你们一次，不用怕我，不会害你们。"说完飘然而去，很快隐入白云之中。

夜里，李义和陶碧相拥而眠，在经历了一场生死之交后，这对患难的夫妻，更懂得了活着的艰辛和不易，也更懂得了珍惜彼此。九月，天降大雨，大地渐渐恢复了湿润，田坂畦垄得以灌溉，大地返青，瓜豆存活，世间又恢复了生机盎然的局面，真是天凉好个秋啊。

看过了人间这一幕惨景，又经历过那么一场生死的离别，便对世间善恶有了自己的认识。小左已经渐渐忘记了曾经那段令他心痛的历史，虽然他的身体带着永远的缺陷，但不影响他把目光永远地停留在地平线上，瞭望更远的生活。身体先是冷，继之是逐渐泛起的暖，好像冰河乍裂时，投射到活水上的那一丛阳光，催下他心底的泪水。他现在已经不喜欢自己流泪了，因为在他眼里，这个混账世界是不值得流泪的。每每眼泪滚滚而下时，他会"啪——"地给自己一巴掌，提醒自己，要活出模样来。

第二年，有了好的收成，窑上又重新开了火，左隶史寻思着还得把那玉观音做出来，以护佑村子里的穷苦百姓。在长生殿那么几年，玉观音的样子早已经活灵活现地印在了他的脑海之中，他现在所需要做的，只是将他重新地在脑海里拓出来，并开始一步一步入手，先是找人重新修建了那座破败的庙宇，此时，玉观音的形象在他的心里已经重新恢复了完整。

下篇

一

把遮光的紫色窗帘拉开，只留下一层粉紫色窗纱，原来黑压压的屋子瞬间明亮起来，乳白色的五门柜、乳白色的欧式大床、粉色的床单，还有床头一束凋谢的康乃馨，一切完全暴露在了天空之下。小帆眯着眼睛在窗前站了一会儿，伸了个懒腰，娇美的身形和微微翘起的臀部，像一只健美的野鹿，在玻璃窗上印出一个成熟女性美丽而令人痴迷的侧影。她揉了揉松散的头发，目光有些迷离，好像尚未从梦的国度转回身来，每一天的日子都是新的，都要以不同的身份去认领。

过了许久，她重新回到床上，把四肢打开平摊在床上，世上真没有哪种动物可以像人那样把四肢打开，睡成一个得意的"大"字形那么嚣张了，她习惯裸着身体睡觉，被包裹了一整天的身体，好像只有完全暴露在空气里才能真正地放松，让每个毛孔充分地贴近大地，舒适地接受阳光的爱抚。

已经过了正午十二点，如果不是因为肚子实在饿的话，她依然不想睁开眼睛。平时上班时间，每天赶稿子都要到深夜一两点，传媒人的苦楚无法用语言来描绘，文字的游戏里藏着坚不可破的秘密，每一个章节总是要反复阅读和校对。直到筋疲力尽才能拖着接近僵硬的四肢钻入被窝，清晨七点又要心急火燎地往报社赶，抢时效抢热点抢新鲜。每天忙得像一个被鞭子抽打着的陀螺，工作以后，终于真正领会了"疲于奔命"这个词的厉害。

好不容易熬过六天，等来了一个周末的舒适时光，狠着心要把一个星期的懒觉补回来，巴不得真能一顿撑成个胖子。八点起来上了趟厕所，喝了两口水，然后又回到床上，重新杀了个回笼觉，好不容易过了十二点，已经全身骨头躺得酸疼，依然舍不得离开具有棉质芳香的床单和柔软的枕头。

她拿过手机看了看，删除了几条无聊的短消息，又确认了一下时间，快一点了，周末的时间多得接近于奢侈，像一个穷苦人家的孩子，突然有了一大笔的财富，不知该如何挥霍。最终还是决定起床了，穿上睡衣到厨房里找了一袋牛奶，加上两块面包，随便应付着肚子，想着这个周末该如何打发时间。

边吃边随意翻开一本杂志，她的餐桌上总是横七竖八地堆着一摞书，多年来，书是陪伴她进食的最好良友，没有书本，好像咀嚼就没有力度。正在这时，电话响了起来，小帆将电话移到耳朵，一个陌生而淳厚的男中音从电话那头传了过来："你好，我想和你谈一谈，可以吗？"

小帆愣了有那么几秒钟的时间，那是一个陌生的男性的声音，但他瓷实而富有力度。对于成年女性来说，她们对于男性的声音一般具有较高的辨识能力，较为敏感的女性一般都可以通过男性的声音，来判断这个男性的魅力值可以打几分。如果一个男性说话的声音温文尔雅，有条有理，不紧不缓，那么他在生活中肯定有着一定的魅力。试着想想，如果一个男性在电话里说话，都可以尖着嗓子、拖泥带水、大一声小一声，或是杂乱无章的话，那么生活中的他定是没有章法的，又谈何魅力可言。

"哦，能告诉我你叫什么名字吗？我这边没有备注，你想要谈的内容是什么？"小帆饶有兴致地问道，尽管此时，她的第六神经绷得很紧，但还是故意拖着调子，做出一副很随意的状态，在电话里懒懒地说。

"也许你不记得我，但是这不重要，重要的是我记住了你。好吧，我想和你谈一谈关于李义瓷坊传承人这个事情，你今天下午有空吗？我想和你见面谈。"

李义瓷坊传承人，小帆在心里想了一下，这是最近在媒体上炒得很火爆的一条消息。小帆原本还懒洋洋的神经细胞瞬间苏醒了一半，她近期正在为找不到热点新闻而头疼，上次尽管对李义陶坊的传承人李子迁做了采访，但是，凭着多年来做记者的直觉，这条花费了很多功夫的新闻还未交到主编手里，就被她自己否定了。第一，那条新闻被反复采用，陈词滥调，已经没有多少新闻价值可言；第二，她对李子迁本人产生怀疑，一个真正的传承人，居然对制陶一无所知，好吧，就算这是一个历史造成的意外，但李子迁说话句句空乏，没有意义。第三，小帆是一个不肯将就的人，《南方前沿》是省级的重点报刊，是全省人民关注的重要媒体，而她一直是报社的拔尖人物，如果一条新闻没有足够的吸引力，或许说没有经过一定考证的话，做了多年记者的小帆是不会为了应付工作而把这条新闻抛向公众群体的。

因此，小帆在采访结束回家后，花了一周的工夫来整理这个稿件，最终还是决定束之高阁。

"能具体说一下情况吗？"小帆在电话里说。那边的男中音停了一会儿，估计在思考如何回答，才说："如果之前的媒体爆料有许多疑点，你想不想找到问题的答案。"

"当然想。"这句话小帆是在心里说的,她的心里小小地兴奋了一下。如果真像他所说的这是一条爆料新闻,她的记者生活接下来一个月时间,都将为这条新闻准备足够的题材。于是,她的口气明显温和了很多:"可是,你至少应该让我知道你的名字,你是谁吧。"

"我是李义瓷坊的杨敬业,我们见过一次面,可能你已经不记得我了。"

小帆在心里大概过滤了一遍,是的,她想起来了,那天在李义瓷坊采访李子迁的时候,杨敬业曾经出现过,并且要了一张她的名片。她大概在回忆里搜索了一下杨敬业的样子,戴着黑边眼镜,四方形的脸,话不多,但是沉稳干练。小帆当然是认识杨敬业的,虽然之前没有打过交道,但是因为要做李义瓷坊的专题采访,小帆之前就把瓷坊的资料大致整理了一遍,又对周边知情的人进行了一些必要的采访,凭着一个记者对新闻资料的敏锐度和辨识度,她对李义瓷坊进行了综合的分析和了解,清楚李义瓷坊真正懂陶瓷技术的只有另外一个合伙人,那就是杨敬业。

"你不会是要给我提供一条爆炸新闻吧。"听他有些神秘的声音,为了缓和气氛,小帆半开玩笑地说。"有这个可能,也许我提供的新闻可以把整个媒体引爆。"杨敬业不无神秘地说。小帆就乐了,她说:"那天看见你,以为你是标准的知识分子,没想到你还很有幽默感。好吧,见个面,时间地点由你定。"小帆爽快地回答。

"下午请你吃饭吧,广场九号店,下午六点我等你。"杨敬业几乎没有考虑就脱口而出,实际上,这样的脱口而出,恰恰说明他在接通这个电话之前,已经做好了充分的思想准备。

到下午六点还有一段时间,对于记者来说,一个重要的采访往往需要一段很长时间的准备工作,这几个小时刚好是黄金时间。小帆边咬着面包边走进书房,将上次对李子迁的采访资料重新找出来看完一遍，实际上，这篇采访稿里还有很多问题，这也是她当初放弃的原因。

小帆是一个完全的职业女性，几乎没有私生活，她过惯了无拘无束的日子，尤其三年前离婚之后，更是毫无生活负担，专心工作几乎成了她目前生活最重要的一部分。她原来的丈夫是一名政府官员，出身高知家庭，高学历高文凭，蛮好的条件。小帆自己也说不清楚为什么要离婚，当初离婚是她提出来的，她不想生活被定格在某一个圈套之中，想要过的是一种没有约束自由自在的生活。而这位政府官员恰恰是那种被长期定格在体制下的人，他的生活每一步都有既成的规律，他习惯于墨守成规，习惯于按部就班，那是他长期的生活环境造就的。两个人背道而驰的性格，注定他们不会走得太长久，婚姻在维持两年之后就平静地结束了。

刚刚三十岁的小帆还处于青春年华，美丽漂亮，活泼开朗的黄金年华，加上记者这种具有挑战性的工作，可以让她有比平常人更多机会接触到不同层次，不同类型的人。这些人五花八门的性格，五味杂陈的人生，在她面前组成了一个全新的认知世界，让小帆对生活有全新的认识和体悟，也造就了她特立独行的性格。

二

10月16日，这是一个刚刚入秋的日子，温度有所降低，树木开始落叶了，天空如水洗般清澈明净。可以说这是一个平平常常的日子，可对于乔芬来说，这确实又是一个不同寻常的日子，就像所有人一样，大难来临的时候，是完全没有防备的，因此，她在后来的生命里始终牢记着这个日子，就和她的生日、母亲的祭日一样，被深深地存入到她的记忆库中。

这是公司新开发的一个地方，老式的办公楼，墙面的瓷砖已经有部分脱落，用小木板写上"瓷砖脱落，过往行人注意安全"的字样，总共有六层楼的房子，他们租用的是四楼，一间宽敞的毫无遮拦的屋子，原先是某单位的工会室，后来这个单位新建了办公楼，就把房子整栋的出租，他们又向别人租了过来。

摇摆机的生意在摇摇摆摆两年之后，已经开始明显下滑，还好，那天来的老人不算多，就二十多个。近段时间以来，老人们在接受他们洗脑的同时也在被儿女们洗脑，儿女们对年迈的父母反复劝慰：这些东西都是骗人的，身体不好就去医院，到正规的药店。而且，好多买过产品的老人也验证了他们的说法。因此，摇摆机的生意已经越来越萧条。

他们按照往日的程序开始进行工作，当慷慨激昂的动员工作顺利结束以后，他们决定进入第二道程序，把老人们赶上摇摆机，眼看就快大功告成，突然大门被"嘭"的一脚踹开，从门外闯进来一群穿着制服的工作人员。场面顿时一片混乱，老人们纷纷撤出了屋子，最终在公安工商等部门的清理下，乔芬和几个工作人员被全部留了下来。经过了两个多小时的盘查，那天被带走的有他们的总经理和几个管理职位的人员。幸运的是，之前乔芬一直遗憾自己没能干到管理职位，并且，为此懊恼抱怨了很长时间，真是塞翁失马，焉知非福，方才躲过这一劫。现在，最庆幸的事情是，好在自己只是个跟在别人屁股后面跑跑差事的小职员。

但是，她同样有连带责任，被罚了两万块钱，而这两年投入的资金，瞬间化为了乌有。到哪儿去找两万块钱来交罚款，两万块，虽然之前赚了不少，但多数用于支付平日的生活费里去了，乔芬本来就是个花钱大手大脚的人，手头没什么积蓄，对于一个下岗家庭来说无疑是个天文数字。苦苦拼搏了两年的工作，最后竟然以违法的传销活动而告终，真说不清楚这是个讽刺还是笑话，莫名其妙成了人民的罪人。乔芬悲痛欲绝，万念俱灰，她觉得自己像浮萍一样找不到依托的方向，只有回家向杨爱业诉苦，因为她觉得杨爱业是她的男人，挑起一个家庭的苦难是一个男人本应该承担的责任。

可是当乔芬眼泪汪汪地向杨爱业诉说了整个故事的经过，她边哭边说，鼻涕和眼泪拧在一起，卫生纸被揉坏了一张又一张，眼睛哭得像两个发红的血泡，她以为杨爱业或许能给她出个主意，至少可以安慰她几句，她心里也会好受些。可是当她说完这一切的时候，杨爱业只是以平静的口吻说："瞧瞧吧，我早说过，哪有那么好赚的钱，现在惹了大麻烦了吧。"

乔芬睁着一双水汪汪的泪眼，仔细从杨爱业的声音里分析着他说话的口气：是关心是支持，是幸灾乐祸，是麻木不仁，还是心有怜惜？算了吧，她从他冷漠的眼神里已经看出这一切都是徒劳无功。那一刻，乔芬从没有如此的万念俱灰过，她简直不敢相信杨爱业竟然用这样一种口吻来打发她，毕竟也是十年夫妻，难道连基本的情感安慰都没有吗？如果他们不遭遇下岗，有足够的生活能力，如果他们不需要养活孩子，没有任何的家庭负担，如果杨爱业有一个好的身体，可以出去工作赚钱，乔芬也希望能像其他女人一样过养尊处优的生活，她也希望像寻常家庭妇女一样洗碗做饭操持家务。而不是整天对着一群老人瞎唠叨，把一通背得滚瓜烂熟的话，每天像肥皂泡一样重复一遍又一遍，但是生活给她的只有残酷和认命。

眼泪还挂在眼角就凝固了，还有什么意思，好了，就算我乔芬什么都没有了，至少在你杨爱业面前还有自尊和气质。

乔芬停止了哭声，她抹干净脸上的眼泪，走出了家门，不知道该往哪个方向去，但是，她心里清楚，不管往哪个方向总比在家里强。

她在几年前就经常听报刊、电视上说到传销组织这个词语，但是怎么也没想到自己会进入到了这样的组织，而且莫名其妙，一干就是两年。

她清楚地记得刚刚下岗的时候，一个很久不联系的朋友突然联系上了她，他们曾经在一个车间，但是这个朋友几年前就辞职了，朋友问她现在过得怎么样，在哪里，话还没说完，这个朋友就匆匆把电话挂了。乔芬没有在意，她以为这个朋友只是偶然地想起她，没想到几天后这个朋友又打来电话聊天，问她工作的事情，那时候乔芬刚刚下岗，刚好有一肚子的苦水，遇到这个朋友仿佛遇见了知音，便什么都和她说了。

这个朋友说："要不你来和我们一起干吧，只是我们工作很辛苦，平时要加班才给加班工资，像过国庆节加三天班才给200块钱。"乔芬一听在心里想，哎呀，我的妈，加了三天班都给200块，还嫌少，真是身在福中不知福了。

又问："可是我什么都不懂，只是中学文凭，你们的工作我怎么做得了啊。"乔芬老实，一下子就把自己的老底给翻出来了。那朋友在电话那头哈哈笑着说："我们这工作简单，什么下岗大妈、小学没毕业的、扫马路的、搬石头的都会做，比你条件差很多的人都成功发财了，你比他们肯定是强多了。"

当时，乔芬以为自己真是遇见了恩人，没想到就在这一天，这位恩人也被公安机关带走了。唉，人间是非祸福，真是抵赖不了，乔芬现在算是真正领教了什么是吃哑巴亏。

天色已近黄昏，肚子饿得厉害，可一想到那两万块的罚款，乔芬连吃饭的信心都没有了，她想找个人诉苦，说说心里话。抬头看着街上川流而过的人潮，感觉到了一种前所未有的孤单，的确，世界那么大，却没有一个可以给你依靠的地方，没有一只耳朵愿意为你倾听，没有一只手可以握着。孤独感像块巨大的黑布蒙了上来。然后，她把手伸进口袋，指尖摸到了那张小纸条，她掏出来揣在掌心里，纸条的背面有一个清晰的电话号码。乔芬的心突突跳了起来，仿佛是天意让她在这个时候想起了他。

但是在拨打电话之前，乔芬还是犹豫了很长时间，她不能确定张路现在能不能原谅她，当初，她在他最困难的时候抛他而去，现在想起来依旧是不可原谅的，对于他来说有着太多的不公平。她知道张路现在已经有了自己的生活，她不应该去打扰他。再说自己闹出了那么大的笑话，张路又会不会看不起她，各种的矛盾让她纠结起来，拿不定主意。

直到夕阳落下了山顶，她才用颤抖的手拨通了那个号码，当电话接通，她只是对着电话喊了一声他的名字之后，就停在了那里，她不知道他能否辨认出她的声音，她想，如果他挂了电话，她也就认命了。但是，对方几乎是反射性的，就叫出了她的名字："乔芬，你怎么了？怎么不说话？"

那一刻，乔芬的眼眶一下子就湿润了，她用手紧紧握着电话，一直在哭，她蹲在马路边上。电话那头传来他焦急的声音："你别哭，到底出什么事儿了？你在什么地方？我马上就过来。"

"我在无名湖边，我们以前见面的那棵树下。"乔芬对着话筒轻声地说。

三

第九号店是一家中西结合的小餐馆，具有西部牛仔的装修风格，迎合了年轻人追逐时尚潮流的心理，也有中国的各种名小吃，如臭豆腐、炸洋芋之类，以照顾国人的口味。其中，也混搭鸡尾酒或红酒，简单而完美的中西合璧，这类小餐馆在中国比比皆是，那是中国小镇的特色。

老板是一名转业军人，40岁左右的年龄，因为出生在九月，在部队番号又以九为尾数，便认为九是一个吉利的数字，和长久、永久、恒久都可以关联，"久"是对人情世故的一种美好向往，也是一种美好祈愿。因此，他的小餐馆以第九号命名，算是寄托他的美好心愿。

杨敬业到了不久，小帆也来了，一身运动衣，平底布鞋，双肩包，朝气而洒脱。两个陌生的男女坐在一起，开始的时候难免会有稍微的紧张，尤其对于杨敬业，平时很少和女性打交道，有一种小男生似的紧张和单纯。

好在有共同的话题，很快拉近了距离，更何况小帆是个能说会道的女子，读中文时选修的是心理学，善于观察对方的心理。工作中又采访过各种各样的人，和各种各样的人打过交道。杨敬业也就是一个普通的小知识分子，虽话不多，但人谦虚随和，很快两个人就聊到了重点话题。

"好吧，你说吧，关于传承人的问题，你有什么新的发现吗？"小帆单刀直入，她希望杨敬业的出现，能给她带来些新鲜的话题，挽救她那篇已经准备放弃的稿件，这才是她今天来此的目的。杨敬业咽下嘴里的食物，喝了一口茶水才说："目前我还不敢确定，但是，如果李子迁手中的陶佩在民间，实际上不止一个的话，你觉得李子迁这个传承人的名号是否值得怀疑？"

"民间还有？"小帆的目光闪了一下，显然有些意外，说："但目前为止并没有发现还有啊，他们家的祖屋好像也在李义瓷坊的位置，这是更改不了的事实。"杨敬业沉思了一会儿，说："如果没有，我不会乱说，只是还没有完全的肯定，至少我是见过的。"

杨敬业的语气是肯定的，似乎还在思考，停了一会儿接着说："至于老屋的位置，那其实不能成为证明，那一整片土地都属于李义瓷坊当初的原址，谁也不敢说这么多年来发生了什么。历史很多时候会和我们开玩笑，也会制造很多意外和假象，用这些东西来草率地求证历史是不是有点荒诞？"

"这不奇怪，对于现在的社会来说，人们更需要的往往是故事，而不是历史。这听起来似乎有些荒诞，但也是事实，生活不能太寂寞了，需要一些意外和发现。人们在寻找历史，其实，也是为了寻找故事。"小帆似笑非笑的回答，更准确地说应该是一种提醒，她的话让杨敬业的心里"咯噔"了一下，好厉害好聪明的女子，真是一针见血。

没等杨敬业回答，小帆接着说："好吧，实际上就算是我同意你说的，但是，在没有证据的情况下，我们说什么都是空谈，我需要证据来推动事实的发展。"杨敬业笑了笑，嘴唇动了动又停止，挂在脸上的微笑有几分无奈，不得不承认，小帆说得有道理。

他的思维峰回路转，很快地在脑子里连接着，又说："如果这样的陶佩有两个，或许又可以说，如果它们本身并没有什么特别的价值，只是作为一种家传的物件保存给子孙，而并不是如李子迁所说的无价宝贝，那么之前的新闻岂不是成了一个笑话？"

"那是不用怀疑的。"小帆微笑着回答。杨敬业趁机直了直身子，目光中仿佛有一丝神秘，说："如果你能做出一个更为具体的报道，还原历史的真相，告诉人们真实的结果，你觉得这样的一篇新闻是不是更有价值？"

"那是当然，但是作为记者，我有我的职业操守，在这篇报道成形之前我会做全面的调查和了解。你知道，要推翻之前的所有报道是一件有趣的事，也是一件不容易的事，那否定的不仅仅是一篇报道，还会涉及一些部门和人员，所以，一定要有十足的把握，有可靠和可行的地方，否则我不会随意地去涉入。"她笑了笑，还没等杨敬业回答，若有所思地追加了一句，说："我不会引火烧身，因为我要保全自己，但是，如果是真实的话，我也绝对不会放过，因为我是记者。你听说过战地记者吗？他们和士兵一样地勇敢和无畏，其实，那是一个记者所应该具备的基本素质。"

小帆将一只手横放在桌面上，另外一只手托着下巴，似乎在思考。杨敬业冷笑了一声，说："我欣赏你的就是这个优点，我看出了你做报道时的认真和慎重，能够客观地看待事物，保持着清醒的头脑分辨是非，而不是随波逐流，人云亦云。因为信任你，所以今天才找了你，刚才听了你说的话，我更觉得自己的选择是正确的，你让我更加有了信心。"

"我希望你能给我提供更多更真实的线索，使这条新闻更加地翔实，坦白地说我很有兴趣，也会努力做好它的。"小帆脸上带着自信的笑容，微微翘起的嘴角也有一丝天真。她当然相信杨敬业，在心里快速地权衡了一下双方的立场。她太了解像杨敬业之类的小知识分子，他不会随便和人开玩笑，更不会把假话当成真话来说，因为，在她看来，所有的知识分子身上都有一个共同的特点，他们胆小怕事，不会轻易惹祸上身。虽然她不能确定杨敬业这么做图什么，对他有什么好处，但是，他一定带有某种目的，小帆也明白自己的身份，她只是一个记者，而不是被别人使用的枪手。

"好的，一言为定，我会向你证明的。"杨敬业端起酒杯，和小帆轻轻碰了一下杯子，两个玻璃杯的碰撞发出了清脆的声音，酒液随之在杯中晃了晃，仿佛宣告一个轻松的约定就此开始。

看看时间差不多了，虽然认识没多久，但因为聊了一个两人都感兴趣的话题，出门时便愉快了很多。一起走出小餐馆，夜幕刚刚降临，昏暗的灯光照着茫茫的长街，街道上有各种不成规矩的小摊小贩，夜晚的到来带来了更多的热闹。

小帆在街边吹了一个糖人抓在手里,说:"我等你消息。"杨敬业挥了挥手算是回答,小帆方才离去,杨敬业看着她瘦小的背影消失在街头,露出一个满意的笑容,方才转身往另外一个方向而去。

他没有急着回家,而是到湖边散步,垂柳依依,晚风吹来有些微凉,街上的灯光倒映在水面上,那是另外的一处与人无关的风景,天上人间,水中相遇。杨敬业一个人默默走着,在湖边看到两个小男孩正在玩耍,他停下脚步,饶有兴致地看着。其中一个小男孩踢了对方一脚,对方不想吃亏,抬起手在他的脑门上弹了一个响指,小男孩疼得咧嘴叫了一声,于是相互打闹起来,都不肯输给对方,看上去要翻脸了,说了几句之后又相互对视呵呵笑了起来。

于是,他们用眼睛瞪着对方,狠狠对骂了几句,最终搂着肩膀乐呵呵地离开了。杨敬业看着他们,仿佛看到了和李子迁的童年,单纯的童年生活有过太多美好的回忆,十年一梦,说的大概就是这样的光景。如今,不知不觉已经物是人非,人生有着太多的意外和遭逢。

若要再往前想,确实有太多的不可思议,他开始在脑子里梳理着整个事情的来龙去脉。楚河汉界,人生是一盘漫无章法的棋局,如果张路能成功拿到陶佩的话,他该如何跳出他的下一步棋子。

人生中有好多事情并非本意,就像驾驶一辆车子,尽管已经十分小心,轮子还是会信马由缰跑出路面,会发生碰撞,车祸或是死亡。他本不想和李子迁闹到这步田地,毕竟大家那么多年的兄弟感情,虽不是时时挂在嘴上,心里还是有所惦记,尤其又经历了创业的艰辛。其中的起起落落千番滋味,只有体验过的人才会明白。

但是,对于整个事情来说,杨敬业始终觉得自己心怀坦荡,问心无愧。李子迁对他的伤害在前,若他不仁,我便不义,这是人与人之间交往的基本规律。如果不是因为李子迁下了这步棋,他绝对不会将他的军，未来还有可能两败俱伤。可开弓没有回头箭，既然到了这步田地，只有撕破了脸皮，硬着头皮往下走。

他在心里小声说："兄弟，咱们只有走着瞧了。"

四

放下电话，张路站在窗口看了看外面的天空，又伸出头看了看楼下的妻子，他们的房子在一条老街上，老式的住宅楼，保留着传统的苏式建筑风格，楼梯间低矮潮湿，楼道内拥挤不堪。有人家支口锅，就有人家支个灶；有人放了一个扫帚，很快就有人挂上一个拖把；有人摆了个小板凳，有人干脆把家里的旧沙发端出来把路堵死。在这种破破烂烂拥挤不堪的生活里，是毫无人品素质和生活质量可言的。

张路的老婆没有工作，那时候他和乔芬分手后真是万念俱灰，贫困的家庭生活让他对未来不敢抱有任何的奢望，有人给他介绍对象，他和她草草见了一面，对她没有太深印象，之后，介绍人回话说她愿意。他当时吃了一惊，几乎是不假思索就答应了。

他们成家后，女人就在门口的街道上摆了个小摊。没有固定的生意，只是见机行事做些零碎的买卖，有时卖食品有时卖水果有时也卖蔬菜，微薄的利润勉勉强强讨着生活，她没有抱怨过生活，但是对张路却是极好，真心实意地待他。刚成家那段日子，两人租住的是小平房，夜里天气太冷，她把张路的双脚抱在自己的胸前捂着，一夜到天亮。

她虽然没有乔芬漂亮，但肤色细白，低眉顺眼，最大的好处便是善良，对一个女人来说，善良就是河蚌口里含着的那颗珍珠，她可以长得丑，可以穷，可以没有文化，但是一定要有善良。正是因为她的善良，嫁给张路之后，任劳任怨孝敬张路一双病重父母，直到披麻戴孝将他们送上山。她省吃俭用，抚育一对儿女，她的善良与当初乔芬绝情绝义相比真是天壤之别，也陪伴张路度过了一生中最贫寒的日子。张路对于这个女人心存感激，实际上，若是细算下来，人间普通百姓的婚姻也不过如此，爱是相濡以沫，是携手共进，哪来那么多风花雪月的浪漫和奢侈？

张路从她摊前走过的时候，和她打了声招呼。她问张路："已经下班了，你还要去哪儿？"张路说："厂里刚刚来电话，还有事情要处理，我去看一下就回来。"她说："天凉了，又那么晚，你带件外套，小心着凉。"张路看了看她，暗淡的灯光下，她的头发被风吹散了，胡乱地垂着，肤色蜡黄，掩藏了她的实际年龄。张路点了点头说："收摊吧，天晚了，街上已经没有人了，赶快回家吃饭。"她答应着，却自顾低头给孩子织一件毛衣。

他远远看见了乔芬坐在湖边的石头椅子上，他有那么一刻的犹豫，要不要走过去，也许前面是个泥塘，若是这一脚踩进去，今后想要再抽身出来可就难了。但是，他很快想到了杨敬业，他答应过要帮他的，他不能食言。杨敬业刚进厂的时候，曾经在工作上帮助过他，教给他很多拉坯技巧，把他这样一个普通工人当成了兄弟看待。而最令他感动的是那次他和乔芬做错事以后，他原本以为杨敬业会暴跳如雷，那毕竟是他的嫂子，而且，也知道他们哥俩的关系，又害怕这件事情会在厂内被传开，然而，杨敬业用沉默原谅了他。正是这样，他始终心怀愧疚，并且，选择和乔芬彻底分手。而当他失业的时候，杨敬业再次接纳了他，让他重新有机会走进工厂，发挥他的才能。

在贫穷家庭成长的他，体验过太多的孤苦和无依，当有个人愿意对他出手相助的时候，他会把这份恩情深深地刻在心里，想着找个机会报答。所以，当听说了这件事后，张路明白这件事情对杨敬业来说有多么重要，几乎是不假思索哪怕是赴汤蹈火，他也决定要前往。

他狐疑地凑近才看清乔芬的脸，暗夜里乔芬憔悴的样子映出一张老人般枯槁的脸，眼睛里射出坚硬的寒光，而两片干裂失血的嘴唇不停地翕动着。乔芬看见了他，脸上的泪水尚未干透，像挂在柳叶梢上的露珠，风一吹就滴落了下来。两人沿着湖边走，走走停停，走得很慢。乔芬边说边哭，有一肚子吐不尽的委屈，张路只是一直默默听着，其实对于此时的乔芬来说，任何语言的安慰都是苍白的，最好的陪伴，也就是倾听了。

乔芬把事情的来龙去脉说完，开始的时候，她只想说传销的事，无缘无故惹了那么大一个祸端。她不想说杨爱业，是因为不想在这个时候想起这个人。更何况，按常理来说，一个女人如果没有足够的勇气，是很难对另外一个男人，即使是她的旧情人，来诉说自己丈夫的种种问题的。

但是，当她讲完传销事件以后，经过了一大段时间的沉默，终于还是忍不住，把杨爱业的态度说了出来。"他即使不能帮我，好歹可以安慰我几句话吧，怎么还能落井下石地说些风凉话，多让人心寒。"之后种种委屈便如决堤的洪水奔流而下，生活里最糟糕的事情，莫过于这些乱七八糟的琐事，一旦说开了，只会像不小心洒落在地上的五谷杂粮一样泛滥成灾，一发不可收拾。

"可是这两万块钱怎么办，你想过没有？"张路问。

"我现在手头上还有一万块，明天就要交罚款了，我也不知道该怎么办。"乔芬无奈地说。

"那我去想想办法吧，你不要着急。"张路又说。

"不用，你陪我说话就可以了，再说我知道你也困难，不用你帮忙，不行的话我就去坐三年牢，或者五年、十年，坐一辈子，反正都无所谓了，早就豁出去了，这条命留着又有什么用？"乔芬的声音起起伏伏，寒风里有些悲壮。

"不，还年轻，咱们不说这些，不过是点小事情，坚持一下总会过去的。"张路的声音温和而有力，而且，关键的是他用了"咱们"这个词，让乔芬觉得这个世界上还有人和她站在一起。

天晚了，乔芬还没有吃晚饭，两个人走到街上，在马路边的一个夜市摊坐了下来，张路给乔芬点了一碗馄饨，天寒了，又点了两杯酒。喝了酒以后，乔芬苍白的脸色渐渐回暖了过来，偶尔在张路的话语里露出一个笑脸。

张路看着乔芬，看着她脸上毫不掩饰的憔悴，经过了那么多年，如今的乔芬已经不再是当年的乔芬了。当年的黑贴花乔芬曾经令厂里多少男人着迷，不得不承认岁月的残酷。如今，乔芬已经一脸暗黑，脸颊上长了些淡淡的黄褐斑。上了年纪的女人最经不起生活的拖累，一点小小的苦难往往就会让她们原形毕露，憔悴不堪，内心的苦楚就会毫无遮拦地挂在脸上。

边吃边喝，又聊了近些年的情况，依然不尽兴，便再要酒，酒能暖身，也会烧心，喝到后来就不再是酒了，是说不完的话，是脸上没有擦干净的泪水，是心中流不尽的苦。

街上冷清，不知不觉已经到了深夜，张路起身拖起乔芬，想要送她回家，乔芬先是沉默地往前走，高跟鞋落在柏油路上踏着固执而铿锵的脚步，然后又突然站住了。

"我不想回去。"她说。

说着便向相反的方向走，张路赶紧来拉她，她趴在他的胸口，用两只手紧紧抓住他的衣襟，眼神再次变得坚决，对着他反复说："打死我也不愿意再回那个家了，打死我也不愿意再回那个家了。"她说完，突然放开了张路，沿着街道一个人奔跑起来，差点和一辆过路的车撞在了一起，在司机的骂骂咧咧声中，张路吓坏了，赶紧去追她，扯住她的衣服，两个人在街上扭打了起来，像一对多年的夫妻。

乔芬坚持不肯回家，张路没有办法，不能不管她，把她扔在街上，只好在街边的小旅馆开了一间房。他把她按在床上，让她乖乖睡觉，黑夜会让人的情绪失控，等睡一觉醒来一切都会好的，又给她拉好被子，才转身走到门前，准备离开。

就在他一只脚即将踏出屋子的时候，乔芬突然从背后扑了上来，从背后紧紧抱住了他，她的声音仿佛从暗夜的深处传来，"你不要走，你陪陪我，就一个晚上，就一个晚上，好吗？"张路的心湿了，他转过身抱住了她，将她拥紧在自己怀里，她的手是冰凉的，脸也是冰凉的，张路亲吻着她的脸。多少年来，这张脸曾无数次在他的脑海里出现过，此时，梦境变成了现实，他把手伸到她的衣服下，感受着她身体深处传来的温暖。

那一夜，张路留了下来。

○ 第七章
余音惆怅

上篇

一

  墙头上不知什么时候挂了一壁的喇叭花，那花天生开得热闹，好像是一根藤蔓可以开出紫色、粉色、白色几种颜色的花，光是开花不说，单单那花苞也挂了一串串，一个个皱着眉气鼓鼓的样子，好像要与盛开的花朵平分秋色。而盛开的也是妩媚得很，端着一脸的花盘子对着天空，好像真能吹出那滴滴答答的声音。只是一日光景，老的谢去，花苞又打开了，重新挂一藤子的鲜花，一刻工夫也不闲着。

  不知不觉，荣儿已经长成了小小的秀气女子，薄薄的背，瘦削，像是刀功极好削出来的，一双大眼睛盯着那花看了半天，找来了一张白棉纸，把几朵花惟妙惟肖地印在了纸上，还不忘衬上几个绿色的叶片，说是要把它绣在枕套上。这姑娘，天生的秀眉顺气，或许是从小跟着陶碧学认字，性格上眉宇间更有陶碧年轻时候的样子。从内心来说，李义希望她成个才女，知书达理，可又担心女孩子家过于出了风头，岂不是成了树大招风，累坏自己，不如过点平常人家的安稳日子，所以，请了先生教她认字，教了一年便又退了。

但也看得出，荣儿是天生的女儿情致，喜欢花，喜欢针线，喜欢安静地做事，坐在那假山边可以看一天水中的莲花和鱼儿，喜欢织机和缎子，小小年纪，掌剪刀裁布的手势已经十分熟练。之前，陶碧教她认过《百家姓》，先生来了以后又教她认了《千字文》和《三字经》。荣儿喜欢认字儿，秀声秀气地跟着读，一个字一个字咬得准，那甜甜糯糯的声音，像含了一口蜜枣，逗人喜欢。现在有空也练练字，一点墨轻轻落在白棉纸上，优雅娴熟，自有清秀险峻的笔锋。

十里三乡的传得神乎其神，说李义瓷坊家的大小姐，不仅能识书断字，能织会绣，论貌美若天仙，一个个都想能够看上一眼。虽满了十六岁，很少出过绣阁，上门提亲的早已经踏破了门槛，来提亲的人家，在这一带可谓身世背景都有旁出的渊源，不是乡绅也是地主之后。可姑娘光只是看看，都不答应，又有陶碧这小娘撑着，说是一辈子嫁一回人，一定要嫁可心的，千万不能勉强，否则一辈子遭罪，李义听了，觉得陶碧说的有道理，又心疼怕女儿找不到好人家，渐渐就随了她去。

说来也怪，李义原本想娶了两个老婆，把"荣华富贵"四个字都排了名，慧莲生下荣儿和华儿后就走了，陶碧自上次生育之后，再没有带上孩子，请了乡上的郎中把了脉，只说是气血太虚，阴阳不平，又抓了些汤药调补身子，终没有好结果。倒是后来有一天，村里来了个算命先生，一手执黄旗，一手摇蒲扇，村里有人请他看过，说其胸有成竹，凡事娓娓道来，都能入理七分。李义听后便请来家中小坐，毕恭毕敬双手捧上凉茶，请他为自己算一卦。

算命先生抿了抿嘴唇，说："看李东家天庭饱满，印堂发红，双目炯炯，气质有度，此乃大富大贵之相，不知想求的是哪一签。"李义双手作揖，赶紧回答了自己的困惑，家里还缺两个孩子，何时才能了却心愿。算命先生轻轻捻动手指，仿佛细数，半日才回答："你已经家富殷实，却还贪心不足，把孩子的命排得太满，若天下荣华富贵均被你占尽，岂有此理，这是老天故意作难你了。"

李义听后，方才恍然大悟，赶紧问先生如何破解，先生捻了捻山羊须，似笑非笑，回答："天机岂能泄露，再说，你膝下已有一儿一女，拼起来已经是一龙一凤，此乃世间绝配，老天已经是成全你了。自古世间奖惩均摊，若给你奖还不知足，岂不是要惩方才尽兴。"李义听后自知理亏，赶紧跪下，回答先生："不敢不敢，有这对儿女，我李义已经知足了。"等算命的走后，李义方才起身，从此之后，再不敢提及此事。

又说华儿，之前慧莲在的时候都是精着养，性格难免乖张暴戾，慧莲走后，仿佛一下失去了依靠，变得沉默许多，话少，且不太与人亲近，似乎处处对人提防。之后，陶碧念其母亲死得早，也是十分怜惜，将其视为己出，当成了自己的儿子，小心照顾着。当初，李义特意请了教书先生，让两个孩子一起学习，龙儿已经开始学习"四书五经"、《道德经》了，可他连《千字文》还不能背下，那书本在他看来，真是比催眠汤还能见效，原本玩得生龙活虎的好好一个人，捧起书本就呵欠连天，昏沉欲睡的样子，就连李义都失去了兴致。

陶碧看他读书实在吃力，又是无奈又是怜惜，只说是"鸡吃五谷，人分九等"，老天如何选人，虽然不得而知，可确确实实有挑拣，有的人选去当官，有的人选去当差，有的人选去读书，有的人选去种田，各人有各人的造化，那都是老天安排好的，切不可过于勉强。李义听后，虽有几分恨铁不成钢，也只好作罢了。

再说制作陶器，左隶史自遭遇瘟疫一大难之后，心心念念想着要建观音庙，请人重新修建了庙宇，又足足用了九九八十一天的时间，经过几次拼合缝接，方才做成了观音像，那观音像做得形神兼备，高一丈八尺许，供奉堂中，不多几日，名声已经传遍十里八乡，过来祭祀拜佛的，烧香问路的，求子求福，求雨水调和，求六畜兴旺，求财运亨通。香火不断，红通通的大蜡烛在案上挤挤挨挨，香又挤在香炉里，烛油香灰堆积着，又有人求治病疗伤，来日姻缘。渐渐地，庙前又有了卖香纸烛火的，卖烧饼蒸糕的，卖酸梨泡菜的，热闹成了一小集市。而左隶史也因此名噪一时，声名远扬了。

一娘生九子，九子各不同。又说，龙儿和华儿可以说是左隶史和李义一起亲手带大的，算是同时同师同门同宗，可两人制作的陶器却有天壤之别。龙儿制作的陶器，全凭着他细腻的心思揣摸，功夫都下在了指尖上，那瓷活做出来都透着薄透着亮，完了，龙儿那巧妙的心思还要配上相应的诗书画，且常以"梅、兰、竹、菊"为装饰，清高淡雅，便自有其格局。而华儿所制作的陶器，却是厚实拙朴，看上去线条粗犷而野性，再细看时又有其坚硬的质地，细腻的品质，虽已成器，却暗含泥香，富于稚拙之美，懂行的人一看便知道，也是下了一番苦功夫的，惹人疼爱。

二

霜降之后，天气日渐转寒，晨起时，屋顶上起了一层白霜，草木落了叶，枝条格外的疏朗，展露出天宇苍穹，半山之上起了一层肃杀的寒气，瓦上，地上，石上，台阶上，结了层薄霜，日子真的冷了。

最近几天，李义突然发现小左到窑上的时间少了，和之前完全判若两人，开始的时候，李义以为可能入了冬，人变得倦怠，休息几天便会好转。回家时遇见香云，又询问，香云说："天天蜷在被窝里，怕是这次的风寒严重了。"就这样持续了几日，李义觉得不对，直奔小左屋子去看个究竟。

推开门，小左当真卧在床上，脸上发黄，虽刚年过半百，头发却已经杂白无数，混浊的眼睛里流出的泪水也是黏稠稠的，在眼角结成盐粒，似乎身体里的油都被那泪水流干了，人本来就瘦，这一病没几日就完全脱了人形，看见李义，竟不愿相认，一双枯槁的手伸过来，又停在了半空，像鹰爪子似的，举起又重重垂在床上。问得莫名其妙："你是谁？"

几日不见，竟连人都不认了，没想到就成了这个样子，李义一阵心疼，怕是被那恶病折磨得昏了头，赶紧回答："我是李义啊，你这是怎么了，难道连我都不认得了？"小左浑浑噩噩在脖子里呜咽了两声，又重复了两声"李义"的名字，似乎在努力思索，最终在粗重的喘息声中，从哽咽的喉咙里挤出几个粗粝的字："我的命啊。"说完，似乎已经疲倦至极，头往后一倒，又迷迷糊糊睡了过去。

看情况这样，李义知道不能耽搁，赶紧差人去请了郎中，又是把脉问药，第二日，龙儿反馈回来的消息却是汤药咽不下喉，刚喂下去几口，便全吐了出来，弄得床上衣服上遍地都是，连郎中也束手无策，说是只能再拖延一段时间，看有没有回转的希望。李义不甘心，到处托人寻医问药，换了几个郎中，均不见明显的效果，病情时起时落，偶尔能坐起喝一碗粥，有时又滴水不进地昏睡一两天，就有人说，没见过这样的病，怕是沾了不干净的东西。又到庙前请了黄道婆看，黄道婆捻着手指算了半天，才说：怕是屋子寒气太重，该请人闹闹花鼓，热闹一番，压压阴气才行。

一段时间以来，李义家里有名常客，经常上门，与李义交谈甚欢，半日聊天，临到饭点便起身告辞。一来二去，也不见外，主家虚留几句，送至门口，便分手离去，过几日又来，两人又可以聊到云里雾里。其实，此人便是村头磨豆腐家的王申海，他每日三更早起磨黄豆，热腾腾的白烟雾让整个小村沉浸在安宁的豆子飘香里，等天亮的时候已经点成豆花，挑在肩上沿着山路叫卖，吃过他豆腐的人都说他的豆腐清香无比，若是常年吃他做的豆腐，男人可以强身健骨，女人可以雪肌如透，十里之内无人可比，因此，他走过的路多，见识也多，和李义聊天，总能聊出些新鲜的玩意儿来。

王申海听说李义要请戏班冲喜气，顿时来了精神，说真是无巧不成书，近段时间，他担着豆腐走街串村，听闻了不少趣事。说是近日县里来了个花鼓戏班，说的话也不知道是什么地方的口音，虽然听不懂，却明明是好听得很，说话也跟唱歌一样，总是有那么几分婉转。走到哪都热闹成一片，戏班里有十几号人，个个能说会唱，都有一手好绝活儿，更为巧妙的是，县里一户人家小孩子不满月，日日夜哭，那花鼓班刚好从门前经过，唱了两天，本来说，不满月的孩子哪能听戏，可事情就怪了，自戏班来了以后，那孩子居然一觉睡到了大天亮。

看李义听得认真，王申海讲得更加离谱，说还有更为奇妙的是，这个戏班里有个十七八岁的男孩，有一桃形器物，像笙不是笙，像笛不是笛，吹奏起来，竟如流水迭起，水花翻卷，又如十里长风，白云滚动，就连周围的鸟儿都会聚来，形成百鸟同鸣的场景。

"真有这样的事？"李义一听，顿时兴奋起来，说，"那他们现在在什么地方？我一定要把他们请来在家里连唱三天，压压这间屋子的阴气。"王申海说："那可就不得而知了，他们十里三乡到处跑，我也就是遇见过两次，只是听说，都没能挤进去看他们的表演。"看李义一脸沮丧，王申海又赶紧说："你放心吧，反正他们就在这一带活动，暂时还走不远。我这几天出门就仔细打听着，若是有消息马上告诉你。"李义听他这么说，方才放下心来。真是功夫不负有心人，没过几日，还真在六里外的大梁村找到了这个戏班子。

于是，李义便亲自上门邀请，班主四五十岁的年纪，交谈几句之后，李义便听出那口音中有一种异常熟稔的东西，再细细一问，原来，一群人来自江西一带，论起地方竟和景德镇毗邻，难怪当地人听不懂他们的口音。李义出来了那么多年，虽然口音完全改变，随着年纪的增长，思乡之情却是越发地浓厚起来，想到今生都不能再回到生养他的故里，有几分伤感，偶然遇见那么一群乡亲，欣喜之余赶紧邀到了家中，当成了自己远乡的亲戚，自是好酒好茶款待着。

三

又说荣儿，实际上，世间还有哪个少女不怀春，过了十六岁，也想着找个称心实意的郎君，每次有人来提亲，她也曾偷偷躲在阁楼上看一眼。那些官宦人家的公子少爷，若不是过于轻浮虚飘，便是缺少些胆色，似乎都不是心里想找的那个人。

自小，聪慧的荣儿便看在眼里，母亲慧莲虽嫁给了父亲李义，却很少得到父亲的疼爱，虽母亲的死与这段情感没有多少关系，但在荣儿看来，她做了一回女人，实在是孤独可怜的。再说父亲和陶碧，那才是真正的让人羡慕的人间美眷，两人举案齐眉，说话做事都是心领神会，彼此恩爱珍惜，荣儿羡慕这样的姻缘，也想要这样的姻缘。无奈小小的阁楼，竟如牢笼，锁住了少女一颗但见人海两茫茫的心。

几日前方才听父亲说，要请戏班子来家唱戏三日，冲冲家里的阴气，荣儿没怎么往心里去，已经习惯了这种清愁暗锁的日子。日头刚往西移，天边挂着绚烂的火烧云，已经听到院子里人声喊喳，荣儿正忙，一件件翻看自己做的花样，将它们描在一白绫子布上，想做枕套，又将几式图案全拼在一幅上：一条龙斜贯左右上下角，凤从龙身上盘缠过去，空隙中是云雾和大小花朵，四边一周鱼咬尾。等拼全，描好，天已近黄昏，冬日的阳光浅而薄，像一面反光的镜子，将池子里的苍苔浓重的墨绿色映在了窗棂上，那一丝丝入凉的夜色，便在这一抹投影上变得浓稠起来。荣儿感觉自己的身前身后尽是彩线纠缠，细细密密，层层叠叠，丝丝缕缕，婆婆娑娑，尽是这样的交织着，让她寻不到方向。

那种待字闺中的岁月真是好比细碎穿起的珠帘，揭开一层，又有一层；揭开一层，又有一层，丁零作响，就是看不到头，仿佛是镜中月，水中花，眼前一阵缭乱，心怎么也静不下来。甚是无聊，痴站了一会儿，觉得眼睛有些困意，便探出头到纱窗外去看。却见院中站着一少年，不禁一怔，那清郎爽气的眉宇，炯炯的目光，直直的修长的背脊不正是她日思夜想的吗？正想要再看仔细了，他也刚好抬头，四目撞在一起，都躲闪不及。荣儿赶紧收回头，只听见心一阵"怦怦"乱跳，像不小心弄翻了一壶清茶，茶叶子挂在心口上，烫得措手不及，却又有一股回味中的清凉漫上心头。

若是可心的人，但凡在人海间遇见，只需看一眼就足够，便能于千万人中一眼辨别出来。仿佛前世有约，今生见面时只需轻轻说一句："哦，你原来在这里。"便已经是心慧神通。这一天，仅仅只是匆匆一眼，荣儿的心已如缠乱了的彩线，找不到线结了。

戏班的表演在锣鼓声中而起，街坊四邻全挤进了瓷坊的大院，李义特意搭了个木台子，头排的桌子上都备了瓜子、热茶、酥饼，一式地排开，坐的都是主家和村里有名望的人，荣儿平日里不上桌，姑娘上了十二岁都得避着人，只是此时进入清初，思想传统渐渐放开，不再那么严肃了。荣儿这次非闹着要下来凑个热闹，李义没法，想必是这几日在屋里闷极了，出来透透气也好，便不再干涉，由着她去。

欢快热闹的锣鼓声，清静悠扬的丝竹声，铿锵有力的打斗声，缠绵婉转的弹唱声，仿佛一阵一阵的山风，从山的这头飘过来，卷起了万丛竹海，形成强大的乐章，又在一阵依依不舍的喧闹声中悄然隐退。就在这时，台上突然安静下来，这种短暂的安静形成一个巨大的神秘空间，随着这种安静的扩大，一阵悠扬的似笛而非笛的声音仿佛自地心深处而出，那声音水汪汪的、亮晶晶的、湿漉漉的，又是活泼泼的，随着山风流动，随着泉水漂移，清洗着在场每一个人的毛孔，也灌溉着每一个人的耳朵，让所人的屏气凝神，目光紧紧停留在台子中间。

一个年轻而俊美的少年缓缓步到了台子中间，再次见到，陶碧的心徒然一颤，目光紧紧追随，半步也移动不了了。月亮移了，那少年的脸清晰起来，亦是一张杂役的脸，瘦、长、疏眉淡目，一旦声出，略有颦蹙，偶尔转眸，却见一瞥清光，是个亮眼的人。又见他手中执的不知是什么器物，比成人的拳头稍大一圈，中间是圆形，上下呈锥形，虽是泥黑色，却晶莹剔透，暗反铜光，上有七个小孔，大小依次排列，唇贴近小孔，随着气息的流动那音域便高低错落有致地变幻，仿佛那吹入小孔中的不是气息，而是点点珠泉音律，令人痴然飘然。

月亮移到更西，吹曲人的脸复又退进暗处，余下轮廓，那身形像是削石而成，几可见刀痕，岿然不动，却可迸发金石之声。旋律仿佛骤停，又一回止住，停顿一口气息的工夫，旋律转而激荡起来，仿佛打铁人的小锤领大锤，又如粒粒滚珠滴落，切切一阵，渐弱，渐疏，渐消，渐去。

有人回头，看见院外的榆树上，当真不知什么时候停了上百只鸟，发出清脆的鸣音。院子里的人躁动起来，起身的起身，说话的说话，都说过瘾，又说意气未尽，只有一个人不动弹，任众人从身前身后川流而过。陶碧见状，走了过来，拽了拽她的衣角，催她："曲都散了，该回屋了。"

她还不肯走，一双明眸举头对月，好半天才缓缓舒了口气，只说：

"曲终便该人散了吗？这世间的缘分怎就如此的浅呢？"陶碧不解，却见那目光深处流出的一缕清寒，冷冷的，仿若夜间的霜提前落了进去，又说："小心着凉了。"说着，解下了身上的坎肩，围在她的身上，又上前去拉她，荣儿方才亦步亦趋不情愿地跟着回了屋子。

四

然而，方子用了一张又一张，该使的招数都已使尽。左隶史的病丝毫没有好转的迹象，远远近近的郎中都请来把了脉，有的说是染了伤寒，又有的说是热毒所侵，外寒内热所致，总之，各执一说。又请了县城一名医，看得极为仔细，先是把脉，又问饮食、睡眠、过去的病史，又看舌苔、面色，说暂时停止用药，先少食静养，七日后用参汤调补，若是此方还不见效的话，就只能等待置办后事了。

按此方子养了一段时间，左隶史瘦得真就一片薄泥了，终日躺在床上没有一丝动静，时睡时醒，醒时两只眼睛睁得大大的，空茫茫的眼神，不晓得望着什么地方。香云只能日夜守在床前照顾，夜里，给他喂了药，喝过了，歪下头，在香云的臂上停了停，寒凉的目光寻了上来，停在香云脸上，好一会儿，喉中轻轻叹了一声，脸向里侧，偎在她的怀里，方才睡去。她的手一颤，心里杂陈的五味涌了上来，像抱着的是他的婴儿时候，轻薄得没有任何重量可言。

她想，若是时间还可以重来，若他不是因为十二岁时遭了那场劫难，她何尝不想好好疼他待他。于是，抓起他的一只手捂在了胸口，她一身的火力还怕暖不过来，多少时间过去了，他的手还没有暖热，倒是把她的心给捂凉了。香云将脸转向窗外，正是寒梅盛开的时节，一束梅香，轻手轻脚游进了屋子。那薄片似的一缕香气，透着软。那寒，也透着软。

　　戏班到了第三天，便是最后一场了，三日连台，窑上窑下都是一场接一场的喜气洋洋，有的窑工已经会跟着哼几段小曲，虽不全对，却有几分神似。女人们做饭洗衣时也会不自禁地哼几句戏词，那词不是很会意，憋在牙缝里，吐石榴籽似的回出来，比较随意轻快。而至于那少年手上的究竟何物，有的说是笙，有的说是笛，有的说是铜，有的说是陶，寻人去问了，竟没有准确的回答，便又胡乱地猜测，因不知而更显神秘。

　　本来打算去窑上，小左病倒，家里的开销也大，李义就得一个人事无巨细地查办，华儿和龙儿各分管两个窑，一日不停工地忙活儿。

　　这一日，李义刚出后院，便见路上立着两个人，再上前，看清楚了竟是荣儿和那少年，两人低眉顺气地说着话，倒没注意有人靠近，等李义走近了方才发觉，荣儿吓得双肩颤了一颤，倒是那少年，毕竟是走过江湖的人，一脸平静。

　　李义便问："荣儿今天怎么有那么好的兴致，跑到路边说话来了。"再细看荣儿，才发现竟然好长时间没看到她那么爽朗的笑了，生性里的一股天真，全都写在脸上，黑色的眸子就像湖水，澄澈宁静，映出自己的睫毛，密丛的睫毛如水底漂浮的草，又映着一个人的影子，恍恍惚惚。荣儿听出父亲话中带话，又是一怔，赶紧解释："他们马上要走了，也就是来送一送。"李义说："说几句就行，还是早点回去。"看荣儿点了头，李义才放了心。

　　姑娘大了，有自己的心思。响鼓无须重敲，知道不便再说，李义抬脚准备离开，却见荣儿手上拿着一个东西，一看就知道是那少年表演时候用的物器，便又停下来，接在手心里，仔细看了看。原来那东西还真是黑陶，只是打磨得比较细腻，加之岁月长久的磨砺，竟析出了一层仿若青铜般的光泽。李义知道,这种黑陶,烧造的时候要把窑口封死,还要不断地用烟熏,烧造工艺复杂,温度也很难掌握,因此,好多地方已经失传。

　　李义将它对着阳光照了照,又朝上面哈了一口气,用袖口擦了擦,潮气快速退去,瓷感仿佛被水泡过般清冽、透亮。又往地上捡起一根小竹棍,用竹棍往那陶上轻轻敲了几下,那声音清脆悦耳,不像一般陶瓷发出的声音沉闷、短促。又看了好一会儿,发现黑陶的表面,在上端有五个气流孔,下端有两个对流孔,声音在中空形成回流,难怪气息流入后,能形成那么悦耳的声音。

　　看清楚之后,李义才把那器物递还给少年,又问他:"这东西是从什么地方得来的?"少年答:"是祖传的家宝。"又问:"你祖上做的是什么?"又答:"听曾祖父说过,烧过陶,也卖过艺,不知真假。"

　　听他说完,李义往窑上走去,他的脚步变得沉重起来,少年的话总在耳边萦绕着,他仿佛看见老一代的制陶人,从窑洞里取出这枚小小陶笛时的快乐,当他将它移到唇边,在气息的流动中发出第一段音乐时的惊喜。他仿佛看到在曾祖父、祖父、父亲、儿子、孙子、曾孙所组成的岁月长河中,一代又一代人承载着不同的命运,用生命的呵护创造着不同的神话,而一只小小的用泥炼制的陶笛,在几经波折和磨难后,印着先辈的智慧和岁月的印证,被远远的流传下来,在后人的手上被爱惜着,珍藏着,也流转着。

　　那一整天,李义都神思恍惚,心里总有什么放不下,一会儿想起那少年,一会儿又想起那只陶笛,总觉得有什么地方不对,最后,各种奇怪的想法定格在了荣儿那晴天般明媚的脸上。李义心里"咯噔"一声响,好端端的后背出了一身汗,回家后,便对陶碧说了,让她把荣儿看紧些,戏班明日清晨就要离开,万万不可出任何差错。

　　陶碧不敢大意,虽表面上不动声色,却在暗地里好好观察着,倒也没看出有什么反常，戏班走的那天早上，她也就是在窗前掀开帘子，倚着窗框看了看。戏班走后，变得异常地安静，之后一整天时间，就在楼上习字，不知写的是什么，写了一页，揉碎了，扔进炭盆子里，又写一页，又揉碎，又扔进了炭盆子。一间屋子起了浓烟，她被呛得咳个不停，眼睛熏得又红又肿，一直咳得双腮双颊都是泪迹也不停止。

十天之后，荣儿突然消失，李义派人找遍了周围十里八村，都没有她的消息，像是突然人间蒸发一样。寻来寻去，王申海终于打听到了戏班在关阳洞一带活动的消息，李义闻声寻去，好不容易寻见了那班主，说："正想寻过来呢，那吹笛的少年已经失踪了半个月，正想过来打探有没有什么消息。"李义一听，只觉两眼一黑，双腿发软，若不是旁边的人搀扶着，只怕是一下子昏了过去。又问："有没有我家闺女的消息？"班主说："倒是听看见的人说见过他们俩在一起，只是不知可不可信。"

虽然不是骨血相连，可荣儿自小是陶碧带大，平日里都是娇惯着养，虽谈不上锦衣玉食，但也没让饿着累着，此时不知在何等地方，有没有挨饿受冻也不得而知，再说，荣儿又是个干干净净的孩子，心无芥蒂，对人向来没有防备，一旦钻了进去，便拖不回来。陶碧知道她的性情，急得落下泪来，又想起当初自己年轻的时候，也是如此这般的任性，好在李义对自己不薄，只但愿那少年也能好生地待荣儿。

白日里杂事打扰，宅院里多少有些动静，怕的是一入夜，各回各的房，闭门掩窗，偌大的院子就止了声息，寂静里便会生出更大的空洞来。自荣儿一走，陶碧日日在家等消息，日子每过一日，好像那希望就更加地渺茫了些，消息就越来越少，像沉入了水底的石子般没了动静。甚至后悔当初应该多给她备些银两，这样出去几日至少不至于挨饿，真是千般念头都有。李义便在家中发话，以后再不许提荣儿的事，权当没生养过这个女儿。话虽这么说，陶碧知道，实际上最心疼的还是他，没过几日，已经花白了头发，一脸的憔悴，像是一夜之间老去了十岁。

而就在这当口，左隶史的病情似乎也正在恶化，状况一日不及一日，李义意识到必须尽快置办棺木，便央人四处打探，均不太满意，做棺材料通常用楠木，但楠木与楠木不同，分滇楠、紫楠、山楠、金丝楠、滇桢楠，凡此种种，不一而足。李义寻来想去，突然想了起来，说：那年，他和左隶史一路奔逃，在山谷中洗澡时，见那背荫的峡谷里，便有一棵巨大的金丝楠木，估计有上百年的历史，仿佛是他和小左第一次的见证，是一种记忆，现在，若是寻它来做棺材，岂不是最好的圆满。但那棵树具体位置已经记得不是很清楚，便按记忆画了草图，赶紧让人去寻。

过了半月，原本觉得希望渺茫，没想到还真的给找到了。又派了几个人去，将树锯倒，全是整木，削去枝丫根须，上下一般粗细，均是一人之半合，那木材色如檀木，质如青铜，纹理细密如皮，又请人做了棺木，运回家中，算是了却了李义的一桩心事。

这天，左隶史突然坐了起来，说是想喝小米粥，香云以为病情好转，赶紧去泡米熬粥，左隶史又说想见李义，正说着，李义刚好进门来，坐在他的床边，他示意让李义关上门。用枯瘦的手指了指那根大梁，李义明白他的意思，将那木匣子取了下来，由于多年未曾动过，木匣子上积了一层厚实的灰，又抄起旁边的软扫帚，挡去上面的灰尘，一瞬间，屋子里便灰尘弥漫，他却不管不顾，将那木匣子搂在胸前，仿佛抱住了他的来生，将其轻轻开启，一层层解开红布，那陶瓷做的物件便露了出来。

他似乎很是满意，眯着眼睛看了好一会儿，又用枯瘦得毫无血色的手一遍遍抚摸，李义不忍再看，恍惚间想起一起行走深山的日子，如今，已被时间的流水洗淡洗平，却依旧暖着心头。偷偷擦去眼角的泪水，左隶史费力地喘着气，在李义的帮助下，把那匣子重新装好，对李义说："你先替我保管，我的日子不多了，等下葬的时候，你记得一定要把它给我带上，下辈子让我做个完整的人。"李义点了点头，眼角里噙着泪水，他预感到这应该就是常人所说的回光返照，左隶史的日子不多了。

这时候，香云熬来了小米粥，左隶史将头搭在李义的肩臂上，由香云一口一口喂到了他的嘴里，破天荒吃了一个小碗，他擦了擦嘴，十分用力地挤出了一个笑容，对香云说："这辈子对不住你了。"又让唤来龙儿，让龙儿跪在李义面前，对龙儿说："我死了以后，他便是你的父亲，陶碧便是你的母亲，大小事情均由他们为你做主，你今生必须孝他们，敬他们。"龙儿听话地点头，左隶史又要他向李义跪下，叩了三个响头。

香云只能背过身去偷偷抹泪，做完这一切后，他似乎很累了，便靠在李义的怀里，头微微侧向里，像个熟睡中的孩子。李义想，等他入睡后再将他放回床上，过了一会儿轻轻唤他，发现已经停止了呼吸。

第二年开春后，陶碧在夜里梦见一双春燕，飞至堂屋正中，稍作停留，又绕着大梁飞了三圈，边飞边"叽叽喳喳"地唱了一阵子，方才飞出屋子，向着蓝天白云飞去。虽是梦境，醒来后依旧清晰可辨，余音在耳，陶碧觉得那多半是吉兆，是两个孩子牵挂家里回来报了平安。

/下篇/

一

江西景德镇,对于云南人来说,那是一个遥远而陌生的城市,而对于制陶人来说,那是他们人间的天堂。在这个以陶器组成的五彩斑斓的世界里,这个地方以前所未有的魅力向来人呈现天下无奇不有的陶瓷景观,各类能工巧匠惊现江湖,大展才艺。他们在这个陶瓷的国度里天马行空,驰骋纵横,交流探讨,切磋技艺,那是一个用陶瓷构筑成的梦幻国度,是一个只以陶瓷为话题的物理空间。

杨敬业这次不远千里的江西之行,只为奔着他的终极目标"凤凰"产品而去,他到来的消息在同学群里掀起了一次不小的风浪,毕业多年不见,自然是要好好聚一下。几个老同学读书时成绩就不错,经过这些年的积累和打拼,在陶瓷界已经混得小有名气,听见杨敬业到来的消息,立刻召集了班上的同学,为他组织了一次接风酒。

聊过了这些年的工作生活,各人都有一番不小的感慨,流年似水,生活便是大浪淘沙,每个同学的不同经历就像陶瓷的"凝土成器"过程,在这个过程里面。有的一朝烟火,泥巴已经不是泥巴了。还有当初的精品之作，如今被岁月洗礼成了日常器皿。同学们一个个进入社会，如一团陶泥进入火窑之后的七日高温烧烤，最终定下了形。有的成了工艺品，有的是文化器物，有的则成为收藏品，还有的最终碌碌无为，一败涂地。制陶过程，有的人陷在泥巴里，有的人则经历了凤凰涅槃的过程，有的人渐渐消失于人间烟火，有的人已经改头换面，弃业从商。在言谈和交流中，同时，杨敬业也感受到了云南的陶瓷文化早已经不远千里在江西传开，并且得到了共识和认可，令杨敬业既是惊喜又是欣慰。

趁着大家喝得高兴，杨敬业开始进入他的此行主题，向同学们打听关于"凤凰"产品的制作。有同学回答他说，"凤凰"产品不仅和陶泥有关，同时还和当地的气候环境，温度湿度，以及制作流程，操作技巧有关，所以，谁也没有把握。若是想了解，一定要亲自去厂里看整个制作流程，在实践中进一步摸索，总结经验才行，等明天我们先去参观成品吧。杨敬业听后，心里更是蠢蠢欲动，巴不得即刻就可以看到"凤凰"产品，人便有些轻飘飘的，甚至说话时有些心不在焉。

吃过饭后，在同学的组织下，又去参观了一个陶瓷博物馆，那是一个建设于公园之中的古堡型建筑，远远看去外部结构就像一个巨大的青花瓷瓶，亭亭玉立于绿树花丛间。他们随着人流走了进去，在这个空间里，天下陶瓷无所不有。文物藏品自新石器时代陶器和汉唐以来各个不同历史时期的陶瓷名品，令人眼花缭乱，目不暇接，其中，仅国家珍贵文物就有上百余件，含括了中国千年制瓷历史长河中的各种代表作品。

一件件陶瓷制品令杨敬业兴奋不已，几个人随着人群的移动往前走，不知不觉进入了一个小型的展厅，听说这是关于陶瓷文化的艺术展演。有水袖轻舒的美女手持陶瓷音乐风铃的舞蹈，有德化的瓷箫独奏，有埙、竽民间乐器表演，而其中，陶笛最为多见，有四孔、六孔、十二孔合演，场面尤其壮观。

　　这时候。所有的灯光渐渐熄灭，原先热闹的场面突然暗了下来，稍停片刻，舞台中间的绿色射灯再次亮起，形成一条轻盈的光柱打到台子中间，周围有一些小的灯如星光般浮了起来，在舞台中间跳跃闪烁，仿佛给舞台披上了一层碎银子织成的薄纱。

　　场面仿佛间变得凝重，而那音乐却如天使伸出的翅膀般在舞台中间轻盈起来，渐次穿越了历史的时空。这时候，一个十八九岁的女孩走到舞台中间，她穿着雪白的纱裙，头发高高往上束起，梳成了一个比较时尚的丸子头。手里拿着一个黑色的有拳头大小的黑色器物，远远看去，上下两端呈锥形，中间为圆形，那黑色的器物在灯光的照射下发出金属般透亮的光泽。

　　女孩先向观众行了礼，才将这个器物举起，对准唇边，随着气流的起落，一段优美而彻入心扉的音乐在天地间响起。那声音仿佛来自天籁，时而如泉水自山间汩汩流淌，时而如微风拂过山林，时而如一个人的长袖飘飘。时而如雏燕的轻声呢喃。整个展区瞬间进入了一个幽深的峡谷，万籁俱寂，天地从容，只有这声音形成巨大的音柱，在天地间汹涌翻滚。

　　在这段绝妙的旋律里，杨敬业开始的时候被深深震撼了，随着音乐的此起彼落，他的心突然被什么东西碰了一下。这种似曾相识的声音令他想起了什么，他的每一个毛细血管被绷得紧紧的，在自己的记忆库存里疯狂的奔跑和寻找。

　　这似曾相识的声音究竟在哪听过，他快速地回忆着。对，陶佩，是陶佩的声音。他曾经将李子迁的陶佩对准了口唇边，陶佩发出的声音和这个声音相同，虽然有些细微的区别，但是，发声是相同的。原来陶佩在这个世界上还有另外一种存在方式，这样的发现令杨敬业吃了一惊。

演出结束后，杨敬业赶紧到了后台，等待着这个女孩。过了十多分钟后女孩才出现，手里握着一个做工精致的木盒子，估计便是用来装陶器的。杨敬业赶紧迎了上去，把女孩吓了一跳，杨敬业这才发现自己失态，笑着向女孩问好，并说明了自己的来意。

女孩有所防备，赶紧把木盒子挂在腰上，杨敬业又向她打听这个陶器的来历。女孩说这东西是祖上留下的，据说已经有几百年的历史了，他们祖辈代代口舌相传，算是祖传的一门手艺，以此陶器为生，养活了一代又一代的人。她自己也说不清楚，她究竟是第几代传人，反正这东西就像她的生命一样，无论走到哪儿都要带上。

杨敬业又请求女孩把陶器给她看一看，女孩不同意，他又问这东西叫什么，看上去像陶笛，可又不是。女孩说，听父母说，祖辈们都把这东西叫做"荣"，至于为什么这么叫，她也说不清楚，只管随着叫而已。

"哦。"杨敬业答应着，目光始终不肯离开木箱，看女孩有想要离开的意思，赶紧说，"你在这边陶瓷见得多，除此而外，你见过世间还有其他的像这样的陶器没有。"女孩想了想回答："说实话，还真没见过，再说了，要是有的话，谁还会出那么高的价钱请我来这种地方演出，正是因为它稀罕所以才宝贝嘛。"说着呵呵笑了起来。杨敬业便说："可是我见过。""不会吧。"女孩不敢相信，瞪大了眼睛，看女孩来了兴趣，杨敬业便接着说："我是专从云南赶过来的，偶然看见你的这个陶器，其实，不瞒你说，我家里还真有一个，虽然制作上不同，但是有很多相似的地方，尤其都是五孔，也是从祖上传下来的，只是我们家没人会吹这个东西，估计是失传了，真是遗憾。"

"你说的是真的吗？"女孩瞪大了眼睛，那我倒是一定要看一看。两人聊了一会儿，看得出杨敬业不是坏人，女孩放松了警惕，把木盒子打开，把那个叫"荣"的东西递给杨敬业看。杨敬业把这个陶器拿在手里，仔细地看了一会儿，确实他的设计理念和陶佩有许多相通的地方，凭着直觉，能感觉到它们之间有着某种暗处的关联，杨敬业心里很是亢奋了一阵。

"我本来计划下个月到云南旅行的，如果没有变化的话，到云南后和你联系，确实很想看一看你的陶佩。"女孩爽朗地说。

"那就太好了，你来了以后联系我。"杨敬业迫不及待地回答着，把女孩的"荣"还给了她，两人又聊了一会儿。彼此留下了联系方式和地址，杨敬业才依依不舍地离去。

二

进入冬季，天气渐渐转寒，路边的梧桐树开始落叶了，硕大的叶片在风中翩翩起舞，被风托起的轻盈身体仿佛被人追逐，又仿佛是随风流浪，繁华的街道多了一分萧条之感。

乔芬一个人急急忙忙往家走，似乎换了一个人，昨天的眼泪换成今天的笑容，昨天的失魂落魄换成了今天的淡定从容，昨天的悲伤换成了今天的幸福。甚至在她憔悴的脸上隐隐有了一种羞涩的甜蜜和幸福，多么让人疑惑，是什么让一个女人一夜之间脱胎换骨，焕发出了神采。对，连三岁小孩从她身边走过都可以看得出来，她那甜蜜的眼神，弯弯上扬的唇角，花瓣般盛开的脸庞，分明就是爱情的滋养。

罚款已经交了，这让乔芬大大地舒了一口气，太阳刚刚过了山顶，张路就把一万块钱送到了她面前，她把那钱接在手里，感觉到了沉甸甸的分量，那哪是钱，那分明就是张路沉甸甸的情义。她知道张路的生活也不容易，因此，这份情意更显得弥足珍贵，此时，最让她高兴的不是交完罚款，躲过一劫，而是重新体验到了一个男人的依靠。

她边走边想，同是男人，但男人和男人之间竟然有天壤之别，当然，她现在情感的天平肯定是要偏向张路，但是杨爱业也是当初自己的选择。有人说，得不到的都是最好的。婚姻也是同样，因为当初的失去，生活中似乎总多了那么一点遗憾，现在挽回便成了格外的珍惜，即使杨爱业的一千个好，也抵不过当初旧情人的一句话。

虽然赌气的时候说过，再也不回那个家了，但是，当乔芬走到大路上的时候，看看这大千世界，满街满眼都是房屋，高高矗立的楼房，低矮的平房，千家万户的居所，也是千人万人的归宿，而属于她的家只有一个。昨夜和张路一夜激情，摸、爬、滚、打，使出了所有招数，憋了半生的爱自胸腔自汗液自每一个毛孔和细胞倾泻，她恍惚才明白，原来做爱只是一种表象，更需要释放的是内心那些无处安放的躁动和不安，是对于情感的渴望和虚空的补偿。

直到办完了一切罚款手续，过了十字路口，才感觉到精疲力尽，当滚烫的阳光直直照射她的额头，她才意识到了自己一夜没回家，还有一个丈夫叫杨爱业，不知道他会怎么样。

想到这里的时候，她加快了步子，打开门，奇怪的是杨爱业根本没在家。乔芬好奇地从一个屋子走到另一个屋子，明明知道杨爱业不在，还是把所有屋子找了一遍，这才倒了一杯水，窝进了沙发。

休息了半个小时左右，杨爱业才从外面回来，走得气喘吁吁，看得出也是很累了，额头上挂着汗水，一定是走了很远的路。看见乔芬，生气地说："你一整个晚上跑哪去了，我从城南走到城北，又从城东走到城西找了一夜，至少应该跟家里说一声吧，还以为你跳湖了。"

明知道他生气自己也理亏，却偏偏还要气他，说："别指望我跳湖可以让你一了百了，我就是死也不会给你好日子过。"杨爱业不和她争，换了鞋子，倒了一杯水，几口喝下肚里。看见她平安无事回来，松了一口气，接着说："罚款的钱都给你找好了。"说着用下巴指了指柜子，气冲冲转身进了卧室。

乔芬才看到柜子上有一个布包，钱应该就装在里面，也不知道杨爱业是从什么地方弄到的钱，想问他，看了看那扇门，在心里想，还偏就不理你。那一刻，心里一热，想起和张路昨夜的风花雪月，就有一种负罪感。毕竟夫妻十年，虽有摩擦虽有痛恨虽有埋怨，可也有关心有照顾有体恤，夫妻情分原不过如此，那点感情便是在这种磕磕碰碰，跌跌撞撞中被焐热的。

她休息了一会儿，想着还是该把钱赶紧还给张路，估计他手头也紧，坐了没几分钟又站起来，干脆把这钱抱在怀里，匆匆走出门去，拨张路的电话，拨了两次才接通，那边张路的声音昏昏沉沉的，似乎是昨夜没睡好。听见是乔芬，问有什么事儿。乔芬说："有急事，要找你呢。""那要不我过来。"张路说，乔芬心里又是一暖，张路最大的好处就是会关心人，而且，热情仗义，无论遇到什么事，只要找到他，总是在所不惜。乔芬说："你在什么地方？我过来找你。"张路想了想说："我在厂里呢，你过来嘛。"

一辆车子从身边驶过，乔芬就直接掉头往公交车方向去了，汽车一路摇摇晃晃到了陶瓷厂，远远地就看见张路已经等在门口，问她："有什么事儿，怎么慌里慌张的？"乔芬一脸轻松地笑了笑，说："没什么大事，没想到杨爱业还把钱给凑齐了，我赶紧把你的拿过来还了，欠了钱我心里不踏实。""就这事儿。"张路听清楚后松了一口气，说其实现在工厂里工作，父母也走了，家里没什么太大的负担，余钱还是有的。这话乔芬听到心里去了，怪自己过于草率和简单，这么急急糙糙的，反而把张路弄得不好意思。

张路把钱接在手里，又请乔芬到里面坐，乔芬往厂里看了一眼问方不方便。张路说有什么不方便的，又解释："杨敬业这段时间到江西考察去了，厂里没几个人。"乔芬就跟着他往里走。陶瓷厂每人都有间小宿舍，主要是因为有的工人要上夜班，简易棚子搭建的，乔芬走进张路屋里，他的宿舍很简单，就一张木头床，薄薄的铺盖，床头有盏小台灯，充电那种。

屋子很小，乔芬坐在床边，张路端着杯子要出去给她倒水，她说不用了。两人聊了一会儿天。乔芬看时间差不多了，说："该走了，要不就影响你上班了。"脚走出门外没几步，听见张路喊了她一声。乔芬转过头问怎么了。张路站在原地不动，眼睛直挺挺地看过来，分明是有话要说，好像是很为难，不说话。

"怎么啦？"乔芬便折回身子来，看着张路，声音放得柔和，说，"干吗吞吞吐吐？"张路嘴动了动，还是没有说出话来。这更让乔芬觉得好奇，故作生气状问道："什么时候变成这样了？有话你就直说啊，我们之间还有什么不可以说的吗？"

好半天，张路才从嘴角挤出个笑容，乔芬就站在那里，说："你不说我就不走了。"张路抬起眼睛看着乔芬，乔芬又说："你这样开了个头又不说，把我弄得很紧张，我回去了，心里放不下。"张路说："确实想请你帮我个忙。""什么忙，你尽管说，干吗和我客气。"乔芬面带微笑地说，对于张路，不管他提什么要求，乔芬都是会答应的。

"我听说你有一个陶佩，能不能让我看一看？"张路话没说完，乔芬便口气生硬地抢着说："那东西和你有什么关系，你要它干吗？"话还没有说完乔芬便反应过来了，说："是不是杨敬业让你来的？我偏就是要为难他不给他，他的事你最好也别管。"张路便笑着用双手握着乔芬的双肩，嬉皮笑脸地说："那倒不是，你知道我一直喜欢陶瓷产品，自己的技术一直得不到提升，听见新鲜的玩意儿也想拿来琢磨琢磨，算是提高一下自己，难道连我你也要防？再说了，除了你，还有谁会帮我？"

"原来是这样。"乔芬似乎还有些犹豫，女人最听不得软话，尤其说话的又是自己喜欢已久的男人，乔芬拒绝不了，更何况，张路刚刚帮了自己一个大忙，如果这时候，对方提出来那么一个小要求，自己若是不答应，于情于理实在说不过去，便笑着说："你是想仿制几个出来，也做做名人，瞧你这心多野，被我看出来了。"张路不好意思地笑了笑说："哪有那么好的本事？就是想开开眼界。"乔芬又赶紧交代，说："我还不知道你有几根肠子，那就只能看一眼哦，你知道那东西对于我来说有多重要，其他人我是一眼都不给看呢。"张路赶紧答应了。

　　两人当下约好，第二天晚上，在昨天见面的小旅馆碰头。并且说好乔芬把陶佩带过来。约定好之后，乔芬才乐颠颠地向着门外走去，张路如释重负，看着窗外轻松地舒了口气。

三

　　烟灰缸里已经积攒了一堆烟头，没有开窗户，整间屋子弥漫着浓浓的青烟，仿佛屋子与世隔绝，没有对流。这种窒息给人一种无限制的沉闷，墙上贴着一幅画，绿水青山里那潮湿的空气与屋子内的浑浊不堪形成鲜明的对比，打造出两个截然不同的世界。

　　把一个烟头按进烟灰缸，香烟在手指的重压下被拦腰斩断，透着一股子的狠劲。张路站起身，终于拨通了杨敬业的电话，他对着话筒压低声音说："陶佩应该很快就会拿到了。""真的吗？"杨敬业的声音从话筒里传来，沉闷的话筒声音掩不住他的亢奋和激动，听这边没有回话，问："你怎么拿到手的？"

　　"这个你不要管，我记得你仿制过一个，现在藏在什么地方？"张路问。杨敬业毫不犹豫地说了具体的位置，那是他花了一个月的工夫，按照记忆中的陶佩做出的仿制品。杨敬业有些担心，又说："乔芬会不会怀疑？那女人鬼得很。"张路没有急着回答，重新点了一支烟咬在嘴里，回答杨敬业说："现在谁也说不清楚，只能走一步算一步了，你尽快回来。"他说话的时候，那烟火就随着他嘴唇的起落上下跳动。"我明天回来。"杨敬业的声音平稳地从那边传来，他听到张路这边挂了电话，却迟迟不肯放下话筒，他知道，事情走到了这一步，已经到了无可挽回的局面，像一辆失控的汽车，向着未知的方向滑去。

他猜测不出来张路和乔芬究竟发生了什么，这件事情和他究竟有着多大的关系，不知道明天会发生什么，他想起来杨爱业，那是他世上唯一的亲兄弟，他欠了他终身无以回报的恩情。他希望这件事情能以最好的方式妥善解决，也能预感到这种想法或许只是自己一厢情愿的侥幸心理。

张路听他说完，放下电话，拖着步子走出屋子，看了看周围没人，张路转身进了杨敬业的工作室，按照杨敬业所说的位置，在他文件柜里很快找到了那个杨敬业制作的陶佩。张路拿在手里看了看，虽然不是完全相同，但是绝对神似，如果不仔细看或是对于陶瓷没有特别研究的话，这只上过白釉的陶佩和那只真正的陶佩几乎没有太大的差别。尤其在光线里，它们有着同样的润洁、光泽和相同的透明度。

看得出，杨敬业在做这个陶佩的时候下了很大一番功夫。但是如果懂行的人拿在手里的话还是会有很大的差别，这只上过釉的陶佩是黏滑的，它的光泽浅而短，但若是不懂行的人看来，这种光泽似乎又正是它的价值所在，正好弥补了陶瓷应有的光泽感。而且，那只真正的陶佩握在手心里会有种粗粝感，那是一种沙土本身存在的质感，没有任何打磨过的痕迹，仿佛会和人的手指交谈。

他把这只陶佩用一个信封装好，插进口袋里，便向他和乔芬约好的小旅馆走去。此时他的脚步变得沉重起来，虽然之前做好了周密的计划，但要真正实施起来还是需要一定的勇气，尤其他内心更需要克服自己。毕竟和乔芬曾经有过那么一段感情，她给他带来过的幸福和快乐，他无心伤害她，想起他们曾经一起拥有过的日子，那实际上也算是他今生以来最幸福的日子。最终他下定决心，在心里安慰着自己："不过是借用一下而已，等这场风波过去以后一定还给你，乔芬，欠下的人情总之是要还的，若是我欠了你的，以后一定还给你。"

他大致环顾了一眼房间，除了两张木床以外，正前方有一个米白色的电视柜，上面放了一台电视机，他走过去拉开柜子看了看，里面什么都没有。他转身回来坐在床上，四下里看了看。突然，发现床头柜下面有一个小抽屉，打开看了看，抽屉里面有几本旧杂志。他把手伸进口袋，手指碰到了那个硬硬的信封，他把信封拆开，把那只假的陶佩拿出来，迅速放入几本杂志下面，又把杂志盖好。一切办妥之后，才在床上躺下，用两只手枕着头，耳朵仔细辨听着门外脚步的声音。

门轻轻响了一下，他的心也跟着"突"地跳了一下，刚想坐起身子，乔芬已经站在了他的面前。乔芬穿着淡黄色的连衣裙，头发往后束起，还涂了淡淡的口红，比平日里精神多了，估计来前是做了一番精心的打扮。看到乔芬这个样子，张路突然有些伤感，心里有种莫名的酸楚，若是换在年轻的时候，他该会有多么的兴奋和激动。

他知道乔芬喜欢他，可男人和女人不同，女人在结婚以后依然会童心未泯，思想单纯而固执，保持着孩童式的幻想和天真，正是因为有了这种孩子式的天真，她们才能一层层从生活的困苦中剥离出来。而男人不同，尤其对于张路这样一个经历过生活苦难的人来说，爱情已经是模棱两可无足轻重了。一个成了家的男人，当他在生活重压之下的时候，是没有更多的精力来考虑精神生活的贫瘠，他们更看重的是现实。爱情，那已经是一个很遥远的容易走散的话题，曾经内心令他汹涌澎湃的爱情，如今早已经灰飞烟灭，除了把日子过好，他内心再没有更多的奢望和想法。

而此时乔芬是那么的开心，她像只鸟儿一样，一下子扑进了张路的怀里，她的声音像裹着蜜糖一样的清甜，还没等张路反应过来，就把舌头伸进他的嘴里吮吸了一会儿，仿佛两个人的见面必须以肌体的相亲开始才能证明爱的浓烈。张路和她缠绵着，他们像两条穿越了千年的蛇一样盘结在一起，用身体的每一个部位去亲吻对方的肌肤，但越是这样，张路内心的负罪感便越强烈。

等这份浓汤烈火过后，张路才推开了她赤裸的身子，急着问："陶佩带来了没有？"

"急什么嘛。"乔芬意犹未尽，似乎还不能从刚才的那销魂彻骨中撤出身来，半迁半就地说："你究竟是想我还是想陶佩呀？"张路有些沉不住气了，急巴巴地说："你就先给我看一眼嘛。"乔芬还不肯挪身，张路推开她的身子，把她的包拽了过来。乔芬这才不情愿地坐起了身子，又瞅了张路一眼，把包护在怀里，对张路说："说好的就看一眼哦，看一眼必须还给我，这可是我的传家宝，杨敬业打了好多主意我都不给，要传给我儿子的。"

其实，乔芬没有那么小气，若是张路要的话她一定是会给张路看的，她主要考虑到的是张路和杨敬业的关系，她知道杨敬业对陶佩感兴趣，可不想便宜了他。还有最关键的一点，她考虑到的是，杨敬业也是杨家的后代，万一陶佩落到他手里，他不还的话，那乔芬就是真正的吃哑巴亏了。

"就看一眼，就看一眼。"张路不耐烦地答应着。乔芬看他脸色变了，心里有些惶惶的，只好把包打开，掏了一会儿，掏出了那个用红布包好的东西，递给了张路，张路接过来，拿在手心里仔细看了看，这质地确实不同，便故意拿着磨蹭时间，寻找机会，谁知道乔芬警惕得很，只看了一会儿，便抢了过去，重新用红布包好，说："可以了可以了，说好的看一眼，都已经看了好几眼了。"

看着时间差不多了，乔芬起身想回家，张路却不放手，说"再坐一会儿嘛"，便用手紧紧搂着她，似是万般不舍，把乔芬弄得一阵心疼，热恋中的人度日如年，乔芬原本不想走，便重新投进张路怀里。两人聊了一会儿天，坐着坐着，不觉已经是黄昏，乔芬想要上厕所，对张路放松了警惕，站起身径直往卫生间去了，张路松了一口气，赶紧把她的包拿来，从抽屉里拿出原先准备好的陶佩，打开红布，把它们互相调换了位置，又把那只真的塞进了衣兜里。

不一会儿，乔芬从卫生间出来，张路说："走吧走吧，天都黑了，该回家了。"乔芬有些不高兴，说："肚子都饿了，也不吃点东西吗？"张路说："回家吃吧，我还有事儿呢。"说着便匆匆离去。

乔芬看着张路匆匆忙忙地消失在楼梯拐角处，狠狠地说："男人，真是奇怪，怎么阴晴不定的，说变就变了？还说是七月的天比女人的脸变得快，我看再快也没法和男人比。"

四

当小帆接过杨敬业手中的陶佩时，确实感到非常的意外，那是她真正意义上第一次见到这个声名远扬的宝贝，并且，实实在在地握住它。拿在手里和在图片上看到的感觉完全不同，只有眼睛和双手与它那种晶莹剔透的效果相遇时，才会突然恍悟中国陶瓷文化的魅力有多么精深和强大。凭着她多年做记者的经验，此时，她的第六感官已开始兴奋地告诉她，只有让事实说话新闻才会成立，这条新闻将会以它无可替代的真实性，击败之前的所有报道。

可是，她很想知道这是为什么。小帆困惑地看着杨敬业，她希望能够获得更加全面的线索来完备这条报道。杨敬业重新坐直了身子，习惯性用手轻轻点着桌面，他说："历史没有答案，现在，我们谁也没有办法去还原历史的真相，但是，我不会轻易放弃，现在正在努力地寻找，我想总有些地方是被我们忽略掉的，我现在能肯定告诉你的是，陶佩不止一个或两个，而且这次我在江西也见到一个叫'荣'的陶器，虽然和陶佩不是完全相同，但是它们有很多相似和相通之处，我对'荣'这个东西也很困惑。"

"那有可能是出自同一个人之手呢。"小帆有些不敢相信。

"那倒不是，'荣'使用的是黑陶，而陶佩使用的是观音泥，也就是白陶。再说从外观和造型来看，它们也有区别，但是，它们的设计原理是相通的，我的直觉已经告诉我，它们之间一定有联系。"

"那么，说李义瓷坊的继承人是李子迁实际上是没有根据的，也就是说，李子迁利用这个陶佩欺骗了所有人，并且还给社会造成了那么大的舆论。如果再说得严重点，那是犯了欺诈罪了。"小帆的眼睛在灯光的照耀下忽闪忽闪的，像是发现了一个神秘的矿洞，有惊讶也有恐惧。

"这个目前我没法回答你，在真相没有弄明白之前，我们没法判断任何人的是非，但目前有一点是肯定的，李子迁不一定是李义瓷坊继承人。"沉默了一会儿，杨敬业接着说："再说李子迁手上的陶佩并没有经过任何人的检验，顶多就是我用肉眼看了一会儿，谁也不敢保证它是真实的或是无效的，真正的历史是要经过考证的，你说对吧。"杨敬业说话的时候，脸上露出了神秘的微笑。

"我同意，"小帆笑着回答，又说，"而且在陶瓷方面，最具有发言权和权威性的应该是你呀。"杨敬业不好意思地笑了笑，没有回答，关于李子迁的陶佩，现在，他不想具体发言。

接下来几天时间，小帆开始动笔写一篇标题为《陶佩不是唯一，李义瓷坊继承人有待考证》的报道。她在这篇报道中提出了自己明确的观点，也用自己亲眼看见的事实，向社会声明了陶佩不仅仅只有一个，她在报道中呼吁有关部门能够认真对待，对相关历史遗留产物进行调查取证，还原历史的真相，给社会一个真正圆满的答复。一篇洋洋洒洒的长篇报道写出来了，完成了一桩心事，小帆长长地舒了一口气。

几天之后，这篇标题为《陶佩不是唯一，李义瓷坊继承人有待考证》的报道经过报社一番争论之后，还是上了新闻头条，大街小巷里很快有人开始议论，李子迁成了人们舌尖上的人物。围绕这篇报道之后，一些小媒体也提出了谁是继承人，真正的陶佩在什么地方的质疑。更有新闻媒体围绕这篇报道提出了媒体人的责任和道德，舆论应不应该对社会负责等质问，舆论波澜再次掀起，各种热潮推波助澜而来，李义陶坊这个处于深山中的私营陶瓷厂，瞬间成了一个纸包不住火的炸药包，好像一点小小的火星就可以即刻引起它的爆炸。

当整个社会都在散发着传闻的时候，只有李子迁还蒙在鼓里，从来不关注新闻，不看报纸，每天三点一线的生活简直可以用养尊处优来形容，自信感爆棚的他还生活在自己的梦幻国度中。早上十点，李子迁吹着他的大背头，又用发胶做了固定，还在脸上用了一点他老婆的雪花膏，背着双手，一路吹着口哨，摇摇晃晃来到了工厂。

刚进门他就看见了小雨向他招手，不仅是招手，还不停地挤眼睛，示意什么。李子迁看不明白，向着小雨走去，没走几步就被几个记者围住了，麦克风差点戳到他的脸上，李子迁还蒙在鼓里，用他一贯的姿势摇摆着肥厚的大手，对大家喊道："别急别急，慢慢来，我这不是才刚上班的嘛。"

他一面说着主动往会议室的方向走去，像领头羊那样，后面的一群羊便跟着他依次而去了。几个背着长枪短炮的记者被他带到了会议室，又开了灯，小型的会议室一下子就被人烟气息装满了。在聚光灯的照耀下，李子迁一下子就找回了名人的感觉，他往后靠了靠身子，又抬起手抹了一把头发，吩咐小雨赶紧给大家上茶水，这才正襟危坐等待着记者的发问。

"请问，你之前口口声声说陶佩是李义瓷坊的传家宝贝，从而证明了你是李义瓷坊的传承人，那你是以什么来界定陶佩的价值，又有什么根据能说拥有它的人就是李义瓷坊的传承人呢？"

李子迁抖了抖嘴唇，记者这次提的问题突然变了，他之前没有准备，只好吞吞吐吐地回答："陶佩是请杨敬业鉴定过的，他是我们县有名的陶瓷专家，经他鉴定哪还会有假？这可不是一般的陶瓷制品，有几百年历史了，那么贵重的东西，肯定是出自我们县有名的陶瓷祖师李义之手。"

"那你确定世界上真的只有一个陶佩吗？那万一有两个或是三个，你该如何确定它们的关系？"一名女记者发问。

"当然就是一个，那你见过其他的吗？干吗不拿来给我看看？"李子迁不耐烦地回答。

"据我们所知，这样的陶佩民间确实还存在，对此你有何看法？"那名女记者又问。

"那怎么可能？"李子迁抹了抹额头上的汗水，支支吾吾地回答，"不相信的话，你们请陶瓷专家杨敬业来鉴定，如果民间还有，那是不是真的就不好说了。"

于是，问题像不通的烟囱一样被堵塞在了这里，记者们没有得到想要的答案，李子迁也弄得一头雾水，革命尚未成功，同志还须努力，明明只差一步便大功告成了，为什么媒体的方向会突然改变了？然而，尊重历史真相的记者们这次绝不会轻易饶过他，当李子迁再也找不出新鲜词汇的时候，记者们要求杨敬业出来说话。

小雨便赶紧跑到车间去找，把一双手上还沾着泥巴的杨敬业推上了主讲席，李子迁眼巴巴看着杨敬业，此时，只有他的一句话有可能挽回整个事态的局面。然而，杨敬业只是一头雾水的样子坐到主讲台，一边找干净抹布擦手，一边给自己点了支烟，这才坐直了身子准备回答记者的问题。于是，有个记者便把刚才的问题再重复了一遍，并且，有位记者还特别强调了杨敬业是陶瓷方面的专家，他说的话才有实际价值，这样，所有期待的目光便同时转到了他的脸上。

杨敬业一脸严肃地看了看会场，有那么几分钟的沉默，之后才回答说："至于这个陶佩，我也就是用肉眼看过，所以，我现在不能下任何结论是尊重整个事情的严肃性和权威性。至于陶佩和李义瓷坊传承人的关系，我觉得目前为止还没有任何可靠的东西可以证明它们之间的直接关系，如果大家要知道真相的话，最好还是请专门的专家来进行鉴定，那样更准确，所以，我希望大家不要再向我提出任何有关于这件事情的问题，我只能说，我无可奉告。"

会场里顿时乱成一片，大家纷纷议论，他的回答引来了更多的猜疑。杨敬业说完，没等下面反应，便直接起身扬长而去。李子迁忽然站起身来，扔下一屋子的人，追着杨敬业到了走廊里，用身子堵住他的去路，恶狠狠地说道："你怎么突然改口了？得到这个称号对我们整个厂都有好处，你是手指头往外撇你知道吗？这对我们厂是多大的损失啊。"杨敬业没接话，眼睛冷冷地看着前方，然后，绕过李子迁，向车间的方向走去。

乱套了，一切都乱套了，李子迁一跺脚，哭着声音喊道："妈呀，天下大势，最怕就是老瓜从心里烂了呀。"

可这样的局面，不正是杨敬业所希望得到的吗？

○ 第八章
陶笛和鸣

上篇

一

又是夏初，窗外的石榴开了花，给冷清清的日子添了几点繁荣气象，想不过两年之前，这厅堂还是一片欢欣，现如今，荣儿的笑声在这间屋子里戛然停止，音信全无，总让人牵挂着心肠。左隶史在世的时候，虽没什么动静，他这一走，家中徒然生出一大虚空，李义一味地颓唐着，话拣着短的说，何况人过半百，步入了人生的暮年，对于一些琐事尽是看破了，也就默不作声了，却让周围的人产生莫名的担心。

不知不觉，华儿和龙儿倒是长成了两个俊俏的小伙，陶碧思来想去，男大当婚，该给他们张罗婚事了，只要媳妇娶进家门，再生一窝娃崽，屋子底下，一旦有了孩子的淘气声，那失去人的热闹不是又回来了吗？陶碧打定了主意，便央了媒婆四处探听，周围十里的乡亲早就听说了李义瓷坊的两个公子，同年出生，才智双全，传成了佳话。不多几日，媒婆回了音信，邻村当铺的闺女，小名叫雪，说姑娘从小跟父亲在账房里，能说会算，手脚麻利得很。

陶碧不放心，怕媒人一张嘴不牢靠，约了香云偷偷寻去看了一眼，跨进当铺就看见了那闺女，倒还真是放着养，鹅蛋脸，浓眉，鼻子有点蹋，到了鼻尖又略微翘起，只是个子矮了些，但背厚臀肥，一看就能生养。又担心姑娘家放着养，见过世面，以后能不能守住妇道。想到这儿，不禁又想起荣儿，好端端在阁楼养了那么长时间，到头来竟有那么大的胆，跟个卖艺的小生就跑了，竟然连句话都没留下，想想真是白疼了她那么多年。

怕华儿不满意，回去把心思给华儿说了，没承想华儿倒是爽快，一口便答应了下来。毕竟他一个人管住两个窑，有时白天黑夜连着干，极为辛苦，也想着回家后有个女人暖暖身子。华儿这边允诺，事情就顺风顺水了，接下来就交给媒婆去办，提亲，下聘，又请人看了日子，把一双新人的生辰八字细细算过了，请上一炷香，一顺儿跟着走，到了九月，正是金秋时节，万物丰收的时候，据说这时候，是嫁娶的大好日子，现在播下了种，经过一年孕育，到了明年这个时候，不正是娃娃出生的好时候，刚落地就赶上收新米，一辈子不缺吃，是含着金勺子来的世间。于是，又请了吹拉弹唱的，请了厨子，请了顶印着龙凤祥云的大花轿，顺理成章把姑娘娶进了家门，一台大喜事入冬前就办完了。

可问题偏偏出在龙儿身上，因周围邻村都知道龙儿自小集诗书于一身，都是招姑娘喜欢的。香云托了媒婆寻了几家姑娘，论相貌论品性都无可挑剔，可他就是不应声，若再问得急了，便一口回绝，惹得香云一肚子委屈，竟找不出原因，只能小心伺候着。

实际上，对于婚姻这桩事情，龙儿自有想法，在他眼里，叔叔李义和婶婶陶碧是一对恩爱的夫妻，可这对本该是属于天上的神仙美眷，像是不小心落入了人间的凡尘俗世，尽被这世间的粗俗事物裹绊得狼狈。再转回头来看自己的父亲和母亲，表面看很合意，却不怎么像夫妻，而是像女人和女人，或许又可以倒过来说，父亲是女人，母亲是男人，家里的一切事情都由母亲说了算，母亲发火，骂人，刁钻或是刻薄，都是顺理，又得理不饶人。而父亲总是隐着忍着，在这个家里影子一样从来不曾存在过，却又实实在在地有那么一个人，看着窝心。即使是夫妻，虽天天面对面，又像是远隔着千山万水，令人不解，虽然一家子人住在同一个屋子下，却时常感觉虚空得很，缺的是什么，父亲缺的是真性情，家里缺的是真情意。

自父亲走后，龙儿上窑的时间便日日减少，三天打鱼两天晒网，全凭着一时的兴趣，烧出的陶器自然有一半过不了关，窑上的生意日日减退，进项比之前减了一半，可窑上的长工不能不养活儿，常常搞得入不敷出。李义默默观察，发现他多数时间在家中，不知道是做何打算，终于有一日，压不住心中的火气，推门进去，见他手持蒲扇，躺在床上，了无心思的样子，李义的气不打一处来。

"大家都在窑上忙着呢，你倒是好，躲在这里轻松快活。"李义不高兴，直接发问。龙儿没想到李义会跟了进来，赶紧起身，只是应了一声，便立在那里，不吭气，也不动窝，只是低头站着。李义又说一遍："你究竟是何打算？"龙儿这才敷衍着回答："我才刚刚下来，就想休息一会儿。"又用眼角心虚地看了李义一眼，李义不说话，直接走到桌前的方木椅子边坐下，看上去是准备长谈一番了。龙儿还是不动，看今天躲不过去，李义粗声说："你到底听见还是没听见？"龙儿这时抬起头，支吾着说："窑上生意早已经是一日不及一日，不如关了才好。"龙儿说完，低下头，又不出声了。

李义反手将桌上的砚台摔在了地上，黑色的墨汁随之洒了一地，落得斑斑点点，屋子顿时一片狼藉。说："生意不好，为什么不找原因？你心思都没放在那里，还指望那两口窑来养活你和你母亲。"见李义翻了脸，龙儿反而平静了，说："我就没想过要靠那两口窑来养活。"

李义不敢相信自己的耳朵，再问，龙儿这才回答，说自己天生不是烧窑的命，更爱的是读书习字，烧那泥巴还能烧出什么大气候来。李义这才算是听明白，原来他一门心思想着要参加"乡试"。

藤上吊的瓜切不可强扭，李义一时想不出如何回话，想双方先冷静一下，这事还得从长计议，抬步想要退出屋子，龙儿突然喊了一声，说："我的父母不是亲生的，是吗？"李义停在那里，只觉双腿灌了铅似的沉重，浑身无力，听龙儿继续道，"其实，你们都知道，却一个个瞒着我。"

李义费了好大的劲，转回头看着那一双茫然的眼睛，说："你要说什么？"龙儿说："左隶史根本不是我的父亲，我有一次给他擦身，手碰到了那个地方，他根本没有能力生育我，我想知道我的亲生父母是谁。"李义抬起了手掌，想挥在龙儿脸上，在迟疑半晌后才缓缓落下，说："你的亲生父母是谁重要吗？重要的是谁把你养成人，孝顺你的母亲，守好你父亲为你拼下的家业，那才是你的本分。"

可龙儿根本不愿意听，憋红着脸，粗着嗓门说："我做不到，我可以养活我母亲，但是，不能为了这份本不该属于我的家业毁掉自己。"李义抬着的巴掌几乎是不假思索便落了下去，"啪"的一声，龙儿的脸上落下了五个红红的指印。李义拖着脚步往外走，竟词穷到不知道该如何与他交谈，只落下一句："你说话做事，都要对得起自己的良心。"龙儿愣在那里，眼睛看着天空，谁也看不懂他的心里在想什么。

或许，李义从没有如此绝望过，即使是荣儿的出走，至少想着她还有一天会归来，可一向极爱的龙儿尚能变得如此，实在是出乎意料，回到屋子便将心里所有的怒气说给陶碧听，说："早知道如此，当初还不如别让他们读书认字。现在，认字的反成了不讲道理的，还是做个粗人的好，少有那么多作难的心思。"陶碧听了讲述，也感无奈，回答说："难怪有人说百无一用是书生，又说书到用时方恨少，真不知道这书究竟是该不该读了。"李义听后,便不再说话,屋子静了下来,便只能听到外面知了聒噪的叫声。

一旦事情说开了,就连遮掩的过程都可免了。之后,香云好说歹说,龙儿仍是我行我素,窑上基本看不见他的影子,既然如此,若他真是有心做官,当然是好事,也可以成全他。李义思来想去,将龙儿的两个窑交给了华儿代管,代管的只是工序,进出还是李义说了算,每年按收成的三成提给龙儿。

龙儿的收入刚好就是够娘俩维持简单的生计,李义如此决定,是让龙儿过些苦日子,以励其心志,早日达成其所愿。龙儿虽然心里知道亏了,但想到从此可以不到窑上,落个清闲自在,把时间节约下来看书习字,就答应了。华儿开始不愿意,但仔细一想,若是龙儿能考上官,自己岂不白得了两座窑,再说,管两个管四个窑对于他来说,都是一样的理,便爽快允承了。如此一来,皆大欢喜,倒也圆满。

二

自从雪嫁了过来,倒是懂得张罗,把家里里外外都照顾得周全,陶碧自然喜欢,但也看得很严,再不让出门,一是怕走丢,二是怕学坏。有时,华儿便故意找借口,带着雪去赶集,陶碧虽然知道有诈,却乐得睁只眼闭只眼,尽让这对小夫妻暗自里得意,到外面野。两个月后,雪便开始呕酸厌食,人却往胖处又长了一圈,请郎中来看,便连着道贺,说是雪有喜了。从此,雪便安心在家养胎,家里的活儿也不让她操心,乐个轻松自在。

清明前后,李义思忖着该到左隶史坟前上炷香了。清晨,便往观音庙走了去，上了三炷香，叩了三个头，往庙门外走，跨出门槛，见庙外的老榆树上有一只体形巨大的乌鸦，毛色乌黑却又雪亮，见了李义，对着天空拖长嗓子叫了三声，李义没在意，自顾往后山小左的坟地走了去，耳边不时传来乌鸦的叫声，仿佛行走荒野的孤魂。

翻过一个山脉，便走到小左坟前，清了坟头上的杂草，上了香，又从怀里掏出一个白面馒头和酒水，敬在墓碑前。做完这一切，李义歪倒身子靠在左隶史墓碑上，四野辽阔，就想和小左说说家常话。说香云，说龙儿，说窑上的新旧更替，说一肚子烦心的事。他已经习惯了和小左说话，即使阴阳之隔，这些五味杂陈，他只管说，小左自会默默地听。

就在这时，那只乌鸦突然从天空一个俯冲，衔起白面馒头就飞，李义对着大喊："还回来。"边嚷边追了去。谁知这乌鸦起起落落，飞得不紧不慢，李义一路小跑，不知不觉已经出去了两三里地，最终那乌鸦停在了一块崖子边上，崖子上长满了青草，由于前段时间下了雨，山体有些滑坡，在崖子的陡坡上，露出了一小块刀削似的土面，乌鸦飞到了这里，停在了崖顶上，等李义再去寻的时候已经消失得无影无踪。

追了那么远的路，李义已经疲倦，便席地坐在草坡上，半卧半躺，却见那被削开的土面上，有一小块白色的东西，远远看去，有莹亮的光泽，像是泥土表面覆了一层薄雪。见此情景，李义赶紧起身前去探个究竟，却见削开的地方都是呈浅黄色上好的瓷泥，其中，还有一块白如面粉，色相晶莹，李义用手指蘸起一点在指间轻轻摩挲，细腻的粉末具有较好的韧性，凭着多年的经验，李义能断定这应该是较为上好的陶土。

在之前，李义曾听说过一种白色的泥土，叫做观音土，贫穷百姓在青黄不接或灾荒年间常常靠吃观音土活命，只有少量会因为腹胀难大便而致命，李义不曾见过观音土，他脱下衣服，用手指刨着这层薄薄的白泥，这是上苍的启示，这是观音的指引，这是小左的领路，"观音泥"三个字从他的心里蹦出来，瞬间便如决堤的河水泛滥而去。他在心里狂喜地呼喊着：观音泥，观音泥。想着，便把那一层雪白的泥粒兜进了衣服里，抱在胸前才依依不舍地下了山。等过几日再去寻的时候，却怎么也找不到那块地方，仿佛仅仅只是一个巧合，或是一个梦境，从此，再无迹可寻。

虽然早就听说，苦于没有证据，陶碧听村里有人说闲话，看见龙儿和一个姑娘并肩走在集市上，有说有笑。陶碧听见就生气，说："也不知道是什么山野姑娘，咋就没有家里管教呢？未成亲就跟男人走在街上，招摇过市，真是成何体统？"又让香云亲自去问，过了两日回话来，说龙儿不承认。不承认也好，至少还知道畏惧，倒是放下心来。

又过了些时日，龙儿居然把那姑娘带回了家中，陶碧之前只是听说，此时在跟前站定，才见出这丫头还小得很。个头都没长齐全，脸黄黄的，五官还在混沌中，显不出美丑，身上穿的是一套素净的旧衣服，倒也干净，对答时口齿清晰流利，一看就知道不是一般农户人家的孩子，难怪龙儿如此上心。陶碧压着内心的火气，问这丫头叫什么名字。说是叫风。又问家在哪里，交谈之后才明白，姑娘老家在贵州一带，父亲原在官府做事，犯了错充军云南，如今，父母均已双亡，孤身流落到此，已无投靠的地方。陶碧听后，又觉得姑娘可怜，年纪轻轻，定是遭了不少的罪，先安排住进了荣儿隔壁的房间，当做闺女养着。

可龙儿却不愿意消停，几次三番吵着要与风完婚，李义瓷坊多少也是远近有名的生意人家，哪能把个不清不白的姑娘娶进家门，岂不是败坏了门风，就连下个聘礼的地方都没有，还不让人说闲话。经过考虑，便由李义向龙儿说了最后决定，若真想娶，得先找个正经人家的闺女做正房，请媒、送礼、下聘、明媒正娶进了家门，再过两年，才能考虑将风纳为偏房。龙儿开始不同意，几经思量后也没有主意，毕竟，心里还有轻重，也不想被落下个伤风败俗的骂名。几经思量之后，觉得只能如此，便同意了。

接下来又是一阵忙活儿，托了媒婆，媒婆说邻村一小户人家的姑娘倒是现成的，这姑娘叫花，人长得漂亮，就是嘴丑了一些，问要不要先去看看。香云还在犹豫，龙儿便答应了人家，说直接把事办了就行。香云没了主意，又找陶碧商量，不知道嘴丑是什么意思。陶碧说："小户人家的姑娘没有管教，说话没分寸，嘴丑些可以理解，倒无大碍，等过了门后再教，不怕教不过来。"

香云听后觉得有道理，便回了媒婆，让尽快把事儿办了，龙儿把一切交给了母亲操办，直到娶进家门，大家才看清楚了，花这姑娘相貌还不错，窄长的脸，细长的眉毛和眼睛，高高的颧骨和鼻子，原来是嘴生得不周正，天生的歪嘴，唇角往左上侧翘，难怪说嘴丑，不过，如果不仔细看的话也不发觉。看来，这就不是教的事了，既然娶进了家门，只能如此了，怪媒婆说话做事昧着良心，也只能是说说。

过了半年不到，花刚有了身孕，龙儿又把风纳做偏房，本来这乡间有一条不成文的规矩，正房进了门，至少两年才能纳偏房，可因为花嘴歪着，就成了龙儿充分的理由，花自知理亏，没敢多说话，只能低眉顺眼地过日子。

龙儿的屋子里，一下子新增了两个人，花和风先后又有了身孕，平日里，还需时不时地调理一下身体，原来的进项便入不敷出，日常生活用香云的话说，早就是青黄不接。若是两个孩子"呱呱"坠地，那不用谁提醒，都知道又是一笔不小的开支。龙儿近一年来，因忙于成家的琐事，早把书本扔到了一边，当初设想好应试的事情也随之搁了下来，加之满清政府建立以后，朝廷上下也是处于一片混沌之中，龙儿前思后想，方才看清楚了自己的处境，真是"家贫出孝子，乱世出英雄"了。

夜里，院子里极为安静，石桌石凳被时间磨亮了，铜似的一轮明镜，水流过假山，在池子里汇成一汪月牙形，树添了年轮，粗大壮硕，枝蔓伸向天空，有鸟栖在上面，小院有一种久违的安详。龙儿主动找了李义，说："我现在想通了，读书看来真没用，还是回来经营窑坊才是正事，现在算是明白了你说的，学好一门手艺，走遍天下饿不死的道理。"

"明白就好。"李义爽声回答，又说，"不要以为世间只有白纸黑字才是书，还有多少无字的书，都藏在这人世的朗朗乾坤里，藏在人世的一动一静之中，要不古人怎么会说'读万卷书，行万里路'。那万里路上，有多少未知的事理，有多少的起伏不定方能磨出自己的心智。"

"我明白了，谢谢教诲。"龙儿抱拳答道。李义等这句话等了很长时间，心里舒了一口气，顿时感觉浑身上下轻松了许多，再看这孩子，不知不觉真是成长了，眉宇间多了刚毅和气魄，得失非祸即福，若是不经历这一番波折，说不定还是执迷不悟呢。

此情此景，李义便讲了一个小故事，两个人非常渴，喝同一口井水时，一个用金杯，一个用泥杯。前者觉得自己富贵，后者认为自己贫贱；前者得到了虚荣的满足，后者陷入无谓的烦恼中。他们都忘了，自己需要的是"水"，而不是"盛水的杯"。所以，凡事先得把自己和家人照管好，至于其他的事理，暂时只能先搁一搁。龙儿听后，赶紧跪地叩谢，两人又说了一会儿话，夜凉了，方才各自回屋歇下。

事已至此，李义只能站出来说话，把属于龙儿的两口窑还回去，还是由其自己掌管。华儿一听就不高兴了，这两年他把整个心思花在窑上，又投入了大量人力物力进行了改造，眼看窑上刚刚有了起色，父亲却说要把窑还回去，哪有这样的道理？华儿碍于父亲的情面，表面上没说，心里却有极大的怨言。

　　这时候，雪又跳了出来，她自小跟着父亲在账房里，是个能写会算的女子，头胎生下了儿子，现在又有了身孕。加上华儿前段时间刚娶了二房，名叫月，月含眉少言，凡事放在心里，脸上看不出喜乐，影子一样的存在。于是，家里的大小事情全归着雪做主，雪心里阻得慌，听到这消息，把算盘珠子拨得"噼啪"响，整夜未眠，倒把这笔糊涂账经她的手，理得清清楚楚。

　　开始的时候，华儿还有些犹豫，可经雪火上浇了油，便一发不可收拾。当下两口子就有了商定，总不能活活冤死，一起去找了李义夫妇讨个说法，说咱家姓李，他们家姓左，虽然父辈结了兄弟，但毕竟也不是亲兄弟，自从左隶史走后，没少给他们家照顾，现在哪有说还回去就还回去的道理，这两年的投入如何计算，更何况，亲兄弟还得明算账呢。

　　看两口子咄咄有词，李义知道华儿吃了亏，便耐心劝说，以家和万事兴为道理，喋喋道来，原本是缓兵之计，想以此缓和一下气氛，再想应该如何相劝。华儿尚未开口，雪却抢了先，说这两年本来生意不景气，都是华儿在窑上苦苦撑着，家里面又添了大人孩子，日子过得很不容易。说着一把鼻涕一把泪，总之就是要把华儿和龙儿兄弟俩这本账分开。

　　陶碧先是不言，在一旁听着，不由得浑身打战，煞白脸哑着嗓道："难道情分这东西在你们看来就是那么短吗？两年时间，能亏到哪儿去？兄弟之间相互携持帮一把又会如何？偏要算得那么明白究竟想干什么？"母亲一向性子柔顺，看母亲发火，华儿抓住雪的胳膊，示意她住口，雪挣出身子，推了华儿一把，说："跟着你，净是吃亏，做些贴本的买卖不说，还得往下咽一肚子的苦水。这窑上窑下我也白白跟着忙活了一场，看人的脸色，如今反而成了我是罪人。"

李义听着寒心，看局面难控制住，一拍桌子吼道："住嘴，都给我住嘴，这个家还轮不到你们说了算，就照我说的做，不愿意的我瓷坊不留人。"雪一听，这话明明已经扇了自己耳光，一路哭哭啼啼跑了出去，故意把声音拉得又尖又长，生怕龙儿那间屋子的听不到。剩下的彼此都沉着脸色，不愿作声。

三

连绵的屋瓦上，露出清白的天，月亮渐渐浮出云端，寒气上来，夜清凉得彻骨。陶碧推开一间屋子，这是慧莲之前住的屋子，自从慧莲走后，这间屋子也没安排人住进来，始终空着，好多东西还保留着她生前的模样。陶碧将窗幔一扯，哗啦啦落下了一堆，当初的红绫绸子全成了一堆腐物，又一扯，又是一堆。房里却陡然敞亮起来，尘埃弥漫在屋子里，有一股灰尘的味道在屋子里缓步移走。

屋子没有人气顶着，便会自生出一股子的腐气。墙角结着蜘蛛网，又有老鼠来做窝，越发的显出荒芜，她打开积了灰尘的木箱子，慧莲的旧物件多在办丧事的时候烧了，就剩下几件华儿小时候穿过的衣袜鞋帽，那么小的物件，真不相信是华儿小时候穿过的。

恍然间才想到，若是慧莲在，也已经是当奶奶的人了，陶碧抬起自己的手腕，那只银镯子还在手腕上挂着，小鱼的形状依旧栩栩如生，陪伴了多年，也是慧莲留给她的最后念想。华儿和龙儿不管成不成器，都娶了两房媳妇，又做了父亲，在这一个不知不觉的过程中，有多少岁月时间已经流淌过去了。若是慧莲有知，能否会安下心来？若是慧莲在，对于今天华儿的不满意，又会是怎样的态度？陶碧轻轻叹了口气，龙儿和华儿，一手扶教起来的两个孩子，手心手背都是肉，做父母的竟是如此的为难。

表面上虽然两个窑交还给了龙儿，实际上，兄弟俩心下都有极大的怨言。大家心里清楚，开瓷坊并不是烧出陶瓷器物就算大功告成，还得有得力的师傅在窑上做活儿，有四方的经营开拓路子。龙儿离开两年，一切得从头做起，这中间，华儿占着自己多年的经验，有意为难龙儿已经不是一次两次。华儿一夜之间失去了两个窑，在他看来也是一笔不小的损失。原本情同手足的兄弟心里便生出了怨恨，渐渐地就如滚雪球似的变本加厉了。

人类的生息繁衍真是一件神奇而美妙的事情。之前，怕的是一个院子的冷清，难怪说屋子得有人气顶着，若是一间屋子没有了人的声音和气息，那种死沉沉的寂静可以把活着的人压死。可没过三年，却已经是枝藤叶蔓，一派繁花似锦的气象了。随着媳妇的过门和孩子们的降生，小院里多了的不仅是女人的说话声，婴儿的哭声，奶娘哼着小曲，窑工唱着歌，就连后院里养了几只老母鸡给坐月子的女人补身体，也整天叫唤个不停，赶着来凑热闹。

一旦家里热闹起来了，磕磕绊绊的事情也就跟着来了。家里一下子多出四个儿媳妇，又各有各的脾性，雪精于细算，吃不得亏；月表面不动声色，做事只在心里；花因为相貌上吃亏，成了个软柿子；风口齿伶俐，能言善辩，有后来者居上之势。日常，几个女人会凑在一起绣花，做鞋样，逗孩子，到窑上描花，可自从龙儿和华儿有了怨言，几个女人也就自然地互不往来了。

自从李义得了观音泥之后，将其视为宝物，之后，又找遍后山，再没有寻到白泥的踪迹，更觉白泥可贵，始终寻思该做什么。一日，到阁楼上寻找旧物，不知不觉进了荣儿当初的绣房，触景伤情，突然很是思念荣儿，将其织了一半的绣物端在手上，带回房间。躺在床上休息，半梦半醒之间，似乎看见闺女自窗前而过，一脸笑意盈盈的样子，向父亲招手。另一只则置于胸口，李义定睛一看，竟是那少年曾经吹乐时的器物，见荣儿边招手边离开，李义想喊，荣儿手一松，那东西摔在了地上，成了碎片。

李义一惊，自梦中醒来，发现已经是一身冷汗。此时，刚好陶碧抱着孙子进门来，见他一脸痴样，忙问何事。李义搪塞着，抬头时见孙子脖子上挂着一个玉佩，用红线拴戴，绿莹莹的光泽，剔透无比，左右有龙凤相间，中间一个"富"字，被牡丹图案围拢。一个念头自李义的心里如流星般飘过，这不正是自己想要的宝物吗？

恰在这时，又听西山禅院有一道士，年近九十，鹤发童颜，年轻时游历四方，行走江湖，最终看定西山风水宝地，兴建庙宇，隐居多年。当地人说，平日里很少下山，却德高望重，灾荒时区救过很多贫民，这些都不足以为道。令人佩服的是还有一手绝活，无论是笙笛管箫，哪怕是一片竹叶，到了他手里，都能吹出奇妙无比的乐章。

据说，有一年山下村庄来了一只野猪，大小足有百十斤，来了就祸害庄稼，村民没法，请了道士来出主意，道士不语，却气淡神闲，安慰大家不必惊慌。入夜之后，道士摘了一片杨柳树的叶子，当发现野猪出没时，道士吹响了柳叶，那哨声如波浪起伏，在村庄上空成了重重叠叠的余音，蔚为辽阔。野猪一惊，缓住了脚步，向着深山退去，自此再没敢来过。人们说，若是连野猪这种没有耳性的动物尚能听懂，可见该老者道行之高深了。

李义听说后大喜，没想到这山间野地还有如此得道高人，心里十分佩服，便日日往西山去寻访，渐渐地和道士熟识起来。

四

人活一世，草木一秋。

李义刚进入七十，身体却日日枯寒，便血溺瘀，连夜咳喘，人也日渐消瘦，一旦衰老，便如老树似的脱落了枝叶，似要连根拔起。整个大院都弥漫着退不尽的中药味，鬼魂似的在屋子里随性游走，家人见此状，已经开始默默张罗后事。

这一日，村里村外寂静一片，夜的森然进到院落，再进到屋里，就有一股肃穆生起，似乎天地间万物都噤声屏气，将有什么大事情要发生。李义昏睡半日之后，又醒来，看上去精神好了很多，又把华儿和龙儿叫到跟前，后面齐排站着的，是他们的正房二房。

李义说："兄弟若是成了家后，就好比春秋战国，分久必合，合久必分，这是常事。龙儿父亲临死前，将你托付于我，这些年，我未能替你父亲照顾好你和母亲，想起这事来，内心仍然十分愧疚。"

龙儿一听，赶紧跪下，正欲开口，李义摆了摆手制止了他，接着说："人活一世，虫活一季，树木草叶活不过一秋，据说龟可以活千年，成了精，到头来终被日子带走，世间万物生灵都不能与时间抗衡，这是常理。我能活到这把岁数，也算是无憾了。可陶不同，你若不坏它，可以经历千秋万代，除了会被打磨得更精细些，更耐人寻味些，它都存在着。因为它是用泥烧的，泥是什么，泥是万物的源头，涉食日月精华所成，用陶盛五谷，可以存四季，用陶封了酒，可以存百年。用陶存过百年的酒，入口含香，余味绵长，这是陶的神奇之处。"

又停了一会儿，见二人不语，接着往下说："你们从小勤勉好学，但不知天高地厚，岂不知山外有山，天外有天，你们切莫小看这草莽民间，角角落落里不知藏了多少慧心慧手，藏龙卧虎，相互切磋，日日上进，人行如流水，若不进则退。再说其次，不知有多少人才，只是由于不自知，所以自生自灭，往往湮没无迹，不知所终。雁成形，飞不费力。鱼成群，方可远游。大块造物，实是无限久远，天地间，散漫之气蕴无数次聚离，终于凝结成形。这几年窑上景况下跌，不知你们是否考虑过？"

说到这里，用目光审视二人，两人相互对看，眼神交碰时，竟有几分愧意。李乂接着往下说："这世间，你们最懂对方脾性，龙儿向来心思缜密，慧心巧手，以精取胜。华儿做事草莽，豪放有度，虽粗却有质。若是你们联手，在华儿的豪放里掺入龙儿的慧心，那定是粗中有细，细中有精，精中又有拙，陶坊制作的陶器岂不盖世华美，更上一层楼？我和左隶史兄弟之情几十年，取长补短，不分你我，方得有瓷坊今日，望你们念及前人的情分，也让后人有个效仿，不可贪图一时之薄利，违背了情义二字。"

李乂说着，颤着支起身子，仔细看，不仅是瘦，连骨头似乎也小了一圈，又是一阵猛咳，似乎花了好大劲才止住，额头身上全是汗珠，息了片刻，方才将手伸入枕下，掏出两块雪白如玉的东西，分别递到两人手中。两人接在手心细看，是玉佩一样大小的东西，不知什么材料制成，呈乳白色，纹理细致，晶莹剔透，用青花图案滚过边，图案精美细致，握在手里，温润如玉，翻过来再看，下方有五个小孔，不知何用。

正要再问，李乂已经抢着说："这是上好观音泥所制作的陶佩，表面看两个一模一样，实际上又有区分，若是单独一个，听不出任何音调，因一个是山音，一个是水音。一个为阳，一个为阴。异曲同工，只有同鸣，方能听出山水和鸣的壮阔。你们都不会吹奏，尽管保管好就是了，有朝一日，能吹陶佩之人，切不可怀疑，他便是你们世间的亲人，希望你们传予子孙后代，警示他们和气生财，和能生贵，时刻铭记山水同音之功。"

华儿和龙儿一听，双双跪下，身后几个人一起跪了下来。父亲的一方话，入情入理，令他们感触颇深。待父亲躺下，几日后便商议，将两个大院打通，合为一个大庭院，从此，共为一家人，孝顺父母，示范后人。

半月后，李义病逝。两年后，香云离世。

余下的陶碧倒是又活了十年，依旧是个操心的人，虽年迈多病，仍由儿媳搀扶，朝迎晚送，每日都要到窑上走走才心安。平日里，澄心静坐，益友清谈，浇花种竹，焚香煎茶，直到八十高龄方才寿终正寝。自几座窑重新合并之后，相互帮扶，又兴建窑口，采挖黏土，制作陶坯，刻画纹饰，伐薪点火，让陶瓷大放异彩，家业日益兴旺，夜以继日，只愿万代千秋。

下篇

一

　　随着各种社会舆论的迭起，李义瓷坊陷入了一场前所未有的风波之中。之前已经建立起良好合作关系的一些合伙人，此时，随着舆论的加大和文化品牌在市场上形成的影响力，市场再次对李义瓷坊的产品产生了质疑。一些公司甚至暂时停止了订单，而之前销售出的产品也产生了滞销的情况，具有长期合作关系的合伙人反馈回来的消息不容乐观。

　　在这样的情况下，之前还得意忘形的李子迁不得不重新弯下腰来面对现实，一边为产品的销售打通各种渠道，一边还要应付着媒体和有关部门的问话，一件蓝色衬衫穿了半个月没有时间换，背心部分被汗水浸成了橘黄色，硬邦邦贴着发福的肌肉，大背头长时间没洗，在头皮上长成了贴地的野草，挂成了油汪汪的汗帘子。

　　天还没亮开李子迁就慌里慌张地出门了，他把黑皮包夹在腋下，用手边走边抹头发。先挤上一辆中巴车，经过一个多小时的行程，又转乘出租车才到达了这家公司。这家公司是省城有名的陶瓷销售企业，专做陶瓷的中转销售，销售网点不仅遍布国内市场，还有一部分海外的销售渠道。去年在李子迁的努力下，刚刚和李义瓷坊建立了合作关系，前几天突然停止了销售供货，李子迁不得不大清早出门，亲自跑这一趟。

刚刚走进这家公司的大门，他把腰一弯，胸一垂，再次把塑料花一样的笑一团一团堆在脸上。实际上，自从销路打开以后，他已经很长时间没有使用这样的笑了，因此，面皮绷得很紧，可以找几个相应的词汇来形容一下，嬉皮笑脸，奴颜媚骨，阿谀奉承，皮笑肉不笑。总之，所有的伎俩都被他用光了。但以前一直对他客客气气的销售商突然一反常态，部门经理用一根手指点着烟盒，吐了一个优雅的烟圈才回答他："关于传承人引起的风波，直接影响到你们厂的声誉问题，会让消费者对你们的产品产生怀疑，所以，市场会出现观望的态度，我也无能为力，只能暂时慎重一些。"

"不会的，这和质量问题完全没有关系，那不过是个名称，有没有都无所谓啊。"李子迁只好一再地重复，真是猪肉没吃到，惹了一身骚。那销售商微微一笑，说："那只是你自己认为，实际上每一个产品无论出现了什么方面的问题，都会直接影响到顾客对它的信任，尤其是对于那些收藏家来说，他不会买一个徒有虚名的假陶货回家收藏。就像有人在方便面里吃出了一只苍蝇，你能说每一袋方便面里面都有一只苍蝇吗？大家都明白那只是一个意外，但是，这个意外造成的影响会让很多消费者对产品的卫生情况产生怀疑，从此不再接受它。又比如说一辆汽车发动机出现了问题，厂家为了安全，会把这批车次全部招回，那实际上是一项很庞大的工作，但是厂家还是要这样做，需要对自己的生产行为负责，也是为了取得顾客的信任，你明白我的意思了吗？"

说到如此清楚的程度，李子迁要是再装作不明白的话，那就真是智商有问题了。他只能无奈地垂下头，此时此刻，再多的解释都无用，没想到之前让他如此振奋的一个事情，突然间就变成了这样的局面。他像突然间被霜打过的小草一样，耷拉着晃来晃去的脑袋，脸上刚刚养起来的一点肥肉随之晃动着，额头上挂着汗珠，脸色苍白，如贫血症患者。一切的一切在刹那间功亏一篑，他走出那道公司的大门，向着热闹的集市走去，他感觉自己内心出现的巨大空隙需要一种更强烈的声音来弥补。

没有去路也没有退路，李子迁垂头丧气沿着街道走，就在不经意抬脸的瞬间，突然发现前面一个穿白色短裙的背影比较熟悉，他愣了有那么两三秒的时间，努力地在记忆里搜索和确认。

"对，就是她。"他肯定地说。

他加快了步子匆匆忙忙跟了上去，再次进行确认，对，没错。正是他要找的人。这个叫做小帆的女记者，这个曾经采访过他，最终，也因为一篇报道毁了他的女记者。正是那篇报道导致了媒体的第二次风暴，导致了他的申报手续暂时停止，导致了陶瓷厂的销路一落千丈，将他推上了一个没有回头路的境地。

就在小帆买完东西即将转身离开的时候，李子迁用宽阔的身子堵住了小帆，小帆被突然堵住去路，防备地抬起头，在大脑短时间地短路之后，还是认出了李子迁。"有什么事吗？"小帆礼貌地问道，并且从嘴角露出一个微笑，李子迁也笑了笑算是回答，只是他的笑是苦笑，是强行从脸上挤出来的，写着十二分的不愿意，因此看上去无奈而勉强。

"你为什么要那样做？是不是杨敬业指使你的？"李子迁声音是冰冷的。小帆把双肩包的背带往上拉了拉，她的声音保持着一贯的从容和甜美，说，"你误会了，没有谁指使我，你们之间有误会也和我无关。我只是一个记者，所以只是站在记者的立场来说话，我只能以事实为依据。"

"放你×的屁！"还没等小帆说完，李子迁就抢着说，"什么是事实？你以为你的胡说八道就是事实，你的一篇报道差点毁了我的一辈子你知道吗？"眼看双方陷入僵局，小帆不想再和李子迁纠缠下去，更何况她看出李子迁已经失去了理智。她往前走了几步想要离开。

可是无论小帆怎样避让，李子迁始终紧紧地跟着她，并且伸出手来扯她的衣袖，为了避开拥堵的人群，小帆只好转身进了一条窄长的巷道，找个背静的地方停下来和李子迁说话。这条窄长的小巷刚好只够一个人通过，李子迁便用身子堵住了小帆的去路，他继续喋喋不休地说道："你知道你的报道是一种完全不负责任的行为吗？在没有得出结论之前，你就把整个事情否定了。"

小帆只好解释说："正是因为没有得出结论，你就不该随便发表那样的言论。表面上看我确实是阻止了你的行为，但事实上这样做得到的结果正是挽救了你，你知道吗？"小帆话音未落，李子迁更高的怒骂声传来："你他×的是神仙是上帝是天使吗？我需要你的挽救？简直是一派胡言乱语。"

看到这样的局面，小帆知道再说下去也没用，只好试图离开。李子迁用身子挡住了她的去路。小帆无奈，将手伸进包里摸出手机，她冷冷地警告："如果你再这样的话，我就要打电话报警了。"此时的李子迁已经完全失去了理智，他一把抢过小帆的电话，狠狠地砸在地上，那是一部诺基亚电话，足有半块红砖的长度。这部电话在落到地上的瞬间支离破碎，被强大的冲击力肢解成了几个小块分别飞向巷道更阴暗更隐蔽的角落。

"请你让开！"小帆恶狠狠地喊道，她的眼里几乎迸射出火花。

就在这个时候，失去了理智的李子迁突然一个耳光重重落在了小帆的脸上，五个深红的指印在她白皙的脸上由红转青。小帆在冷静了

0.5秒之后依然没能控制住自己接近崩溃的情绪,她对李子迁发起了进攻,她用手掌用指尖对李子迁发出袭击。两人的咆哮声和怒骂声这时才惊动了街道上的人,人群纷纷围拢过来,强行把两人分开,这次战事才算停止下来。

他们被带到了派出所,在接受了一个小时的笔录之后,杨敬业和小雨才匆匆赶到派出所。这时候,李子迁的老婆也刚好赶到,她一把抓住杨敬业的衣服,惊慌地问道:"他和那女记者是什么关系?他们之间到底发生了什么?杨敬业,我一直最信任你,你可是我一直最敬重的专家啊,你不会说假话,快告诉我真相,如果他和那个女记者之间有男女关系的话,我会把那女人剁成肉酱。"

"没有,他们之间什么都没有。"杨敬业疲惫地回答着,他推开李子迁的老婆,也推开了站在一边发愣的小雨,急急忙忙向着派出所走去,为李子迁办理完一切手续。最终,李子迁因扰乱社会治安罪,被判处了十天的羁押。

二

派出所不让见,杨敬业没能看到李子迁,心里有些失望,又给李子迁购买了一套洗漱用品,请派出所工作人员交给他,才离开。

先打了出租车把李子迁老婆送回家,一路上,李子迁老婆一直哭哭啼啼,她抬着哭红的眼睛对杨敬业说:"我从来都是最放心他了,他这人老实,没什么坏心眼,没想到活了一辈子还跟一个女人出了这种事儿,到底是为什么呀?"

杨敬业木着脸,只能一遍遍向她解释:"李子迁不是那样的人。"

看他老婆不相信，便把那篇报道和造成的影响说了出来。李子迁老婆听了之后，虽然还是没有明白具体的原因，但是，确定了李子迁和这个记者没有什么关系之后，情绪才渐渐缓和了些。

她沉默了一会儿后又自言自语地说："我就知道他不会做对不起我的事儿，我们这么多年都过来了。那时候在陶瓷厂工作的时候，日子多艰难呀，可我对他那么好，他也对我那么好，我就相信他不是那样的人。"小雨抽了张纸巾递给她。她接在手里，擦干净脸上的泪水，对小雨说了声谢谢。小雨将眼睛看向车窗外面，不知不觉中，目光中有种湿润的东西。

在返回的途中，杨敬业的电话响了，他接了电话，电话是张路打来的。张路在电话里大声对杨敬业喊道："凤凰产品出炉了，我们的试验成功了，这是我见过最漂亮最别致的陶瓷产品，一定会在市场一炮打响的。"张路一边喋喋不休地说着，从暗哑沉闷的话筒里，依旧隐不住他声音里的激动和喜悦。他兴奋地一遍遍向杨敬业讲述着出炉的整个过程，不错过任何一个细节，甚至把话筒转向工人们，让杨敬业在话筒里听工人们传来的欢呼声。

最近一段时间来，杨敬业自从江西之行回来之后，投入了所有时间和精力打造凤凰产品，结合江西的成功制作经验，初次采用观音泥制作，没想到在他的苦苦探索下，凤凰产品那么快就取得到了成功。杨敬业长长舒了一口气，他曾经以为，当他日思夜想的凤凰产品成功的那一刻，一定会高兴得发疯发狂。然而，此时此刻，他心里想着的是李子迁，不知道为什么，那一刻他怎么也高兴不起来。

杨敬业没有直接回家，而是回到了母亲那里，他始终惦记着那本黄色的小本，他童年时曾经见过的关于观音泥的记录。他把家里所有可以藏东西的地方翻了个遍，依旧没能找到那本黄色的小本子。

母亲从外面回来，好奇地问他："你在找什么？"杨敬业就说了记忆中小本子的样子，他央求母亲一定要找到那个本子，那本子很重要。母亲答应了，说："好的好的，我也不知道被你爸收到哪去了，反正是在这个家里，我这几天再找找看，找到就通知你。"杨敬业不死心，又到父亲的房间里找了一遍，依旧一无所获，出门前再次交代母亲一定要寻找到那本子。

杨敬业走出家门没几步，母亲追了上来，问他："最近你哥哥的情况好些没有？"杨敬业说："好多了，我前几天还去看过他，没什么事，你照顾好自己就行。"母亲又说："你哥哥身体一直不好，家里只有你这么个弟弟，你要多帮帮他。"杨敬业只能点头，一边答应着，一边走出了家门。

就在母子交谈的这一刻，杨爱业正在厨房里准备晚餐，最近乔芬回来得越来越晚，杨爱业只能亲自下厨。当洗好的小白菜放进锅里煮着的时候，乔芬一脸沮丧地从外面走了进来。

杨爱业看她苦着脸，没好气地说："我看你怎么一脸的愁眉苦脸，谁欠你钱了？"乔芬前段时间像从头到尾换了一个人，整天开开心心的，这几天又开始哭丧着脸，不知遇上什么事。杨爱业看不懂，只能摇摇头继续忙锅里的事去了。乔芬心里不开心，懒得理杨爱业，打开卧室门把挎包扔了进去。

这几天，乔芬一直在打张路的电话，打了好多遍张路都没接，开始的时候她安慰自己，张路工作一定很忙吧，上次不是听他说厂里正在试验一个新产品，但是那边越是不接电话，乔芬越是好奇。中午又出去街边打了一个电话，那边依旧没人接听。乔芬有些失望，她想不明白张路为什么突然对她变了。就像坐过山车一样，前几天把她推到了山顶，这几天又把她扔在了谷底。她想，等找到张路的时候，一定要狠狠地骂他几句，这个没良心的，不行，要捶他的胸口，问问他是不是变心了。

看乔芬这个样子，杨爱业倒无所谓，他已经习惯了乔芬这种忽冷忽热的性格变化，这种女人的小情绪在乔芬身上向来是反应最大的。杨爱业把饭煮熟了，端上餐桌，对着屋子唤乔芬过来吃饭。乔芬这才懒洋洋走到桌子边。双手抬起碗，却无心下咽。

杨爱业懒得理她，只顾自己说："奇怪，我今天看电视的时候，看到了一条新闻，说是我们家那种陶佩居然有两个，原来李子迁有一个，就说自己是什么传承人。现在有了两个，也不知道这东西到底值不值钱。"

"什么？有两个，不会吧。"乔芬不相信，瞪着一双大眼睛盯着杨爱业的嘴巴，又问他："怎么会有两个呢？那新闻在什么地方，我也看一看。"杨爱业说："早放过了，我也没看明白，本来好像只有一个，现在听说已经有两个了，还说这种陶佩经过专家鉴定，因为工艺复杂，加上年代久远，所以比较稀罕。"

听杨爱业这么说，乔芬有些得意，说："你看看，我还是有先见之明的。难怪前段时间杨敬业一直来打这个陶佩的主意，还好我明智，没有给他，换成你这老大哥那菩萨心肠，怕早就给了他吧。"

"自己兄弟嘛，总要帮一帮的。"杨爱业不好意思地笑了笑。

这确实是一个令乔芬感到惊喜的消息，因此，放下碗筷之后，她便直奔自己的卧室去了，不管有几个，这个在电视上反复出现的东西肯定是个宝贝。她重新把陶佩拿出来，放在手心里，想仔细看看它的奇妙之处。但是，当乔芬把它握在手心里的时候，有种奇怪的感觉涌了上来，尽管乔芬对于陶瓷没有太多的研究，甚至可以说是一窍不通，但是对于自己所熟悉的东西她有着天生的记忆力。

人的手指是最敏感的，尤其是指尖，有时候比人还更具有记忆力和辨识力，就像有些盲人完全靠手指的触摸来辨别眼前的东西。之前，乔芬闲来无事的时候，会经常把陶佩握在手心里玩，因此，她的手指已经适应了那个陶佩的纹理。然而，她的手指一再地向她澄清，这个陶佩已经被调换过。

乔芬越来越迷惑，她一遍遍把这个陶佩翻来覆去地看，后背上不知不觉起了一层冰冷的汗水，这些汗水在她的背心凝聚得越来越稳固，当她感觉整个人已经坠入冰窟窿的时候，她把近段时间发生的事重新梳理了一遍，终于明白了张路不接电话的原因。

"啊！"她大叫了一声，把正在洗碗的杨爱业吓了一跳，赶紧丢下手中的碗筷进了卧室。问她怎么了。乔芬闭着眼睛半天没有说话，她脸上的每一根神经都是绷紧的，目光犹如木鱼珠子一样不会转动。"你怎么啦？"杨爱业又问。乔芬使劲在脑子里整理着思绪，她没法把故事的来龙去脉告诉杨爱业，只能拼命地摇头，摇得泪水都流了出来。

她连鞋子都没来得及换，穿着拖鞋就跑出了家门。把杨爱业一个人丢在家里，杨爱业追到窗子前，对着她匆匆忙忙跑去的背影大声喊道："你的包没带。"乔芬没有回答，匆忙的身影很快消失在小区的大门外。

三

就在几天前，乔芬还像很多恋爱中的女性一样，偏执、大胆、糊涂，却又满心疯狂地欢喜。和张路情感上的再次邂逅弄得她既看不清自己，也认识不了别人，她把未来憧憬得那么美好，以为生活就是一条坦荡的通途，以为爱情一直等在她必然经过的路上。

然而此时此刻，她突然发现自己被残忍地愚弄和欺骗了，那一刻，不仅仅是失去爱情的痛楚，更有情感被欺骗的悲哀。对了，或许还有陶佩，那是她今生最心爱的宝贝，也是她身边最值钱的东西，没想到被最爱的人骗走了。

她越想越气愤，越想越委屈，也越想越心寒，毫不犹豫向着陶瓷厂的方向而去，每踏出去一步都火烧火燎。现在正是上班时间，她确定张路应该就在厂里上班。这一天正是小雪的节令，天空灰蒙蒙的，挂着几片乌黑的云朵，风吹过来的时候，开始硬生生刮人的脸。乔芬出门走得急，忘记了带外套，风打乱了她的头发，胡乱地摞在脸上。她感觉到了一种刻骨铭心的冷，由内向外，手脚冰凉，身体虚寒，因此可以说她是一边走路一边打战，身子几乎是被风托着，并且瑟瑟发抖而来。

正是上班时间，多数工人正在车间里忙碌，没有人会注意到场外何时多了一个女人幽灵般的影子。她在陶瓷厂门口站定，先是伸长了脖子向里面看了看，那一刻，乔芬还有几分理智。她想这样进去可能不太好吧，等一下，或许张路刚好出来就可能碰见了，那么小的一个厂，怎么会可能碰不见呢，只要站在大门口，他出门不可能遇不见，除非他能变成一阵风。因此，即使外面再冷，她也只是不停地跳动双脚，捂紧衣服，继续坚守着。

放下手里的一只陶罐，杨敬业刚好从楼上走过，就在一只脚踏出门的时候，他看到了门外有个熟悉的人影，他停住了脚步，警惕地观看了一会儿，然后匆匆忙忙关上门，往楼梯的另外一个方向下去，直接到了车间。杨敬业一刻不停地走到了张路身后，把刚才看见的情况告诉了张路。

"怎么办？"张路有些紧张，他这辈子没做过违背良心的事，手一抖，一个刚刚做好的泥罐在手指间一哆嗦，失去筋骨般地整个塌了下去。杨敬业沉思了一会儿，才说："这女人平常不讲道理，就怕她在这里撒泼，要不先躲一躲，先避开她两天，等事情过去了再给她解释。"

张路点点头表示同意，现在也只能这样了。

等杨敬业走开后，张路赶紧到洗手台前把手洗干净，点了一支烟，又停下脚步想了想，来到楼上的小仓库。这里有一扇小木窗正对着大门外。他可以清楚地看到乔芬在那里徘徊，站，蹲，走，六神无主，不停地探头张望。那一刻，张路有几分后悔，乔芬每变换一个动作，他的心都突突跳个不停。就这样过了一个多小时，已经过了下班时间，工人们一波一波走出了工厂，依旧没能看见张路的影子。乔芬再也控制不住自己，突然冲进了厂里，她直接向张路的宿舍走去，在依旧无果的情况下，在场子中间走来走去。

于是，乔芬向一个过路的工人打听，这名工人很好奇地说，刚才还在呀，刚才我还看见他就坐在那里拉坯，应该没有离开多长时间，你等一等就好了。乔芬便坐在张路刚才坐过的位置等他，就这样茫茫然地等了半个多小时以后。乔芬突然明白了，张路一定是有意识地躲着她，也明白了这样再等下去已经毫无意义。乔芬站起了身子，她的身子一直在不停颤抖，颤颤巍巍向着山下走去。

这一切张路都看在眼里，她的慌里慌张，她的心惊胆战，她那哆哆嗦嗦的嘴唇和苍白的脸，还有她那瞬间就松懈下垂的腮帮子昭示着她精神就要崩溃。对此张路感到恐惧和不安，他有些不知所措，所以他必须暂时逃开，或者说他必须使这件事情暂时冷却下来，再去考虑处理的方法。

向着山下走去的时候，乔芬努力使自己冷静下来，好吧，她想，即使你不见我，总该给我一个回话吧，哪怕只是一句话也行啊。这样想的时候，她就停在了路边的一个小杂货店，在这里找了一部电话打给张路，电话再次响过之后一直无人接听。她开始在脑子里琢磨，既然厂里她都已经找过了，说明张路已经不在工厂，那么他会去哪儿呢？家，对，他肯定跑回家了，家才是他躲开她最安全的地方。

呵呵。乔芬脸上露出冷冷的笑，她的目光中逐渐呈现出了一种坚硬的东西。你想躲着我，我就偏要让你无处可躲，我今天一定要找到你，我今天一定不会放过你。一个疯狂的念头像雪花飘飘中的雪球一样在乔芬的脑海里滚动，当她想到这里，便向着张路的家飞奔而去。

依旧是那条小街，天气转凉了，街道上冷冷清清，偶尔有三三两两走过的人，当他们和乔芬擦肩而过的时候，乔芬根本感觉不到他们的存在，或许只是一粒空气，一点雨星。她的心里，眼睛里晃动的都是张路的影子。终于，她停在了那幢老式住宅楼下，而张路的老婆，此时正在路边摆摊。

那天，张路的老婆不知道从什么地方弄到了一种叫做满天星的花，这些花有白色，紫色，粉色和红色，她把颜色搭配好后，像一个个小雪球一样捆绑起来，再一束一束卖给过路的人。没想到那天的生意特别好，进入冬季以后，这种雪球似的小花会带给人一丝暖意，会让冷冷的天气多出一份浪漫，因此，过路的人都会带上一把。张路的老婆坐在这些花丛后，一脸笑眯眯的样子，当乔芬从她面前失魂落魄走过的时候，张路老婆还笑眯眯地问她："你买束花吧，这花叫满天星，用花瓶插起来可漂亮了。"

乔芬听见她说话，停住了脚步，她惨白的目光落在这个似曾相识的女人身上，在脑海里使劲搜索着，对，没错。她就是张路的老婆，她之前见过，于是乔芬停下脚步，站在那里，看着那些花发愣。

"买一束吧，不贵啊，就五块钱，很便宜的。"

"你们家住在哪儿？"乔芬没有忘记此行的目的，那是她目前为止唯一的念头，她的问话让张路的老婆愣了一愣，"你说什么？"张路老婆没有听清楚，也可能是没有明白，她侧过脸，看着面前这个陌生的女人，看着她冷冰冰的眼神和同样冷冰冰的神情。

"我说你们家在哪儿？"

"哦，就在楼上啊，要不要我带你去？"张路老婆热心地说，并且，用手往楼上指了指，她虽然没有搞明白面前这个女人，但是，她看出了这个女人脸上的失神和无助，她的善良提醒她，应该帮帮她。

"可是，你有什么事吗？"张路老婆想过来牵她的手，并且，关心地问道。

"张路回来了没有？"

"没有啊，他去上班了，今天上夜班，估计不会回来了，你找他有什么事儿吗？"张路老婆边擦手边朝乔芬走了过来。

"他根本没有上班，你为什么要骗我？"在四处找不到张路的情况下，乔芬完全失去了理智。

"我没有骗你，我为什么要骗你呢？他真就是去上班了啊。"

"他根本没有去上班，我刚刚从他厂里找到这儿，你们是联合起来要骗我。"乔芬终于找到了一个说话的地方，她憋了一天的怨恨和委屈，此时，统统一泻千里，泪水哗哗流了下来，所有怨气发在了面前这个瘦弱而胆怯的女人身上。

"你究竟怎么了？"张路女人被乔芬的举动吓了一跳，可她依旧好脾气地笑着，伸出一只手，想要来挽住乔芬。

"就是你男人，就是你男人，那个叫张路的男人，他骗了我。"乔芬"哇"的一声哭了出来，她断断续续向这个可怜的女人诉说着自己悲惨的遭遇。"你男人把我睡了，还把我的传家宝给骗走了，他是一个十足的骗子，我要去派出所告他，让他坐大牢，坐一辈子。"

"你说什么？"张路女人的手停在了半空，像一只没有抓到猎物的鹰爪子，瘦弱而有力道，她的脸色渐渐苍白，瞳孔放大。这时候，乔芬方才发现自己的冲动和失态，但是，已经收不回来了，她赶紧站起身向着马路对面跑开。

"你说什么？你说清楚呀。"张路女人不肯放弃，她紧紧追了上来，想要来拉住她。

就在这时，一辆车子呼啸而过，乔芬转过头来看的时候，只看见张路女人像一片薄薄的树叶，被卷到了车轮子下面。乔芬想要伸出手去抓住她，但是，已经来不及了，在尖厉的急刹车声音中，乔芬只听见自己在一声大叫之后，整个人瞬间失去了知觉。

四

当杨敬业把那黄色的小本子放置于台灯之下，借着浅黄色的灯光，开始一页一页阅读的时候，他的内心像翻滚的浪花，既有兴奋也有好奇，既有心酸也有默然，更有一份对于历史的敬重。在泛黄的纸页上，密密麻麻，那些用毛笔记录的文字一度让他陷入了历史的浪潮中，前人的悲欢离合在今人的睫毛上结起了泪水，祖先制陶的经过，在文字的复述中重新组合，有着多少的艰辛和不易，又凝结着多少的传奇和智慧。

凭着直觉，他看得出这些详细的记录出自于一个女性的手写，字体飘逸而雅致，内容详细而丰富。他想象不出几百年前，一个普通的女性在经历着生活的苦难下，将以怎样的爱和包容来书写这份记录，她是怀着怎样的心情和责任感来将这份记录告知于子孙。

然而，由于年代久远，一些字体已经被岁月浸泡得模糊，还有一些字杨敬业不认识，只能靠猜测或是翻阅一些古典书籍来查阅，还有一些残缺的边角已经无法再度还原，成为了永远的遗憾，因此，阅读起来十分困难。他在这本书的指引下重温着历史的脉络，知道了观音泥的来历，知道了李义瓷坊是两个结拜兄弟一手经营起来的家产，并且，凭着文字的叙述，仿佛看到了几百年前那个和睦而友善的大家庭，他们和谐友爱，生死共处。这些断断续续拼凑起来的章节，带给他太多的惊喜。

当他从书中看到有一个叫荣的女子时，不禁想到了千里之外见到的那只黑色陶笛。岁月，经历是怎样的起伏和波折，经历了漫长的等待之后，那条属于亲情的血脉在几百年的波翻浪涌中始终存在和延续，原来，那么多年来，祖先始终以不同的方式在提醒着后辈不要停止寻找失去的亲人。此时此刻，杨敬业多想告慰他的先人，他们当初的遗憾，几百年后在子孙中得以重逢和圆满。

杨敬业再也抑制不住内心的冲动，他拨打了江西女孩的电话，并且把书上的记录告诉了她，女孩意外得知这个消息，既惊喜又意外，说一定要亲自来看看。她很小的时候就听老人说，他们的祖辈是从云南过来的，这些年，祖祖辈辈都想着要回云南走走，寻访云南的山水，却没想到还能在这里寻找到失去的亲人。

或许这就是缘分，也是冥冥之中生命的安排。三天之后女孩来到云南，一起和她到来的还有她的妹妹。为了得到真实的答案，杨敬业把李子迁都叫到了一起，大家围坐在会议室里。"荣"和两个陶佩放在一起，在柔和的灯光照耀下，形成了黑白分明的陶瓷世界。

两个女孩走到桌子前，分别拿起了一个陶佩，她们凭着对"荣"的理解，在陶佩身上寻找着它和"荣"的相通之处，她们把陶佩放在唇上轻轻吹，凭着对荣的理解，很快便摸清楚了陶佩的使用方法。姐姐吹出来的陶佩音域较高，而妹妹手中的陶佩吹出来的声音较低，姐妹俩都觉得不好把握。在场的人不明所以，在试了几次以后，依然以失败而告终。就在这时候，姐姐突然提出了一起合奏的建议。当两个陶佩合在一起的声音传出时，那音乐高如山风拂面，低如溪流潺潺，高如鸿雁展翅，低如游鱼潜水，一高一低遥相呼应，声音错落有致，娓娓起落。几乎不用解释，所有的人瞬间就恍然明白了，两只陶佩只有搭配在一起，才能发出如此悦诗风吟的声音。

而就在这时，杨敬业也想起了在那小本子上的几个小字，之前他曾看到过却没怎么在意，现在，几个字犹如刀刻般重现他的脑海，那里清清楚楚明明白白地写着：陶乐和鸣，山水同音。合而为力，举世太平。

看到几个小字，李子迁突然哭了起来，他刚刚回来没几天，在这段时间里，他有足够的时间考虑过往，经历了这场风波，好像整个人都冷静了下来，能够原谅自己，也能够原谅别人了。他说："原来我们的老祖宗早就预料到了这一天，早就看到了我们再这样做下去的下场，他是要告诉我们，亲人之间的战争最终导致的后果只会是两败俱伤，一败涂地。"看到这一幕，杨敬业的眼睛也湿润了，他又何尝不曾后悔过。

这次聚会结束后，杨敬业将那只陶佩重新用红布包好，拖着沉重的步子来到医院，当他踏进病房的时候，乔芬正坐在床边啃着一只苹果，看到杨敬业进来，乔芬机械性地对着她笑了笑，她的笑容苍白无力。杨爱业坐在她的身边，用毛巾给她擦手，像是在照顾一个完全不能自理的孩子。

杨敬业走到杨爱业身边，在乔芬的身边坐了下来，他问杨爱业："怎么样，好些了吗？"杨爱业叹了口气说："医生早上刚刚来过，主要是突然间受到刺激造成短时间的精神分裂，应该没太大问题，过段时间就会恢复。"

"那就好。"杨敬业从包里掏出那只陶佩，用双手递给杨爱业，他说："这个陶佩物归原主，你先替她保管吧，等她康复以后就交给她。"他停了停，喉咙有些哽咽，过了一会儿才说："哥，我对不起你们，没想到会这样。"杨爱业接在手里，用手指轻轻掂了掂，苦笑着说："谁会想到呢，就那么个小东西，会惹出那么多的麻烦，只怪我们当初太自私了。若是大家都往后退一步，就不会闹出那么大的悲剧，有句话说，人在做，天在看。或许这就是老天给我们的教训。"

而此时，乔芬似乎听懂了，她把苹果放到一边，接过那只陶佩，打开那层红色的绸布，将陶佩举到眼前，对着天空观看。陶佩被晚霞镀上了一层金红色，成了一个闪闪发光的结晶体，可以看到乔芬的目光中有一种东西在闪烁，她呵呵笑了起来，那笑声在医院空旷的走廊里显得清澈无比。一位老人刚好从门口经过，她停下步子往里看了看，摇了摇头说："只有心无杂念的人，才会有如此清明单纯的笑声。"

走出医院，杨敬业就直接往张路家的方向走去，要穿过一条窄长的街道，拐过一条幽静的小巷，但是，因为最近几乎每天都来，他对这条路已经相当熟悉了，仿佛成了一条回家的路。已经是深冬了，天黑得越来越早，街上的路灯早早地亮了起来，在路灯的重影下，杨敬业的脚下被照出了三个重叠的身影，所以当他向前行走的时候，每走出一步，仿佛拖着三个沉重的影子，也可以说是他每行走的一步，都是三个沉重的影子在拖着他往前。

原来就破旧的屋子，如今更是冷冷清清，八岁的女儿刚刚入睡，眼角上还挂着泪花，在梦里还呼唤着妈妈。一张脱了漆的红色四方小桌子，桌子的一边有一把竹编椅子，就这样南北对峙，仿佛楚河汉界。桌子上放着两杯酒，酒是白酒，比水要更清澈，纯度也要更高。杨敬业和张路一人坐在一边，他们举起杯子轻轻碰杯的时候，窗外飘起了这个冬天的第一粒雪花，那雪花从天空落下的时候，由于风的作用，不像是从高空坠落，而是从地上往上飘飞，像一个舞蹈中的精灵。而那个女人，已经永远成了墙上的一张黑白相片，她的目光依旧温和，脸上保持着永远的笑，永远的年轻和永远的善良，仿佛只是出了趟远门。

街道上的嘈杂渐行渐远，各种声音循着一条垂直线的街道上升。众生百相在黑暗中成为墙上挂着的一张地图。

（完）